DER HELD UNSERER ZEIT

MICHAIL JURJEWITSCH LERMONTOW

Vorwort.

Der vorliegende Roman wird zu den besten, in russischer Sprache geschriebenen, gezählt. Ich glaube, auch für den deutschen Leser wird er, obgleich in minder vollendeter Form wiedergegeben, nicht ganz ohne Interesse sein, da kaukasische Lebensbilder und so meisterhafte Naturschilderungen, wie sie hier geboten werden, noch keinesweges bei uns zu den Alltäglichkeiten gehören dürften.

Welchen Werth übrigens die Leistungen Lermontoff's haben, beweist der Umstand, daß einer unserer stilgewandtesten, berühmtesten Schriftsteller, Hr. Bodenstedt, in jüngster Zeit den I. Band einer höchst eleganten Uebersetzung von Lermontoff's poetischem Nachlasse veröffentlicht hat, deren Fortsetzung alle Freunde der russischen Literatur mit Wunsch und Freude entgegensehen. In demselben Werke theilt Hr. Bodenstedt Aufschlüsse über Lermontoff's Leben und literarische Stellung mit, was mich jeder ferneren Bemerkung hierüber enthebt.

Als nicht unwesentlich dürfte noch der interessante Umstand hervorzuheben sein, daß der Held der nachstehenden Erzählungen, Petschorin, Niemand anders, als der nach dem Kaukasus verbannte Dichter selbst ist, und daß sein frühes Ende ihn auf dieselbe Weise ereilte, wie er es, freilich in Bezug auf eine andere Person, todesahnend niedergeschrieben hatte.

August Boltz.

Bela.

Ich fuhr mit Postfuhrwerk aus Tiflis. Die ganze Ladung meiner Teläga[1] bestand aus einem kleinen Koffer, welcher zur Hälfte mit Reisenotizen über Grusien vollgestopft war. Zu Ihrem Glücke ist der größte Theil derselben verloren gegangen, der Koffer hingegen mit den übrigen Sachen blieb zu meinem Glücke unversehrt.

Die Sonne fing bereits an sich hinter den Eisrücken der Berge zu verstecken, als ich in das Koischaurskische Thal hineinfuhr. Mein Postillon, ein Ossete, trieb unermüdlich die Pferde an, um noch vor Nacht den Koischaur-Berg zu erreichen, und sang aus voller Kehle Lieder dazu. Welch' herrlicher Ort ist dieses Thal! Von allen Seiten unersteigbare Berge, röthliche Felsen mit grünendem Epheu umhängt und von Gruppen des orientalischen Ahorns gekrönt; vergelbte Fragmente ausgespühlter Anschwemmungen, und dort, in lustiger Höhe, die goldige Franse der Schneemassen, und in der Tiefe die Aragwa, die im Verein mit einem andern namenlosen Flüßchen sich mit Geräusch aus der tiefen Finsterniß einer Kluft herauswindet, dann, einem Silberfaden gleich, sich dahinzieht und wie eine Schlange im Glanze ihrer Schuppen schimmert.

Am Fuße des Koischaur angelangt, hielten wir an einem Duchan still. Einige zwanzig Grusier und Gorzen trieben sich dort lärmend umher; nicht weit davon hielt eine Karawane Kameele zum Nachtlager. Hier sagte man mir, daß ich Ochsen zum Vorspann nehmen müsse, wenn ich meinen Wagen diesen verwünschten Berg hinaufschaffen wollte, denn es war bereits um die Herbstzeit und viel Glatteis, und der Berg hat eine Länge von ungefähr zwei Werst.

Es blieb mir nichts weiter übrig; ich miethete sechs Ochsen und einige Osseten. Einer von ihnen nahm meinen Koffer auf die Schultern und die andern fingen an den Ochsen, wenn auch fast nur durch bloßes Schreien, zu helfen.

Hinter meiner Teläga zogen vier Stiere eine andere über und über vollgepackte, mit einer Leichtigkeit herauf, daß es eine Freude war sie anzusehen. Dieser Umstand erregte meine Verwunderung. Hinter dem Wagen folgte dessen Eigenthümer, aus einem kleinen Kabardinerpfeifchen, das mit Silber beschlagen war, rauchend. Er trug einen Offiziersrock ohne Epaulettes, und eine verbrämte Tscherkessenmütze. Er mochte in den Fünfzigern sein; seine dunkle Gesichtsfarbe zeigte ganz klar, daß er schon seit langer Zeit mit der kaukasischen Sonne bekannt war; sein zu früh ergrauter Schnurrbart entsprach nicht seinem festen Gange und seinem rüstigen Aussehen. Ich ging an ihn heran und begrüßte ihn; er erwiederte schweigend meine Verbeugung und blies eine ungeheure Rauchwolke in die Luft.

„Es scheint daß wir Reisegefährten sind?"

Er antwortete abermals durch eine stumme Verbeugung.

„Sie gehen wahrscheinlich nach Stawropol? . . ."

So ist's . . . mit Kronssachen.

„Bitte, sagen Sie mit doch, woher kommt es, daß Ihren schwerbeladenen Wagen vier Ochsen spielend ziehen, während sechs dieser Thiere bei aller Hülfe der Osseten mit meinem leichten Wägelchen kaum von der Stelle kommen?"

Er lächelte verschmitzt und warf einen bedeutungsvollen Seitenblick auf mich.

Sie sind wahrscheinlich noch nicht lange im Kaukasus?

„Seit einem Jahre," antwortete ich.

Er lächelte abermals.

„Nun, und wozu das?"

Nun, so! Es sind infame Bestien, diese Asiaten! Sie glauben wohl, die helfen mit ihrem Schreien? Der Teufel mag entziffern, was sie schreien; so viel ist gewiß, daß die Ochsen sie verstehen; und wenn Sie deren zwanzig vorspannten, fangen die Kerls einmal an auf ihre Art zu schreien, so rühren sie sich nicht vom Flecke . . . . Infame Spitzbuben! Aber was fängt man mit ihnen an? . . Sie suchen die Reisenden um ihr Geld zu bringen, . . . und man hat die Schelme auch verdorben! Sie werden sehen, daß sie noch zu Ihnen kommen und Trinkgeld fordern. Ich kenne sie schon, mich führen sie nicht an!

„Sie dienen wohl schon lange hier?"

Ja wohl, ich diente hier schon unter Alekséi Petrówitsch,[5] antwortete er, indem er sich in die Brust warf. Als er hierher in die Linie kam, war ich Seconde-Lieutenant fügte er hinzu und unter ihm habe ich zwei fernere Grade im Kriege gegen die Gorzen erhalten.

„Und jetzt sind Sie . . .?"

Jetzt gehöre ich zum dritten Linien-Bataillone. Und Sie, wenn ich fragen darf?

Ich sagte es ihm.

Hiermit brach unser Gespräch ab, und wir setzten unsern Weg schweigend neben einander fort. Auf der Höhe des Berges fanden wir Schnee. Die Sonne war untergegangen und die Nacht dem Tage ohne Abenddämmerung gefolgt, wie dies gewöhnlich im Süden der Fall ist; doch konnten wir beim Wiederscheine der Schneemassen den Weg ganz leicht erkennen, der sich noch immer bergan zog, obgleich nicht mehr so steil wie bisher. Ich ließ meinen Koffer auf die Teläga packen, befahl die Ochsen gegen Pferde umzuwechseln, und warf noch einen letzten Abschiedsblick hinunter in das Thal; allein ein dichter Nebel, der in strömenden Wogen aus den Felsklüften quoll, verdeckte es vollkommen, und kein einziger Laut berührte von dorther mehr unser Ohr. Die Osseten stürmten lärmend an und forderten Trinkgeld; allein der Stabskapitain schrie sie so zornig an, daß sie sich im Augenblicke aus dem Staube machten. „Das ist ein Volk!" sagte er „nicht *Brod* können sie auf russisch sagen, aber sie wissen recht gut, wie „Offizier, gieb Trinkgeld" heißt! Nein, da ziehe ich mir noch die Tataren vor, das sind doch wenigstens keine Trinker . . . ."

Bis zur Station hatten wir noch ungefähr eine Werst zurückzulegen. Rundum war es still, so still daß man dem Fluge einer Mücke nach ihrem Summen hätte folgen können.

Links lagen tiefe, dunkle Felsenklüfte; hinter ihnen und vor uns zeichneten sich die dunkelbraunen Spitzen der Berge, mit Runzeln und Schneelagern bedeckt, gegen das blaße Himmelsgewölbe ab, an welchem der letzte matte Wiederschein des Abendrothes dahinstarb. Am dunkeln Himmel fingen die Sterne an zu schimmern, und, sonderbar, es schien mir als ob sie hier höher hingen als bei uns im Norden. An beiden Seiten des Weges starrte nacktes, schwarzes Gestein empor; dann und wann guckte ein Gesträuch aus dem Schnee hervor, doch kein einziges vertrocknetes Blättchen regte sich und es that einem wohl, inmitten dieses Todesschlafes der Natur das Schnauben der ermüdeten Troika zu vernehmen, so wie das unregelmäßige Gebimmel des russischen Wagenglöckchens.

„Morgen wird herrliches Wetter sein!" sagte ich. Der Stabskapitain antwortete kein Wort, sondern zeigte nur mit dem Finger nach einem hohen Berge, der sich grade vor uns erhob.

„Was ist da?" fragte ich.

Der Gudberg.

„Nun, und was ist mit dem?"

Sehen Sie nur, wie er raucht.

In der That rauchte der Gudberg; an seinen Abhängen krochen leichte Wolkengebilde dahin, aber auf seinem Gipfel lagerte ein schwarzes Gewölk, so schwarz, daß es gegen den dunkeln Himmel wie ein schwarzer Fleck abstach.

Schon konnten wir die Poststation und die Dächer der sie umringenden Hütten erkennen, aus denen einladende Feuer uns entgegenblinkten, als sich ein feuchter, kalter Wind erhob, die Felsenklüfte zu heulen anfingen und ein feiner Regen herabfiel. Kaum hatte ich Zeit gehabt mir meine Burka umzuwerfen, als auch, schon Schnee fiel. Mit Ehrfurcht blickte ich auf den Stabskapitain.

Jetzt bleibt uns nichts anderes übrig als hier zu übernachten, sagte er verdrießlich: in einem solchen Schneegestöber kann man diese Berge gar nicht passiren. Sag’ mal, sind am Kreuzberge schon Lawinen gestürzt, fragte er den Postillon.

„Noch nicht, Herr" antwortete der Ossete, „aber es hängt viel, viel."

In Ermangelung eines Passagierzimmers theilte man uns ein Nachtlager in einer räucherigen Hütte zu. Ich lud meinen Reisegefährten zu einem Glase Thee ein, denn ich führte meine eiserne Theemaschine mein einziges Labsal auf meinen kaukasischen Reisen immer mit mir. Die Hütte (hier Saklja genannt) lehnte sich von der einen Seite an den Felsen; drei schlüpfrige, feuchte

Stufen führten zu ihrer Thüre. Tappend ging ich voran und stieß auf eine Kuh (der Viehstall vertritt bei diesen Leuten die Stelle des Bedientenzimmers). Ich wußte nicht wohin ich mich wenden sollte: da blöcken Schafe, dort knurren Hunde. Zum Glücke schimmerte an der Seite ein trüber Lichtstrahl durch und half mir eine andere thürähnliche Oeffnung finden. Ein ziemlich interessantes Bild eröffnete sich vor uns: Die umfangreiche Hütte, deren Dach sich auf zwei verräucherte Pfeiler stützte, war mit Menschen angefüllt. In der Mitte flackerte ein Feuer, das auf dem Fußboden angemacht war, und dessen Rauch, da er vom Winde aus der Oeffnung im Dache wieder zurückgetrieben wurde, sich rundum gleich einer so dichten Hülle ausbreitete, daß ich lange nichts zu unterscheiden vermochte; am Feuer saßen zwei alte Weiber, eine Menge Kinder und ein abgemagerter Grusier, alle in Lumpen. So blieb uns weiter nichts übrig; wir nisteten uns gleichfalls am Feuer ein, rauchten unser Pfeifchen und bald kochte die Theemaschine auf die einladendste Weise.

„Was für ein jämmerliches Volk!" sagte ich zum Stabskapitaine, indem ich auf unsere schmutzigen Wirthsleute wies, die uns schweigend und in einer Art von Erstarrung anblickten.

Und ein erzdummes Volk! antwortete er. Wollen Sie wohl glauben, daß sie durchaus nichts können, daß sie keiner Art von Bildung fähig sind! Da lobe ich mir doch unsere Kabardiner oder die Tschetschiner! Es sind zwar auch Räuber und Halsabschneider, aber ganz verzweifelte Tollköpfe; diese hingegen nehmen nicht einmal gern ein Gewehr zur Hand: einen anständigen Dolch findet man bei keinem einzigen. Und nun gar erst die Osseten!

„Sie waren also lange in Tschetschen?"

Ja gewiß, ich lag wohl an die zehn Jahre mit einer Kompagnie in einer Festung, da bei Brückburg, wissen Sie?

„Ich habe davon gehört."

Nein, mein Bester, was diese Händelmacher mir zu schaffen gemacht haben! Jetzt, Gott sei Dank, ist's da weit ruhiger; aber früher, Gott bewahre! früher brauchte man nur hundert Schritt vom Walle abzugehen, und so ein zottiger Teufel saß wahrhaftig auf der Lauer: kaum hatte man ausgegähnt, so saß einem auch schon eine Schlinge um den Hals oder eine Kugel im Nacken. Aber tapfere Jungens! . . .

„Ei, da müssen Sie ja wahrhaftig recht viele Abentheuer erlebt haben?" sagte ich, vor Neugierde brennend.

Wie denn nicht! wahrhaftig.

Hier begann er seinen linken Schnurrbart zu flattiren, ließ den Kopf auf die Brust sinken und verfiel in Nachdenken. Ich hätte ihm gar zu gern irgend ein Geschichtchen abgelockt, ein Wunsch, der übrigens allen Verfassern von Reisememoiren und allen Volksschriftstellern mit mir eigen ist. Unterdessen war der Thee fertig geworden; ich zog aus meinem Koffer zwei Feldbecher, schenkte sie voll und stellte einen derselben hin: „Ja, wahrhaftig!" Dieser Ausruf gab mir große Hoffnungen. Ich weiß nur zu gut, wie sehr die alten Krieger im Kaukasus zu sprechen und zu erzählen lieben; es wird ihnen auch so selten geboten: wie mancher steht da fünf Jahre lang in irgend einem abgelegenen Winkel mit seiner Abtheilung, und hört die ganzen fünf Jahre über kein einziges „Guten Tag," weil der Feldwebel ihn nur mit „Ich wünsche Ihnen Gesundheit" begrüßt. Und was wüßten sie nicht alles zu erzählen! Rundum ein wildes, interessantes Volk, jeden Tag eine Gefahr; was für wunderbare Fälle kommen da nicht vor! Hier bedauert man unwillkührlich daß bei uns so wenig geschrieben wird.

„Wollen Sie nicht ein wenig Rum hinzufügen?" fragte ich meinen Reisegefährten, „ich habe weißen, aus Tiflis; es ist jetzt kalt."

Nein, ich danke, ich trinke nicht.

„Wie so?"

Je nun, so. Ich habe mir das Wort gegeben. Einmal, als ich noch Secondelieutenant war, müssen Sie wissen, und wir uns untereinander einmal recht etwas zu Gute gethan hatten, wird des Nachts plötzlich Alarm geschlagen; wir, angerissen wie wir waren, hinaus; ja, das wäre uns bald gut bekommen als Alexéi Petrówitsch es erfuhr Gott soll mich bewahren, wie er böse wurde! Es fehlte nicht viel, so hätte er uns vor ein Kriegsgericht gestellt. Und so geschieht's jedesmal: zu einer andern Zeit lebt man das ganze Jahr hindurch und sieht keine Menschenseele; nimmt man aber einmal ein Gläschen zu viel, so ist man auch ein verlorner Mensch!

Bei dieser Erzählung verlor ich fast wieder alle Hoffnung.

Nun nehme man aber gar erst die Tscherkessen, fuhr er fort, wenn die sich erst bei Hochzeits- oder Begräbnißgelagen in Busa betrinken, dann kommt's auch gleich an's Einhauen. Ich war einmal mit Gewalt und noch dazu bei einem friedlichen Fürsten zu Gaste gezogen worden.

„So? Wie war denn das zugegangen?"

Sehen Sie . . . (er stopfte sich eine Pfeife, that ein paar tüchtige Züge und begann zu erzählen) sehen Sie also, ich stand damals mit einer Kompagnie in einer Festung jenseits des Tereks, es wird nun bald an die fünf Jahre sein. Da kam einmal um die Herbstzeit ein Transport mit Proviant an, und bei diesem Transporte befand sich ein Offizier, ein junger Mensch von ungefähr fünf und zwanzig Jahren. Er stellte sich mir in voller Uniform vor und eröffnete mir, daß er die Ordre erhalten habe bei mir in der Festung zu bleiben. Er war so zart, so weiß, seine Uniform war so neu, daß ich sogleich errieth, er sei erst unlängst nach dem Kaukasus gekommen.

„Sie sind wahrscheinlich aus Rußland hierherversetzt worden?" fragte ich ihn. „Zu befehlen, Herr Stabskapitain," war seine Antwort. Ich faßte ihn bei der Hand und sagte: Sehr erfreut, sehr erfreut; nur wird es Ihnen hier ein Bischen langweilig vorkommen . . . nun, wir wollen schon freundschaftlich mit einander leben. Indessen bitte ich Sie, nennen Sie mich nur ganz einfach Maksim Maksimitsch und dann wozu denn diese volle Uniform? Kommen Sie nur immer in der Feldmütze zu mir." Man wies ihm eine Wohnung an, und so setzte er sich denn in der Festung fest.

„Und wie hieß er?" fragte ich Maksim Maksimitsch.

Er hieß . . . Grigór Alexándrowitsch Petschórin. Ein feiner Junge, das kann ich Ihnen versichern; nur etwas Sonderling. So konnte er sich z. B. im Regen und Frost den ganzen Tag auf der Jagd umhertreiben: alle Anderen sind durchgefroren und abgemattet, aber ihm thut das nichts. Ein anderes Mal sitzt er am Fenster in seinem Zimmer; der Wind bläßt ein Bischen und er versichert einem, daß er sich erkältet habe; oder die Fensterlade schüttert etwas und er fährt zusammen und erbleicht, und doch habe ich ihn ganz allein gegen einen Eber angehen sehen; manchmal kriegte man Stundenlang kein Wort aus ihm heraus, fing er aber erst einmal an zu erzählen, ja da mußte man sich den Bauch vor Lachen halten . . . Ei ja, ein großer Sonderling, und er muß auch reich gewesen sein, denn was hatte er alles für kostbare Sächelchen! . . .

„Blieb er denn lange bei Ihnen?" fragte ich weiter.

Wohl ein Jahr; dafür wird mir aber auch dieses Jahr ewig im Gedächtniß bleiben! Hat der mir zu schaffen gemacht, nein, das kann ich Ihnen gar nicht sagen! Sehen Sie, es giebt wahrhaftig solche Leute, denen es schon in der Wiege bestimmt ist, daß ihnen ganz außergewöhnliche Dinge widerfahren werden!

„Außergewöhnliche Dinge?" rief ich mit Neugierde aus, indem ich ihm Thee einschenkte.

Ja, ich werde Ihnen gleich erzählen. In der Entfernung von ungefähr sechs Werst von der Festung lebte ein friedlicher Fürst. Sein Sohn, ein Junge von fünfzehn Jahren, hatte sich angewöhnt jeden Tag zu uns herüber zu reiten, bald nach diesem bald nach jenem, und Grigórii Alexándrowitsch und ich, wir hatten ihn auch wirklich ganz verwöhnt. Es war aber auch ein wackrer Junge, der alles machen konnte, was er nur wollte; im vollen Carriere hob er eine Mütze von der Erde auf oder feuerte ein Gewehr ab. Eins war nicht hübsch an ihm: er war ungeheuer auf's Geld versessen. Einmal versprach ihm Grigórii Alexándrowitsch zum Spaße ihm einen Dukaten zu schenken, wenn er den schönsten Bock aus seines Vaters Heerde stehlen könne; und was meinen Sie? am andern Abend bringt er ihn bei den Hörnern herangeschleppt. Kam es einmal vor, daß wir ihn foppen wollten gleich unterliefen seine Augen mit Blut und er griff nach dem Dolche. „Ei, Asamat, man thut Dir ja nichts zu Leide," pflegte ich dann zu sagen, „Dein toller Sinn wird Dich noch ins Verderben stürzen!"

Einst kam der alte Fürst selbst zu uns herüber, um uns zur Hochzeit einzuladen; er verheirathete seine älteste Tochter und wir standen mit ihm in Gastfreundschaft; na, da konnten wir ihm doch nicht absagen, ob er schon ein Tatar war. Wir machen hin. Im Aúle[11] kam uns ein ganzer Rudel Hunde mit lautem Gebell entgegen; die Weiber versteckten sich bei unserm Anblicke; diejenigen, deren Gesichter wir etwa sehen konnten, waren nichts weniger als schön. „Ich hatte eine weit bessere Meinung von den Tscherkessinnen," sagte Grigórii Alexándrowitsch zu mir. Warten Sie nur! antwortete ich ihm, indem ich lächelte. Ich hatte schon die Meinige im Sinn.

Bei dem Fürsten hatte sich bereits eine Masse Volk in der Hütte versammelt. Sie wissen, daß es bei den Asiaten Gebrauch ist alle diejenigen zur Hochzeit einzuladen, denen man begegnet oder die am Hause vorübergehen. Man empfing uns mit allen nur möglichen Ehrenbezeugungen und führte uns ins Gastzimmer. Ich übersah es indessen nicht aufzupassen, wohin sie unsere Pferde brachten, wissen Sie, für einen unvorgesehenen Fall.

„Wie begehen sie denn die Hochzeitsfeier?" fragte ich den Stabskapitain.

Ja, ganz gewöhnlich. Zuerst liest ihnen der Mulla etwas aus dem Koran vor, dann werden die jungen Leutchen und ihre Verwandten beschenkt, man ißt, trinkt Busa und endlich beginnt die Dschigitóffka, in welcher immer irgend ein abgerissener, schmieriger Hanswurst auf einer elenden, lahmen Mähre herumpojatzt und die verehrliche Gesellschaft belustigt. Zuletzt, gegen die Dämmerung, beginnt im Gastzimmer was wir einen Ball nennen würden. Irgend ein armer Greis kratzt auf einer dreisaitigen ich weiß nicht mehr, wie sie das Ding nennen, nun im Genre unserer Balaláika; die Mädchen und die jungen Burschen stellen sich in zwei Reihen einander gegenüber, klatschen in die Hände und singen dazu. Dann tritt ein junges Mädchen und ein Bursche in die Mitte und fangen da an einander in Versen zuzusingen, was ihnen grade in den Kopf kommt, und die übrigen fallen im Chorus ein. Petschórin und ich nahmen die Ehrenplätze ein; plötzlich schritt die jüngste Tochter unseres Wirthes, ein Mädchen von sechszehn Jahren, auf ihn zu, und sang ihm . . wie soll ich doch sagen? . . sang ihm eine Art von Kompliment zu.

„Erinnern Sie sich noch dessen, was sie sang?" fragte ich.

Ja, ich glaube es war ungefähr so: „Wohl anzusehn, fürwahr, sind unsere jungen Dschigiten, Und ihre Káftane mit Silber ausgenäht, Doch schmucker noch als sie ist dieser junge Russenheld, In purem Golde blitzt sein reichbetreßter Waffenrock. Wie eine Pappel steht er zwischen ihnen prächtig da, In unserm Garten leider wächst sie nicht und blüht sie nicht."

Als sie von uns zurücktrat, raunte ich Grigórii Alexándrowitsch eben in's Ohr: „Nun, wie gefällt Ihnen die?" „Wunderbar, wunderbar!" antwortete er: „wie heißt sie?" „Sie wird Bela genannt" entgegnete ich.

Und wahrlich, sie war schön: hoch und schlank, und hatte schwarze Augen wie die der Berggemse, mit denen sie einem bis in die Seele hineinblickte. Petschórin verwandte, in Gedanken versunken, kein Auge von ihr, und auch sie blickte öfter verstohlen nach ihm hin. Indessen war Petschórin nicht der einzige, der die liebliche Fürstin mit Wohlgefallen betrachtete: aus einem Winkel des Zimmers blickten sie zwei bewegungslose, glutvolle Augen an. Ich sah genauer zu, wer es war, und erkannte meinen alten Bekannten Kásbitsch. Er war, wissen Sie, eigentlich weder einer von den friedlichen noch von den nichtfriedlichen. Es ruhte wohl so mancher Verdacht auf ihm, ob er gleich nie bei irgend einem Unfug war betroffen worden. Er brachte uns öfters Schafe in die Festung zum Verkauf und war immer sehr billig damit, ließ aber niemals mit sich handeln; was er forderte, mußte man geben, denn eher hätte er sich in Stücke hauen lassen, als das Geringste von seinem Preise abzulassen. Das Gerücht ging von ihm, daß er sich jenseits des Kúbans mit den Abréken, einem feindlichen räuberischen Völkerstamme, herumtrieb, und die Wahrheit zu gestehen, sah er auch ganz darnach aus, kurz, trocken, breitschultrig, eine rechte Räubergestalt . . . Aber gewandt, gewandt, wie der Teufel! Sein Beschmét war immer zerrissen und mit Flicken besetzt, aber sein Gewehr mit Silber ausgelegt; sein Pferd war in der ganzen Kabarda berühmt, und wahrhaftig ein schöneres Thier kann man sich gar nicht vorstellen. Nicht umsonst beneideten ihn alle Raubreiter darum und bemühten sich mehr als einmal es ihm wegzustehlen, was ihnen indessen nicht gelang. Ich sehe dies edle Thier ordentlich vor mir stehen: Schwarz wie Pech, Füße wie Saiten, und Augen nicht schlechter wie Bela's Augen. Und was, für eine Kraft! Funfzig Werst in vollem Trabe; dabei war es so zahm, daß es wie ein Hund hinter seinem Herrn drein lief; sogar seine Stimme kannte es! Und wie oft geschah es, daß er es gar nicht anband. So ein rechtes Räuberpferd! . . .

An diesem Abend war Kásbitsch finstrer als sonst und ich bemerkte, daß er unter dem Beschmét ein Panzerhemd an hatte. „Nicht umsonst hat er dies Panzerhemd an," dachte ich, „er führt gewiß irgend was im Schilde."

Es war schwül in der Hütte, und ich trat hinaus, mich an der Luft zu erfrischen. Nacht lag schon auf den Bergen und Nebel strich an den Felsklüften hin.

Ich ließ mir einfallen, mich unter das Wetterdach zu begeben wo unsere Pferde standen, um nachzusehen ob sie Futter hätten, und weil überdies Vorsicht nie schaden kann: ich hatte ein herrliches Pferd mit, und schon mehr als Ein Kabardinzer hatte es wohlgefällig in's Auge gefaßt, und dabei ausgerufen: Jakschi tsche, tschek jakschi!

Ich ducke mich längs des Plankenzaunes hin, und plötzlich hör' ich Stimmen; die eine Stimme erkannte ich sogleich: das war der Wildfang Asamat, der Sohn unseres Wirthes; die andere sprach seltener und leiser. „Wovon schwatzen die da wohl?" dacht' ich: „doch wohl nicht gar von meinem Pferde?" Da kauerte ich mich bei dem Zaune nieder, und fing an zu horchen, bemüht, daß kein einziges Wort mir entginge. Doch der Lärm der Gesänge und das Gewirr der Stimmen, die aus der Hütte herausschallten, verschlangen bisweilen das mir so interessante Gespräch.

„Du hast ein herrliches Pferd!" sagte Asamat, „wäre ich Herr im Hause und hätte eine Herde von dreihundert Stuten, so gäbe ich wohl die Hälfte für Deinen Renner, Kásbitsch!"

Aha, Kásbitsch! dachte ich und erinnerte mich des Panzerhemdes.

„Ja," antwortete Kásbitsch nach einigem Schweigen, „in der ganzen Kabárda findet man kein solches. Einstmals, das war jenseits des Téreks zog ich mit den Abréken aus, russische Pferdeherden wegzunehmen; es glückte uns nicht, und wir wurden versprengt, der eine dahin, der andere dorthin. Hinter mir her waren vier Kosaken schon hörte ich das Geschrei der Giauren und vor mir war ein dichter Wald. Da duckte ich mich in den Sattel, übergab mich dem Allach und zum erstenmal im Leben beleidigte ich das Pferd durch einen Schlag mit der Peitsche. Wie ein Vogel streifte es zwischen den Zweigen dahin; scharfe Stechpflanzen zerrissen meine Kleidung, dürre Aeste von Zwergrüstern schlugen mir im Gesicht herum. Mein Pferd setzte über die Baumstumpfe und riß mit der Brust das Gesträuch auseinander. Ich hätte besser gethan das Pferd am Saume des Waldes laufen zu lassen, mich selbst aber zu Fuß im Walde zu verstecken, es that mir aber leid mich von ihm zu trennen. Und der Prophet belohnte mich. Einige Kugeln sausten über meinen Kopf dahin, ich hörte schon die heißverfolgenden Kosaken dicht hinter mir . . Plötzlich gähnt vor mir eine tiefe Wasserschlucht; mein Renner stutzte und sprang. Seine Hinterhufe glitten von dem jenseitigen Uferrande ab, und er hing an den Vorderfüßen; ich warf die Zügel weg, und flog in die Schlucht hinab; dies rettete mein Pferd: es sprang hinauf. Die Kosaken sahen alles mit an, doch keiner von ihnen ließ sich hinab, mich zu suchen: sie dachten wohl ich müsse den Hals gebrochen haben, und ich hörte, wie sie sich in Bewegung setzten mein Pferd aufzufangen. Das Blut stockte mir im Herzen, ich kroch im tiefen Grase längs der Schlucht hervor, ich sehe: der Wald war zu Ende, einige Kosaken reiten aus ihm auf die Haide heraus, und siehe! mein Karagös sprengt grade auf sie los; alle warfen sich mit Geschrei hinter ihm her; lange, lange verfolgten sie ihn, besonders einer war zweimal nahe daran, ihm die Schlinge über den Hals zu werfen; ich erbebte, senkte die Augen, und fing an zu beten. Nach einigen Augenblicken erhebe ich sie wieder und siehe da! mein Karagös fliegt mit wehendem Schweife, dem freien Winde gleich, daher; die Giauren hingegen schleppen sich, einer weit hinter dem andern, auf den abgequälten Pferden durch die Steppe. Beim Allach! es ist wahr, es ist wahrhaftig wahr! Bis zur späten Nacht saß ich in meiner Schlucht. Plötzlich, was denkst Du wohl, Asamat? in der Finsterniß hör' ich, daß am Rande der Schlucht ein Pferd läuft, schnaubt, wiehert und mit den Hufen auf die Erde stampft; ich erkannte die Stimme meines Karagös das war er, mein Gefährte! . . . Von der Zeit an blieben wir unzertrennlich.

Und man konnte hören, wie er mit der Hand den glatten Hals seines Renners sanft klopfte, indem er ihm verschiedene zärtliche Benennungen gab.

„Wenn ich eine Herde von tausend Stuten hätte," sagte Asamat, „ich würde sie Dir ganz für Deinen Karagös hingeben!"

„Jok, ich gäb' ihn nicht dafür," antwortete Kásbitsch gleichgültig.

„Höre, Kásbitsch," sagte schmeichelnd Asamat zu ihm, „Du bist ein guter Kerl, Du bist ein tapferer Dschigit; mein Vater aber fürchtet die Russen, und läßt mich nicht in die Berge; überlaß mir Dein Pferd, und ich will alles thun, was Du nur verlangst, ich stehle für Dich meinem Vater seinen besten Karabiner, seine beste Scháschka, was Du nur wünschest, seine Scháschka ist eine ächte Gúrda: Du brauchst nur die Schneide an die Hand zu legen, so saugt sie sich von selbst in's Fleisch; und sein Panzerhemd ist mindestens so gut wie Deines."

Kásbitsch schwieg.

„Das erstemal, als ich Dein Pferd sah," fuhr Asamat fort, „als es unter Dir sich im Kreise drehte und mit aufgeblasenen Nüstern dahinsprang, und unter seinen Hufen hervor die Steine in Funken stoben, da ging in meiner Seele etwas Unbegreifliches vor, und von der Zeit wurde mir alles andere zuwider: auf die besten Renner meines Vaters sah ich mit Verachtung; ich schämte mich auf ihnen mich zu zeigen, und Traurigkeit übernahm mich ganz; und harmvoll versaß ich auf einem Felsen ganze Tage, und in jedem Augenblicke erschien mir in Gedanken Dein schwarzer Renner mit seinem edlen Gange und seinem glatten, pfeilgraden Rücken; er blickte mich mit seinen muntern Augen an, als ob er sprechen wollte. Ich werde sterben, Kásbitsch, wenn Du mir ihn nicht überlässest!" sagte Asamat mit zitternder Stimme.

Ich glaubte zu hören, daß er zu weinen anfing: dabei muß ich Ihnen sagen, daß Asamat ein erztrotziger Bube war, dem man bisher mit nichts Thränen abzudringen vermocht hatte, sogar als er noch ganz jung war.

Zur Antwort auf seine Thränen war nur eine Art Hohngelächter vernehmbar.

„Höre!" sagte Asamat mit fester Stimme, ich bin zu Allem entschlossen. Willst Du, daß ich für Dich meine Schwester stehle? Wie tanzt sie schön! und wie sie singt! auch nähet sie in Golde aus, wundervoll! Solch eine Genossin hat wohl der türkische Padischa kaum . . . Willst Du? Erwarte mich morgen in der Nacht dort, in der Schlucht, wo der Wildbach fließt: ich werde mit ihr zum benachbarten Aúle vorübergehen, und sie ist Dein. Ist denn wohl Bela nicht Deinen Renner werth?

Lange, lange schwieg Kásbitsch; endlich, anstatt der Antwort, stimmte er mit halber Stimme ein altes Liedchen an:
Schönheiten giebt's hier im Aúle gar viel,
Sternen gleich funkelt des Augenpaars Spiel.
Süß, sie zu lieben ein Loos zu beneiden;
Heit'rer noch, nie von der Freiheit zu scheiden.
Gold schafft der Frauen mir drei oder vier,
Doch solch ein Roß, sagt, wo schaff' ich es mir?
Rasch durch die Stepp', wie der Wind, eilt's im Fluge,
Fern jedem Wechsel, fern jedem Truge.
Vergebens bat ihn Asamat wiederholentlich, einzuwilligen, und weinte und schmeichelte ihm und schwur; endlich unterbrach ihn Kásbitsch ungeduldig:

„Geh fort, thörigter Junge! Wo willst Du wohl auf meinem Pferde reiten? Bei den ersten drei Schritten wirft es Dich ab, und Du zerschlägst Dir das Genick auf den Steinen."

„Ich!" schrie Asamat in Wuth, und das Eisen des Knabendolches erklirrte auf dem Panzerhemde. Eine kräftige Hand warf ihn zurück und er schlug sich an den geflochtenen Zaun so heftig, daß dieser wankte. „Das gibt einen schönen Spaß," dachte ich, eilte zum Stalle, zäumte unsere Pferde auf, und führte sie nach dem hinteren Hofe. Binnen zwei Minuten schon war in der Hütte ein fürchterliches Getöse. Es hatte sich folgendes ereignet: Asamat war mit zerrissenem Beschmét dort hineingerannt, vorgebend, Kásbitsch wolle ihn ermorden. Alle sprangen herbei, griffen zu den Waffen, und der Spaß ging los. Geschrei, Lärm, Schüsse; doch Kásbitsch war schon zu Pferde und brach wie ein Teufel durch die Menge in die Straße, indem er die Scháschka vertheidigend schwang. „Ein schlimmer Handel in fremder Schmauserei die

Nachwehen der Trunkenheit," sagte ich zu Grigórii Alexándrowitsch, indem ich ihn bei der Hand ergriff; „thäten wir nicht besser, uns eiligst davonzumachen?"

„Aber warten Sie doch, wie es endigen wird."

Es wird wahrscheinlich schlecht endigen; bei diesen Asiaten ist es immer so: sie betrinken sich in Busa, und das Gemetzel geht los! Wir saßen auf und ritten spornstreichs nach Hause.

„Was wurde denn aus Kásbitsch?" fragte ich den Stabskapitain mit Ungeduld.

Was kann man wohl einem solchen Kerl anhaben! antwortete er, indem er sein Glas Thee bis auf die Neige austrank; er entschlüpfte!

„Und wurde nicht verwundet?" fragte ich.

Ja, das weiß Gott! Diese Spitzbuben haben ein zähes Leben! Ich hab sie wohl manchmal im Gefecht gesehen, sehen Sie, ganz zerhauen und von Bajonetten einem Siebe gleich durchlöchert, und doch wirthschaftet so ein Kerl noch immer mit der Scháschka herum. Der Stabskapitain schwieg eine Weile, dann fuhr er, mit dem Fuß auf die Erde stampfend, fort:

Eins werde ich mir nie verzeihen: daß mich der Böse zupfte, dem Grigórii Alexándrowitsch Alles wieder zu erzählen, als wir nach der Festung zurückritten, was ich hinter dem Zaune gehört hatte; er lächelte fein, der Schlaufuchs und dachte sich sein eigenes Stückchen aus.

„So? Was denn für eins? Bitte, erzählen Sie doch."

Ja freilich, jetzt ist nichts mehr zu machen! Habe ich einmal angefangen zu erzählen, so muß ich auch weiter fortfahren. Nach etwa vier Tagen kommt Asamat in die Festung. Nach seiner Gewohnheit ging er zu Grigórii Alexándrowitsch, der ihn mit Näschereien zu füttern pflegte. Ich befand mich ebenfalls dort. Die Rede kam auf die Pferde, und Petschórin fing an, den Renner unseres Kásbitsch herauszustreichen; so ein muthiges, prachtvolles Pferd, gerade wie eine Gemse na, mit einem Worte, nach seiner Meinung gab es kein zweites solches Roß auf Gottes weitem Erdboden.

Unserm kleinen Tátaren funkelten die Augen, aber Petschórin thut, als ob er gar nichts merkt; ich versuche das Gespräch auf etwas anderes zu lenken; er aber, hast Du nicht gesehen, bringt es gleich wieder auf Kásbitsch' Pferd zurück. Diese Geschichte wiederholte sich, so oft Asamat zu uns herüber kam. Nach ungefähr drei Wochen bemerkte ich, daß Asamat ganz blaß und abgezehrt aussah, wie das wohl in Romanen von der Liebe geschieht. Was Wunder auch?

Sehen Sie wohl, ich habe erst später die ganze Geschichte erfahren: Grigórii Alexándrowitsch hatte ihn dermaaßen aufgereizt, daß er sich hätte ins Wasser stürzen können. Einstmals nun sagte er zu ihm: „Ich sehe, Asamat, daß Dir dieses Pferd über Alles geht, und doch wird es eben so wenig Dein werden, als Du Deines Nackens ansichtig werden kannst. Nun sag' einmal, was würdest Du wohl Dem geben, der es Dir zum Geschenk machte? . . .

Alles, was er nur will, antwortete Asamat.

„In dem Falle will ich Dir's verschaffen, nur unter einer Bedingung . . . Du schwörst mir, daß Du sie erfüllst . . .

Ich schwöre . . . schwöre auch Du!

„Gut! Ich schwöre Dir zu, Du sollst das Pferd haben; nur mußt Du mir Deine Schwester Bela dagegen ausliefern. Den Karagös will ich Dir als Morgengabe liefern. Ich hoffe, der Handel ist vortheilhaft für Dich.

Asamat schwieg.

„Du willst nicht? Auch gut. Ich hielt Dich für einen Mann, sehe aber, daß Du noch ein Kind bist; es ist noch zu früh für Dich zu reiten . . .

Asamat entbrannte . . . „Aber mein Vater?" sagte er.

„Sollte denn der sich niemals entfernen?"

Es ist auch wahr . . ."

„Also abgemacht? . . ."

Abgemacht, flüsterte Asamat, bleich wie der Tod. Wann?

„Sobald Kásbitsch wieder herkommt; er hat versprochen, ein Zehn Hammel herzutreiben; das Uebrige ist meine Sache. Sieh wohl zu, Asamat!"

Ja, so haben sie die Sache zu Stande gebracht . . . Die Wahrheit zu gestehen, eine recht häßliche Sache. Ich habe das auch später zu Petschórin gesagt, der antwortete mir aber, daß das wilde Tscherkessenkind sich glücklich schätzen könne, einen so netten Mann zu haben, denn nach ihren Gebräuchen ist er immerhin ihr Mann, und was Kásbitsch anginge, so wäre der ein Räuber, den man bestrafen müsse. Nun urtheilen Sie selbst, was ich ihm darauf antworten konnte? . . . Damals aber wußte ich noch nichts von ihrer Verabredung; da kommt denn einmal der Kásbitsch bei uns vor und frägt an, ob wir nicht Hammel und Meth brauchten? Ich befahl ihm, beides den nächsten Tag herzuschaffen. „Asamat!" sagte Grigórii Alexándrowitsch, „morgen ist der Karagös in meinen Händen, bringst Du mir Bela diese Nacht nicht her, so kriegst Du das Pferd nicht zu sehen . . ."

Gut! sagte Asamat und sprengte im Galopp nach dem Aúle. Als der Abend gekommen war, legte Grigórii Alexándrowitsch seine Waffen an und verließ die Festung. Wie sie nun die Sache ausgeführt haben, weiß ich nicht, aber des Nachts waren sie Beide zurückgekommen und die Schildwache hatte gesehen, daß über den Sattel Asamats ein Frauenzimmer lag, deren Hände und Füße gebunden waren, während ihr Kopf mit einem Schleier verhüllt war.

„Aber das Pferd?" fragte ich den Stabskapitain.

Gleich, gleich. Den nächsten Tag kommt Kásbitsch des Morgens früh und brachte ein Zehn Hammel zum Verkauf. Nachdem er sein Pferd an den Plankenzaun gebunden hatte, kam er zu mir; ich traktirte ihn mit Thee, denn, wenn er schon ein Räuber war, so war er doch auch mein Gastfreund.

Wir plauderten von diesem und jenem . . . Plötzlich sehe ich, wie Kásbitsch mit veränderten Gesichtszügen auffährt und nach dem Fenster stürzt, welches aber leider nach dem Hinterhofe führte. „Was ist Dir denn?" fragte ich ihn.

„Mein Pferd! . . . Pferd!" sagte er, am ganzen Leibe erzitternd.

Wirklich hörte ich in diesem Augenblicke das Schlagen von Hufen: „Das ist wahrscheinlich irgend ein angekommener Kosak . . ."

Nein! „Uruß-Jaman, Jaman!" fing er an zu brüllen und stürzte über Hals und Kopf davon, wie ein wilder Panther. Mit zwei Sprüngen war er auf dem Hofe; an dem Thore der Festung versperrte ihm die Schildwache mit dem ausgestreckten Gewehre den Weg; er sprang darüber hinweg und fing an aus allen Kräften zu laufen . . . In der Ferne wirbelte Staub . . . Asamat sprengte auf dem feurigen Karagös dahin; mitten im Laufe riß Kásbitsch sein Gewehr aus dem Ueberzuge und feuerte los. Eine Minute stand er unbeweglich still, bis er sich überzeugt hatte daß er einen Fehlschuß gethan hatte; dann fing er an entsetzlich zu heulen, zerschlug sein Gewehr gegen die Steine, daß es in tausend Stücke flog, wälzte sich auf der Erde herum und stöhnte wie ein Bube . . . Nicht lange, so versammelte sich eine Menge Leute aus der Festung um ihn er sah Niemanden; sie standen da herum und sprachen ein Langes und Breites und gingen endlich wieder fort; ich ließ das Geld für die Hammel neben ihn hinlegen er rührte es aber nicht an, sondern lag mit dem Gesicht auf der Erde, wie ein Todter. Wollen Sie wohl glauben, daß er bis tief in die Nacht und die ganze Nacht hindurch so gelegen hat? Erst am andern Morgen kam er in die Festung und bat, daß man ihm den Räuber nennen wolle. Die Schildwache, die gesehen hatte, wie Asamat das Pferd abband und auf ihm davonjagte, hielt es nicht für nöthig, ihm ein Geheimniß daraus zu machen. Bei diesem Namen funkelten Kásbitsch' Augen und er begab sich nach dem Aúle, wo Asamats Vater wohnte.

„Wie ergings dem Vater?"

Ja das ist ja eben der Witz, daß Kásbitsch ihn nicht zu Hause traf; er war irgend wohin auf ein Tager Sechs verreist; wäre es denn sonst wohl Asamat gelungen, seine Schwester zu entführen?

Als nun der greise Vater zurückkehrte, da fand er weder Tochter noch Sohn; denn der Schlaukopf hatte wohl bedacht, daß er seinen Kopf nicht davon bringen würde, wenn er jemals dem Kásbitsch unter die Hände fiele. So war er denn seit jener Zeit verschwunden; wahrscheinlich hatte er sich zu einer Bande Abréken geschlagen, oder er hatte jenseits des Téreks oder Kúbans sein unruhiges Haupt irgendwo niedergelegt. Dort kommt man leicht genug dazu!

Nun muß ich gestehen, daß auch mich die Sache etwas anging. So wie ich erst erfahren hatte, daß die Tscherkessin bei Grigórii Alexándrowitsch war, legte ich meine Epauletten an, steckte den Degen ein und begab mich zu ihm.

Er lag im Vorderzimmer auf dem Bette, die eine Hand unter dem Nacken geschlagen und mit der andern die ausgegangene Pfeife haltend; die Thüre nach dem zweiten Zimmer war verschlossen und der Schlüssel abgezogen. Ich bemerkte dies Alles im Nu . . . Ich fing an mich zu räuspern und mit den Absätzen an der Schwelle zu scharren er that aber, als hörte er nichts.

„Herr Lieutenant!" sagte ich so streng wie möglich, „sehen Sie denn nicht, daß ich zu Ihnen gekommen bin?"

„Ach, guten Tag, Maksim Maksimitsch! Ist Ihnen eine Pfeife gefällig?" antwortete er, ohne auch nur aufzustehen.

Ich bitte um Entschuldigung! Ich stehe jetzt nicht als Maksim Maksimitsch, sondern als Stabskapitain vor Ihnen!"

„Das ist ja einerlei. Wollen Sie eine Tasse Thee? Ach, wenn Sie wüßten welche Sorge mich jetzt drückt . . ."

Ich weiß Alles, entgegnete ich ihm, an sein Bett tretend.

„Desto besser, ich bin gar nicht aufgelegt, viel zu erzählen."

„Herr Lieutenant, Sie haben sich eines Vergehens schuldig gemacht, für das auch ich zur Verantwortung gezogen werden kann . . ."

„Nun hören Sie doch auf! Was ist denn daran gelegen? Als ob nicht schon längst zwischen uns alles zur Hälfte ginge!"

Ei was für Späße! Ich bitte um Ihren Degen.

„Mitka! den Degen!"

Mitka brachte den Degen. Als ich nun so meiner Pflicht genügt hatte, setzte ich mich zu ihm aufs Bett und sagte: „Höre, lieber Grigórii Alexándrowitsch, gestehe selbst, daß es nicht hübsch war."

„*Was* nicht hübsch?"

„Je nun, daß Du die Bela entführt hast . . . Ach diese Bestie von Asamat! . . . Nun, gestehe selbst," sagte ich zu ihm.

„Ja, wenn sie mir nun einmal gefällt?"

Nun bitte ich Sie, was sollte ich ihm hierauf antworten? Ich war ganz verdutzt. Indessen sagte ich ihm nach einem kurzen Schweigen, daß, wenn ihr Vater sie wieder fordern sollte, man doch genöthigt sein würde, sie herauszugeben.

„Ist durchaus nicht nöthig."

„Ja, wenn er nun aber erfährt, daß sie hier ist?"

„I, wie soll er denn das erfahren?"

Ich war abermals festgefahren. „Hören Sie, Maksim Maksimitsch", begann Petschorin endlich, indem er sich erhob: „Sie sind ein guter Mensch, bedenken Sie selbst, daß, wenn wir diesem Wilden seine Tochter wiedergeben, er sie entweder umbringt oder verkauft. Die Sache ist nun einmal geschehen, es kommt also bloß darauf an, daß wir sie nicht muthwillig selbst verderben; lassen Sie sie also bei mir und meinen Degen bei Ihnen . . ."

„So zeigen Sie mir sie wenigstens," sagte ich.

„Sie ist hinter jener Thür; indessen habe ich mich heut selbst vergebens bemüht, sie zu sehen; sie sitzt, in ihren Schleier gehüllt, in einem Winkel und spricht nicht und rührt sich nicht; sie ist scheu wie eine wilde Gemse. Ich habe unsere Marketenderin in Dienst genommen: die versteht tatarisch und wird sie an den Gedanken gewöhnen, daß sie mein ist, denn sie soll Niemandem anders gehören als mir," fügte er hinzu, indem er mit der Faust auf den Tisch schlug. Ich ließ ihn auch hierin gewähren . . . Was soll man machen? Sehen Sie, es giebt Leute, denen man durchaus ihren Willen thun muß.

„Hat er sie denn wirklich" fragte ich Maksim Maksimitschen, „so weit gebracht, oder verkam sie in der Gefangenschaft vor lauter Heimweh?"

„Ja warum denn vor Heimweh, ich bitte Sie um Alles. Aus der Festung konnte man dieselben Berge sehen, wie aus ihrem Aúle, na, und mehr brauchen diese Wilden ja nicht. Dann beschenkte sie auch Grigorii Alexandrowitsch jeden Tag mit etwas Neuem; die ersten zwei Tage wies sie die Geschenke stolz von sich, welche dann der Marketenderin zufielen und deren Beredsamkeit anregten. Ach, die Geschenke! Was thut ein Frauenzimmer nicht alles für einen bunten Lappen! . . . Doch das gehört jetzt nicht hierher! Grigorii Alexandrowitsch kämpfte lange mit ihr, lernte aber unterdessen tatarisch und auch sie fing an, unsere Sprache etwas zu verstehen. Nach und nach gewöhnte sie sich an seinen Anblick, obschon sie ihn anfänglich nur verstohlen unter den Augenbrauen hervor ansah, und sich immer härmte, und ihre Liedchen mit halber Stimme vor sich hin sang, so daß es mir wohl auch manchmal recht weh um's Herz wurde, wenn ich sie im Nebenzimmer hörte. Niemals werde ich eine Scene vergessen: Ich ging am Fenster vorüber und schaute hinein: Bela saß auf einem Schemel, mit dem Köpfchen auf die Brust gesenkt; Grigorii Alexandrowitsch stand vor ihr. „Höre, meine Peri,“ sagte er, „siehe, Du weißt doch, daß Du früh oder spät mein sein mußt warum mich also so quälen? Vielleicht liebst Du irgend einen Tschetschiner? Wenn dem so ist, so laß ich Dich augenblicklich nach Hause gehen.“ Sie fuhr kaum bemerkbar zusammen und schüttelte mit dem Kopfe. „Oder,“ fuhr er fort, „bin ich Dir so durchaus verhaßt?“ Sie seufzte leise. „Oder verbietet Dir Dein Glaube, mich zu lieben?“ Sie erblaßte und schwieg. „Glaube mir, Allach ist für alle Völkerstämme ein und derselbe, und wenn er mir gewährt hat, Dich so innig zu lieben, warum sollte er Dir verbieten, mich mit Deiner Gegenliebe zu beglücken?“ Sie blickte ihm scharf in's Gesicht, wie von diesem netten Gedanken getroffen; in ihren Augen malte sich die Ungläubigkeit und der Wunsch, sich zu überzeugen. Was für Augen! Sie leuchteten wahrhaftig wie ein Paar Kohlen.

„O höre, süße, theure Bela!“ fuhr Petschórin fort, „Du siehst, wie lieb ich Dich habe; ich will alles für Dich dahingeben, wenn ich Dich nur erheitern kann; ich möchte Dich so gern glücklich sehen, und wenn Du wieder so traurig sein wirst, werde ich sterben. Sage mir, daß Du heiterer sein willst?“ Sie versank in Nachdenken, ohne ihre schwarzen Augen von ihm zu wenden, lächelte dann milde und nickte bejahend mit dem Kopfe. Er ergriff ihre Hand und suchte sie nun zu überreden, ihm einen Kuß zu geben, sie wehrte sich nur schwach, indem sie mehrmals sagte: „Bitte, bitte, nicht nöthig, nicht nöthig.“ Er wurde immer zudringlicher; da fing sie an zu zittern und in Thränen auszubrechen. „Ich bin Deine Gefangene,“ sagte sie, „Deine Sklavin; mithin kannst Du mich freilich zwingen,“ und wieder Thränen.

Grigorii schlug sich mit der Faust vor die Stirn und sprang aus ihrem in das andere Zimmer. Ich begab mich zu ihm; er ging mit gefalteten Händen im Zimmer finster auf und ab. „Nun, mein Lieber?“ sagte ich zu ihm. „Ein Dämon ist sie, aber kein Weib!“ erwiederte er; „ich gebe Ihnen aber mein Ehrenwort, daß sie mein sein wird . . . Ich schüttelte mit dem Kopfe. „Wollen Sie pariren?“ sagte er, „in einer Woche!“ „Mit Vergnügen!“ Wir gaben uns die Hände darauf und trennten uns.

Am andern Tage sandte er sogleich einen Eilboten nach Kislar um verschiedene Einkäufe zu machen; es dauerte nicht lange, so wurde eine solche Menge der verschiedenartigsten persischen Stoffe herbeigeschafft, daß man sie nicht überzählen konnte. „Was meinen Sie, Maksim Maksimitsch!“ sagte er zu mir, indem er auf die Geschenke wies, „wird wohl die asiatische Schönheit gegen eine solche Batterie Stand halten?

Sie kennen die Tscherkessinnen nicht, antwortete ich; die sind nicht wie die Grusierinnen oder die kaukasischen Tatarinnen, durchaus nicht so. Die haben ihre eigene Weise und sind anders erzogen. Grigorii Alexandrowitsch lächelte und fing an einen Marsch zu pfeifen.

Zuletzt zeigte es sich, daß ich Recht gehabt hatte: die Geschenke hatten nur theilweise gewirkt; sie war etwas freundlicher und zutraulicher geworden das war aber auch alles, und so entschloß er sich denn zum letzten Mittel zu greifen. Eines Morgens ließ er sein Pferd satteln, zog sich seine Tscherkessenkleider an, bewaffnete sich und ging zu ihr. „Bela!“ sagte er: „Du weißt, wie lieb ich Dich habe. Ich hatte mich entschlossen Dich zu entführen, in der Hoffnung, daß Du mich lieben würdest, wenn Du mich erst kennen gelernt haben würdest; ich habe mich geirrt: Lebe wohl! Ich überlasse Dir den vollen Besitz alles dessen, was mein ist; wenn Du willst, kannst Du auch zu Deinem Vater zurückkehren Du bist frei. Ich bin in Deinen Augen schuldig und muß mich selbst bestrafen; lebe wohl; ich gehe wohin weiß ich selbst nicht! hoffentlich werde ich den Kugeln und Säbelhieben nicht lange entgehen, dann gedenke meiner und vergieb mir." Er wandte sich von ihr ab und streckte ihr zum Abschiede die Hand entgegen. Sie nahm die Hand nicht und schwieg. Da ich hinter der Thüre stand, so konnte ich durch eine Spalte ihr Gesicht sehen, und wahrhaftig es ging mir nahe eine solche Todtenblässe überzog ihr liebliches Gesichtchen! Da er keine Antwort vernahm, that Petschórin einige Schritte gegen die Thür; er zitterte und soll ich es Ihnen aufrichtig sagen? Ich bin überzeugt, er wäre im Stande gewesen, das in vollem Ernste auszuführen, was er scherzweise gesagt hatte. Er war ein gar zu sonderbarer Mann, Gott weiß! Kaum aber berührte er die Thüre, als sie auf ihn zusprang und sich ihm schluchzend an den Hals warf. Wollen Sie mir's glauben, daß ich hinter meiner Thüre auch weinte, das heißt, wissen Sie, nicht als ob ich geweint hätte, sondern bloß so aus Dummheit!. . .

Der Stabskapitain hielt schweigend inne.

Ja, ich gestehe Ihnen ganz offen, sagte er alsdann, seinen Schnurrbart streichelnd, daß es mir damals weh that, von keinem Weibe jemals so geliebt worden zu sein.

„Und war ihr Glück von Dauer?" fragte ich.

Ja wohl, und sie gestand uns, daß seit dem Tage, an welchem sie Petschórin gesehen hatte, er ihr oft im Traume erschienen wäre, und daß noch nie ein Mann solchen Eindruck auf sie gemacht hätte. Ja, sie waren glücklich!

„Ach, wie Schade!" rief ich unwillkührlich aus. In der That hatte ich eine tragische Entwickelung erwartet und sah mich nun so plötzlich in meinen Hoffnungen getäuscht!. . „Ist es möglich," begann ich abermals, daß der Vater nicht errieth, daß sie bei Ihnen in der Festung steckte?"

Ja, geahnt mag er es wohl haben; indessen erfuhren wir bereits nach wenigen Tagen, daß man den Alten ermordet hatte. Das war nämlich so zugegangen . . .

Meine Aufmerksamkeit wurde auf's Neue rege.

Ich muß Ihnen erst sagen, daß Kasbitsch sich einbildete, als habe ihm Asamat mit seines Vaters Einwilligung sein Pferd gestohlen, wenigstens denke ich mir das so. Einstmals nun lauerte er ihm auf dem Wege auf, ungefähr drei Werst vor dem Aúle; der Greis kehrte eben von den vergeblichen Nachsuchungen nach seiner Tochter heim; seine Usdénen (Lehnsleute) waren weit hinter ihm zurück, die Dämmerung war bereits eingebrochen er ritt, in Gedanken vertieft, langsam voran, als plötzlich Kasbitsch wie eine Katze aus dem Gebüsch hervortauchte, hinter ihn auf das Pferd sprang, mit einem Dolchstiche ihn zu Boden warf, die Zügel ergriff und auf- und davon jagte! Einige der Usdénen hatten dies alles von einem Hügelchen mit angesehen; sie warfen sich hinter ihm her, aber erreichten ihn nicht mehr.

„Er entschädigte sich für den Verlust seines Pferdes und rächte sich," begann ich, um meinem Gefährten seine Meinung darüber zu entlocken.

Ja freilich, nach ihrer Art, erwiederte der Stabskapitain, war er vollkommen in seinem Rechte.

Unwillkührlich frappirte mich die Fähigkeit des Russen, sich den Gebräuchen aller Völker anzuschließen, zwischen welche ihn der Zufall wirft; ich weiß nicht, ob diese Eigenschaft des Gemüthes Lob oder Tadel verdient, indessen ist sie ein Beweis für seine unglaubliche Geschmeidigkeit und für das Vorhandensein jenes gesunden Menschenverstandes, welcher das Böse überall entschuldigt, wo er dessen Unvermeidlichkeit oder die Unmöglichkeit seiner Vernichtung einsieht.

Unterdessen war der Thee ausgetrunken; die längst angespannten Pferde standen durchfroren auf dem Schnee; der Mond erbleichte im Westen und war bereit in seine schwarzen Wolken unterzutauchen, die auf den fernen Berggipfeln hingen, gleich den Fetzen eines zerrissenen Vorhanges. Wir traten aus der Hütte. Trotz der Vorhersagung meines Reisegenossen hellte sich das Wetter auf, und versprach uns einen stillen Morgen. Die Reigen der Sterne durchschlangen sich in wundersamen Gebilden am fernen Horizonte, und einer nach dem andern erlosch in demselben Maße, als der blasse Schimmer des Ostens sich über das dunkelviolette Himmelsgewölbe ergoß, und allmälig die steilen, mit jungfräulichem Schnee bedeckten Bergabhänge beleuchtete. Rechts und links dunkelten schwarze geheimnißvolle Abgründe, und Nebel, die sich gleich Schlangen zusammenknäulten und loswanden, krochen über die Runzeln der benachbarten Felsen, als ob sie die Annäherung des Tages fühlten und scheuten.

Still war alles am Himmel und auf der Erde, wie im Herzen des Menschen während des Morgengebets; nur dann und wann kam von Osten her ein kühler Wind, der die mit Reif bedeckten Mähnen der Pferde aufwehte. Wir machten uns auf den Weg; mit Mühe schleppten fünf schlechte Mähren unser Fuhrwerk auf der gewundenen Straße den Gudberg hinan; wir gingen zu Fuß hinterdrein, und legten Steine unter die Räder, so oft die Pferde erschöpft anhielten; es schien als führte der Weg in den Himmel, denn so weit das Auge sehen konnte, ging er immer aufwärts, und verlor sich zuletzt in einer Wolke, welche schon seit vorigem Abend auf dem Gipfel des Gudbergs ausruhte, einem Geier gleich, der auf Beute wartet; der Schnee krachte unter unsern Füßen; die Luft wurde so dünn, daß das Athemholen schmerzte; das Blut strömte heftig zum Kopf, aber trotz alledem ergoß sich ein gewisses tröstliches Gefühl durch alle meine Adern, und es machte mir ein besonderes Vergnügen so hoch über der Welt zu sein ein kindisches Gefühl, ich will's nicht läugnen; aber wenn wir uns einmal von dem Zwange der Gesellschaft entfernen und der Natur nähern, so werden wir unwillkührlich wieder Kinder: alles bloß Angeeignete fällt von der Seele, und sie gestaltet sich auf's Neue so, wie sie einst gewesen und wahrscheinlich dereinst wieder werden wird. Der, dem es wie mir beschieden war, über die Bergeseinöden hinzuschweifen, und lange, lange sie in ihren wunderlichen Bildungen zu betrachten, und gierig die belebende Luft einzuathmen, die durch ihre Klüfte ausgegossen ist, der wird meinen Wunsch verstehen, solche zauberhafte Bilder zu überliefern, zu erzählen, hinzuzeichnen. Endlich waren wir nun den Gudberg hinauf gestiegen, hielten an, und sahen uns um: eine blaue Wolke hing auf ihm, deren kalter Hauch einen nahen Sturm drohte; aber im Osten war alles so hell und golden, daß wir, das heißt ich und der Stabskapitain, des drohenden Sturmes ganz vergaßen . . . Ja, auch der Stabskapitain, denn: in einfachen Herzen ist das Gefühl der Schönheit und Erhabenheit der Natur hundertmal stärker und lebhafter, als in uns, die wir uns an Worten und auf dem Papiere begeistern.

„Sie sind, denk' ich, an diese erhabenen Gemälde schon ganz gewöhnt?" sagte ich zu ihm.

Freilich, sogar an das Pfeifen der Kugeln kann man sich gewöhnen, das heißt, sich gewöhnen das unwillkührliche Schlagen des Herzens zu verbergen.

„Ich hörte, im Gegentheil, daß für manche alte Kriegsleute diese Musik sogar angenehm sei."

Versteht sich; wenn Sie wollen, ist sie auch angenehm; indessen nur darum, daß das Herz stärker schlägt. „Sehen Sie," fügte er hinzu, indem er nach Osten zeigte: „Was für eine Gegend!"

Und gewiß, ein solches Panorama wird mir schwerlich noch irgend wieder dargeboten werden: unter uns lag das Koischaurskische Thal, vom Aragwa und einem andern Flusse wie von zwei silbernen Fäden durchschnitten; ein bläulicher Nebel glitt darüber hin, vor den warmen Strahlen des Morgens in die nahen Klüfte fliehend: rechts und links durchschnitten sich und dehnten sich verschiedene Bergkämme aus, der eine immer höher als der andere, sämmtlich mit Schnee und Gesträuch bedeckt; in der Ferne immer wieder Berge, aber auch nicht zwei Felsen, die einander ähnlich gesehen hätten, und all' diese Schneemassen glühten von röthlichem Glanze so munter und hell, daß man hier lebenslang hätte verweilen mögen; die Sonne blickte nur eben hinter dem dunkelblauen Berge hervor, den ungewohnte Augen kaum von dem drohenden Gewölk unterscheiden konnten; auf der Sonne aber lag ein blutiger Streif, welchem mein Gefährte besondere Aufmerksamkeit widmete. „Ich sage Ihnen," rief er aus, „daß nun ein Unwetter kommen wird; wir müssen uns tummeln, oder es wird uns auf dem Kreuzberge überfallen." „Rührt Euch!" rief er den Fuhrleuten zu.

Sie hingen anstatt der Hemmschuhe Ketten unter die Räder, damit diese nicht hinunter rollten, faßten die Pferde bei den Zügeln und fingen an, sich in Bewegung zu setzen. Rechts erhob sich ein Fels, links gähnte ein solcher Abgrund, daß ein ganzes Dörfchen von Osseten, die in dessen Tiefe wohnten, einem Schwalbenneste nicht unähnlich schien; ich schauderte, wenn ich bedachte, daß oft in tiefer Nacht so mancher Courier diesen Weg, wo zwei Wagen einander nicht ausweichen können, wohl zehnmal des Jahres passirt, ohne von seinem rüttelnden, offenen Wagen hinabzugleiten. Einer unserer Postillone war ein russischer Bauer aus Jaroslaw, der andere ein Ossete. Der Ossete führte das Hauptpferd mit aller nur möglichen Vorsicht am Zügel, nachdem er die Vorderpferde bei Zeiten abgespannt hatte, unser sorgloser Russe hingegen stieg nicht einmal von seinem Sitzbrett herab! Als ich ihm bemerkte daß er, wenn auch nur zum Besten meines Koffers, es sich doch ein Bischen weniger bequem machen könnte, weil ich nicht Lust hätte, hinter diesem drein in den Abgrund zu klettern, antwortete er mir: „I, Herr! Mit Gottes Hülfe fahren wir nicht schlechter wie die da! sind wir doch nicht zum erstenmal dabei!" und er hatte Recht; wir hätten nun freilich auch *nicht* ankommen können, allein, wir kamen doch an, und wenn die Leute nur besser nachdenken wollten, so würden sie sich überzeugen, daß das Leben nicht werth ist, sich soviel Sorge darüber zu machen.

Aber vielleicht wünschen meine Leser das Ende von Bela's Geschichte zu erfahren?

Erstens schreibe ich keine Novelle, sondern Reisenotizen: folglich kann ich auch den Stabskapitain nicht eher erzählen lassen, als er in der That zu erzählen anfing. Also warten Sie ein Bischen, oder, wenn Sie wollen, überschlagen Sie einige Seiten, wozu ich Ihnen freilich nicht rathe, weil die Reise über den Kreuzberg (oder wie ihn der gelehrte Gamba nennt, le Mont de St. Christophe) Ihrer Neugierde gewiß werth ist. Also, wir stiegen vom Gudberg in das Teufelsthal (Tschértowa-Dolina) . . . Was für ein romantischer Name! Sie sehen schon das Nest des bösen Geistes zwischen den unzugänglichen Felsen hängen?! mit nichten: der Name „Tschértowa-Dolina" kommt von dem Worte „Tschertá" (die Grenze) her und nicht von „Tschort" [der Teufel], denn hier war einstmals die Grenze Grusiens. Dies Thal nun war von Schneehaufen zugeschneit, die ziemlich lebhaft an Saratoff, Tamboff und andere *liebliche* Orte unseres Vaterlandes erinnerten.

„Da ist der Kreuzberg!" sagte der Stabskapitain zu mir, als wir in die Tschértowa-Dolina gefahren waren, indem er auf eine Anhöhe wies, die mit einem Schneegewande bekleidet war; auf seiner Höhe erhob sich ein schwarzes steinernes Kreuz, an welchem ein kaum sichtbarer Weg vorüberführte, den man nur passirt, wenn der Seitenweg vom Schnee verschüttet ist. Unsere Postillone versicherten uns, es wären noch keine Lawinen gefallen und führten uns, um die Pferde zu schonen, den gewundenen Seitenweg. An einer Wendung des Weges stießen wir auf fünf Osseten, die uns ihre Dienste anboten, sich in die Räder warfen und mit vielem Geschrei unsere Wagen bald hemmten, bald vorwärts stießen. Der Weg war in der That sehr gefährlich; rechts hingen über unsern Häuptern ungeheure Schneemassen, bereit, sich auf den ersten Windstoß in die Schlucht hinabzureißen; der enge Weg selbst war zum Theil mit Schnee bedeckt, der an einigen Stellen unter unseren Füßen einbrach, an andern von den Sonnenstrahlen und dem wiederkehrenden Nachtfroste in Eis verwandelt worden war, so daß es uns sogar schwer wurde darüber hinwegzukommen. Die Pferde stürzten fortwährend; links glänzte eine tiefe Felsenspalte, aus welcher ein Sturzbach hervorstürzte, bald sich unter einer Eisrinde verbergend, bald schäumend über die schwarzen Felsen dahin hüpfend. In zwei vollen Stunden konnten wir kaum den Kreuzberg herumkommen, zwei Werst in zwei Stunden! Unterdessen hatten sich die Wolken gesenkt, es fiel Hagel und Schnee; der Wind, der aus der Schlucht hervordrang, heulte und pfiff wie der Räuber Nachtigall, von dem die Sage geht, seine Pfeife sei von einem Ende Rußlands bis zum andern vernehmbar gewesen, und bald war das Kreuz von Nebelwolken verdeckt, deren Wogen, die eine immer dichter und undurchdringlicher als die andere, von Osten herbeieilten . . . .

Ueber dieses Kreuz existirt die seltsame doch allgemeine Sage, als habe es Peter der Große auf seiner Reise durch den Kaukasus errichten lassen; zum Ersten aber war Peter nur in Dagestan gewesen, und zum Zweiten war mit großen Buchstaben auf das Kreuz geschrieben, daß es auf Befehl des Grafen Jermóloff errichtet wurde und zwar im Jahre 1824. Allein die Sage hat sich trotz dieser Inschrift dermaßen eingewurzelt, daß man wirklich nicht weiß, wem man Glauben schenken soll, um so mehr als wir nicht gewohnt sind den Inschriften zu trauen.

Wir hatten noch ungefähr fünf Werst auf den übereisten Felsen und dem morastigen Schnee zurückzulegen, bevor wir die Station Kobi erreichen konnten. Unsere Pferde waren erschöpft, wir vor Kälte erstarrt; das Schneegestöber tobte wilder und wilder; ganz wie unsere nordische Windsbraut, nur daß ihr wildes Geheul trauriger, schwermüthiger war. „Auch Du, arme Verbannte, dachte ich bei mir selbst, weinst um Deine weiten, offenen Steppen! Dort konntest Du Deine kalten Flügel entfalten; hier aber ist es Dir beklommen und eng, wie dem Adler, der mit Schrei gegen das eiserne Gitter seines Käfichs anfliegt."

Das steht schlimm mit uns! sagte der Stabskapitain. Schauen Sie nur, rundum nichts zu sehen als Nebel und Schnee; wir können uns nur gewärtigen, daß wir in einen Abgrund stürzen oder in den Schneemassen stecken bleiben, und dort unten, wahrhaftig, hat sich der Baidar so ausgebreitet, daß wir nicht drüberweg kommen werden. Ach, dies abscheuliche Asien! Wie die Menschen so sind auch die Flüßchen, man kann sich nie auf sie verlassen! Die Führer trieben mit Geschrei und Schelten die Pferde an, die sich gegenstemmten, schnaubten und nicht vom Flecke wollten trotz der Beredsamkeit der Knuten.

„Ew. Gnaden," sagte endlich einer derselben, „sehn Sie mal, nach Kobi kommen wir heute doch nicht; befehlen Sie nicht vielleicht, daß man wenigstens dort links einbiege? Sehen Sie wohl, da, am Abhange, starrt etwas empor, wahrscheinlich ein Felsen: nun, da halten die Reisenden gewöhnlich zur Zeit eines Unwetters; die Osseten meinen, daß wenn Sie ein Trinkgeld gäben, sie uns hinschaffen wollten."

Ich weiß, mein Lieber, weiß es ohne Dich! sagte der Stabskapitain. Diese Bestien sind bereit sich in Stücke zu zerreißen, wenn sie einem nur ein Trinkgeld abnöthigen können.

„Indessen gestehen Sie selbst," meinte ich, „daß es uns jetzt ohne sie schlecht ergehen würde."

'S ist alles eins; 'S ist alles eins! brummte er vor sich hin. Das sind mir die rechten Führer! Sie wittern es, wo sie eine Gelegenheit benutzen können. Als ob man ohne sie den Weg nicht finden könnte! . . .

So wandten wir uns denn links und erreichten mit vieler Noth ein armseliges Obdach, aus zwei Sakljen bestehend, die aus Fliesen und Kieselsteinen zusammengemauert waren und um die sich eine eben solche Schutzmauer zog. Die zerlumpten Wirthsleute empfingen uns freundlich. Später erfuhr ich, daß sie von der Regierung bezahlt und ernährt werden unter der Bedingung, daß sie die vom Sturm überfallenen Reisenden aufnehmen.

„Es hat doch alles sein Gutes!" sagte ich, mich an's Feuer niedersetzend. „Jetzt erzählen Sie mir Ihre Geschichte von der Bela aus; ich bin überzeugt, damit war die Sache noch nicht abgemacht."

Und weshalb sind Sie so überzeugt davon? entgegnete mir der Stabskapitain, indem er mich mit einem listigen Lächeln anblinzelte.

„Deshalb, weil es nicht in der Ordnung der Dinge liegt; was auf eine ungewöhnliche Weise anfing, muß auch ebenso wieder endigen."

Sie haben's getroffen.

„Sehr erfreut."

Sie haben sich gut freuen, mir aber ist es wahrlich sehr traurig zu Muthe, wenn ich dran denke. Es war doch ein herrliches Mädchen, die Bela! Ich gewöhnte mich zuletzt so an sie wie an eine Tochter, und sie liebte mich. Ich muß Ihnen nämlich sagen, daß ich keine Familie habe; von meinen Eltern habe ich seit zwölf Jahren bereits keine Nachricht mehr, und ich habe nicht früh genug daran gedacht mich mit einer Frau zu versorgen na, und jetzt will sich das nicht mehr recht schicken; so war ich denn froh daß ich irgend wen verzärteln konnte. Da sang sie uns denn so manches Liedchen oder tanzte einen lesghinischen Tanz . . . Ach, und wie sie tanzte! Ich habe doch auch unsere Fräulein aus der Provinz tanzen sehen und war sogar einmal in Moskau in der Adligen-Ressource; es wird wohl an die zwanzig Jahre her sein, ja, wo denken Sie hin! Durchaus nicht das! . . . Grigorii Alexandrowitsch putzte sie aus wie ein Püppchen und hätschelte sie und pflegte sie, und sie gewann so bei uns, daß es eine wahre Pracht war! Die Sommersprossen vergingen aus Gesicht und Händen, auf ihren Wangen glühte der reine Purpur . . . und sie war so aufgelegt, und machte sich, der Schalk, immer über mich so lustig . . . Gott sei ihr gnädig! . . .

„Was sagte sie, als man ihr den Tod ihres Vaters anzeigte?"

Wir verhehlten es ihr lange, bis sie sich ganz an ihre Lage gewöhnt hatte; als wir es ihr endlich mittheilten, weinte sie ein paar Tage und dann war alles vergessen.

Vier Monate lang ging alles nach Herzenswunsch. Ich glaube Ihnen schon gesagt zu haben, daß Grigorii Alexandrowitsch leidenschaftlich die Jagd liebte; früher hatte es ihn denn oft in den Wald auf die Spur der Eber und wilden Böcke getrieben, jetzt aber kam er selten über den Festungswall hinaus. Auf einmal sehe ich denn, wie er wieder nachdenklich wird und mit auf dem Rücken gefalteten Händen im Zimmer auf- und abspaziert; dann, ohne Jemandem etwas davon zu sagen, ging er pürschen, der ganze Morgen verstrich damit. Das war einmal so, dann das andere Mal, dann immer häufiger und häufiger. „Das ist kein gutes Zeichen,“ dachte ich, „zwischen ihnen muß wohl die schwarze Katze vorbeigesprungen sein!“

Eines Morgens ging ich auch zu ihnen es ist mir, als ob sie noch vor meinen Augen stünde: Bela saß auf dem Bette in einem schwarzseidenen Beschmete, und war so blaß und so traurig, daß ich zusammenfuhr.

Wo ist Petschorin, fragte ich.

„Auf der Jagd.“

Ging er heute aus? Sie schwieg, als ob es ihr peinlich gewesen wäre, es zu sagen.

„Nein, gestern schon,“ begann sie endlich, tief aufseufzend.

Es wird ihm doch nichts begegnet sein?

„Ich habe gestern den ganzen Tag gedacht und gedacht,“ erwiederte sie unter Thränen, „und habe mir mancherlei Unglück vorgestellt; bald schien es mir, als habe ein wilder Eber ihn verwundet, bald als hätte ein Tschetschiner ihn in die Berge geschleppt . . . Aber heute dünkt es mich als habe er mich nicht mehr lieb.“

Nun wahrhaftig, Liebchen, etwas Schlimmeres hättest Du auch nicht ausdenken können! Sie fing an zu weinen und erhob endlich mit stolzer Würde ihr Haupt, wischte die Thränen ab und fuhr fort:

„Wenn er mich nicht mehr liebt, wer hindert ihm denn mich nach Hause zurückzuschicken? Ich zwinge ihn zu nichts. Wenn das aber so fortgeht, so werde ich von selbst mich entfernen; ich bin keine Sklavin, ich bin eines Fürsten Tochter!“ . . .

Ich bemühte mich sie zu beruhigen. Höre, Bela, siehe, er kann doch nicht immer hier sitzen, als ob er an Deinen Unterrock genäht wäre: er ist ein junger Mann, der es liebt, dem Wilde nachzustellen, und der da kommt und geht; wenn Du aber so melancholisch sein willst, dann wird er Deiner erst recht überdrüssig.

„Wahr, wahr,“ antwortete sie, „ich werde heiter sein!“ Und mit lautem Lachen griff sie nach ihrem Tamburine, fing an zu singen und zu tanzen und um mich herum zu springen; allein es dauerte nicht lange und sie fiel wieder auf ihr Bett und bedeckte ihr Gesicht mit den Händen.

Was sollte ich mit ihr anfangen? Sie müssen wissen, ich habe mit Damen nie Umgang gehabt; ich sann und sann, wie ich sie trösten könnte und sann doch nichts aus; so schwiegen wir denn alle Beide eine Weile . . . Eine unausstehliche Position! . . .

Endlich sagte ich zu ihr: „Willst Du, so gehen wir ein wenig auf dem Walle? Das Wetter ist schön!“ Es war im September, und wahrhaftig ein wunderschöner, heller, nicht zu heißer Tag; man konnte die Berge alle sehen, als ob sie auf Porzelan gemalt gewesen wären. Wir gingen, und spazierten schweigend auf dem Festungswalle auf und ab. Sie setzte sich endlich auf den Rasen nieder und ich setzte mich neben sie. Wahrhaftig, es kommt mir jetzt recht lächerlich vor, ich lief hinter ihr drein, wie eine Wärterin.

Unsere Festung stand auf einem erhabenen Orte und bot eine schöne Aussicht dar; von der einen Seite lief eine weite Ebene, von Schluchten durchschnitten, auf einen Wald aus, der sich bis auf den Rücken der Berge hinaufzog; hier und da tauchten die Aule, tauchten die Herden auf; von der andern Seite floß ein kleiner Fluß eilig dahin, der das dichte Gesträuch bespülte, welches die steinigten Hügel bedeckt, die sich endlich der Hauptkette des Kaukasus anschließen. Wir saßen an einer Ecke der Bastion, so, daß wir von beiden Seiten alles überschauen konnten. Auf einmal sehe ich, wie Jemand auf einem grauen Pferde aus dem Walde immer näher und näher herangeritten kommt, und endlich auf der andern Seite des Flüßchens in einer Entfernung von ungefähr 700 Fuß von uns stehen blieb und sein Pferd nach allen Seiten herumwarf. „Was zum Henker ist das?" sagte ich, „sieh' doch 'nmal hin, Bela, Du hast bessere Augen als ich, was das für ein Dschigit ist und zu wessen Belustigung der gekommen sein mag."

Sie blickte hin und schrie auf: Das ist Kasbitsch!

„Der verdammte Kerl! Ist er gekommen um uns zu verhöhnen?" Ich schaue ebenfalls hin wahrhaftig es ist Kasbitsch, sein schwarzbraunes Gesicht, und zerrissen und zerlumpt und schmierig wie immer. „Das ist meines Vaters Pferd," sagte Bela, indem sie mich bei der Hand faßte; sie zitterte wie ein Blatt, ihre Augen funkelten. Schau, schau! dachte ich bei mir selbst: auch in Dir, mein Seelchen, schweigt das Räuberblut nicht!

„Komm' mal hierher," sagte ich zur Schildwache, „sieh nach Deinem Gewehr und schieß mir 'nmal diesen Burschen da herunter bekommst einen Silberrubel." „Zu befehlen Eure hohe Gnaden: er steht nur nicht ganz still . . ." „So befiehl es ihm!" sagte ich lächelnd . . .

„Heda! Gutfreund!" schrie ihm der Soldat zu, indem er ihm mit den Armen winkte: „warte doch einmal ein Bischen, was drehst Du Dich denn da wie ein Kreisel herum?" Kasbitsch blieb wirklich stehen und hörte zu; wahrscheinlich glaubte er, daß man mit ihm in Unterhandlungen treten wolle, da kam er gerade recht! . . .

Mein Grenadier legt an . . . Batz! . . . vorbei; das Pulver war nur von der Pfanne abgebrannt; Kasbitsch spornte sein Pferd daß es einen Seitensprung that. Dann hob er sich in den Steigbügeln in die Höhe, schrie etwas in seiner Sprache, drohte mit der Nagaika und weg war er!

Schämst Du Dich denn nicht! sagte ich zur Schildwache.

„Ew. hohe Gnaden! Er wird dem Tode doch nicht entgehen," entgegnete dieser, „dieses verdammte Volk kriegt man mit Einem Male nicht todt."

Nach einer Viertelstunde kehrte Petschorin von der Jagd zurück; Bela warf sich ihm um den Hals und äußerte keine Klage, keinen Vorwurf über seine lange Abwesenheit . . . Dagegen war ich recht böse auf ihn. Nun bitte ich Sie, sagte ich da war Kasbitsch so eben am andern Ufer des Flüßchens und wir haben auf ihn geschossen; wie leicht hätten Sie auf ihn stoßen können? Diese Gorzen sind ein rachesüchtiges Volk; glauben Sie etwa, daß er nicht längst errathen habe, daß Sie dem Asamat behülflich waren? Und ich will wetten, daß er Bela heute erkannt hat. Ich weiß, daß sie ihm vor einem Jahre schrecklich gefiel er hat es mir selbst gesagt und wenn er hätte hoffen können, eine anständige Morgengabe zusammenzubringen, so hätte er wahrhaftig auch um sie angehalten . . . Hierbei verfiel Petschorin in Gedanken.

„Ja," antwortete er; „wir müssen vorsichtiger sein . . . Bela! von heute an darfst Du nicht mehr auf dem Festungswalle spazieren gehen."

Desselbigen Abends hatte ich eine lange Auseinandersetzung mit ihm; es that mir weh, daß er sich gegen das arme Mädchen so verändert hatte; denn außerdem daß er den halben Tag auf der Jagd lag, so war sein ganzes Betragen gegen sie kalt, er liebkoste sie selten und sie fing an zusehends abzumagern, ihr Gesichtchen wurde länger, ihre großen Augen umwölkt. Wie oft fragte ich sie nicht: Warum seufzest Du, Bela? Bist Du traurig? „Nein!" Trägst Du nach etwas Verlangen? „Nein!" Sehnst Du Dich nach Deinen Angehörigen? „Ich habe keine Angehörigen." Ganze Tage lang konnte man außer „Ja" und „Nein" nichts aus ihr herausbringen. Nun, dies Alles sagte ich ihm denn. „Hören Sie mich an, Maksim Maksimitsch," erwiederte er: „ich habe einen unglückseligen Charakter; hat mich die Erziehung so gemacht, hat Gott mich so erschaffen, ich weiß es nicht; ich weiß nur, daß wenn ich die Ursache von anderer Leute Unglück bin, ich selbst mich nicht minder unglücklich fühle. Natürlich ist ihnen dies ein schlechter Trost es handelt sich hier auch nur darum, daß Dem so ist. Von meiner ersten Jugend an, sobald ich nur der elterlichen Bevormundung entrückt war, gab ich mich leidenschaftlich allen Genüssen hin, die man für Geld nur erlangen kann, und natürlich ekelten mich diese Genüsse bald an. Dann betrat ich die große Welt, und auch die Gesellschaft langweilte mich bald; ich verliebte mich in die Schönen der „großen Welt" und wurde wieder geliebt, allein ihre Liebe reizte nur meine Einbildungskraft und Eigenliebe, das Herz ging leer dabei aus . . . So fing ich an zu lesen, zu studiren auch die Wissenschaften wurden mir langweilig; ich sah, daß weder der Ruhm noch das Glück irgendwie an sie gefesselt sind, denn die glücklichsten Menschen sind die Unwissenden, und der Ruhm ein Glücksfall, zu dessen Erreichung man nur gewandt zu sein braucht. So wurde mir Alles zum Ekel . . . Bald darauf wurde ich nach dem Kaukasus versetzt: das war die glückseligste Zeit meines Lebens. Ich hoffte, daß die Langeweile unter den Kugeln der Tschetschiner nicht wohnen würde vergebens; nach einem Monate war ich so an ihr Sausen und an die Nähe des Todes gewöhnt, daß ich wahrlich dem Fluge einer Mücke mehr Aufmerksamkeit zuwandte, und da wurde mir noch öder zu Muthe als je zuvor, denn ich verlor fast die letzte Hoffnung. Als ich Bela in meinem Hause sah, als ich sie zum ersten Male auf meinen Knieen hielt und ihre schwarzen Locken küßte, da glaubte ich Thor, daß sie ein Engel sei, den mir das mitfühlende Schicksal zugesandt habe . . . Ich irrte mich abermals: Die Liebe einer Wilden ist nicht viel besser als die einer vornehmen Dame; die Unwissenheit und Herzenseinfalt der Einen ist eben so langweilig wie die Koketterie der Andern. Wenn Sie wollen, so liebe ich sie noch; ich bin ihr dankbar für einige recht süße Augenblicke und bereit mein Leben für sie hinzugeben, aber ich langweile mich mit ihr . . . Bin ich ein Thor oder ein Bösewicht, ich weiß es nicht; das aber ist gewiß, daß ich des Mitleids eben so würdig bin, vielleicht noch mehr als sie; meine Seele ist von der Welt verdorben worden; meine Einbildungskraft eine unstäte, mein Herz unersättlich; mir ist alles zu wenig; an den Kummer gewöhne ich mich so leicht, wie an den Genuß, und so wird mein Leben von Tag zu Tage leerer; mir bleibt nur *ein* Mittel übrig: zu reisen. Sobald es nur angehen wird reise ich ab, nur nicht nach Europa, Gott behüte! Ich gehe nach Amerika, Arabien, Indien! Vielleicht trifft mich unterwegs der Tod! Wenigstens bin ich überzeugt, daß dieser letzte Trost, mit Hülfe der Stürme und der schlechten Wege, nicht allzulange wird auf sich warten lassen!"

So sprach er noch lange und seine Worte gruben sich mir tief in's Gedächtniß, denn es war zum ersten Mal, daß ich einen 25jährigen Menschen also sprechen hörte, und, gebe es Gott, zum letzten Male! Wie seltsam! Sagen Sie selbst, fuhr der Stabskapitain fort, indem er sich an mich wandte, Sie waren, wie es scheint, auch in der Residenz, und noch unlängst; sind denn wirklich die dortigen jungen Leute alle so?

Ich entgegnete ihm, daß es viele Leute gäbe, die ebenso redeten und daß unter ihnen wahrscheinlich auch solche wären, welche die Wahrheit sprächen; daß übrigens der Lebensüberdruß, wie alle Moden, aus den hoheren Schichten der Gesellschaft in die niederen übergegangen sei, die ihn nun abtragen, und daß in diesem Augenblicke diejenigen, welche sich am meisten und wahrhaft langweilen, sich bemühen dies Unglück wie ein Laster zu verbergen. Der Stabskapitain begriff diese Feinheiten nicht, schüttelte mit dem Kopfe und lächelte schlau:

Nicht wahr, die Franzosen haben die Mode der langen Weile aufgebracht?

„Nein, die Engländer."

Aha, sehen Sie wohl! . . . erwiederte er, das kommt daher, daß sie immer erklärte Trunkenbolde waren!

Ich erinnerte mich unwillkührlich einer Moskauer Dame, welche behauptete, daß Byron nichts weiter als ein Trunkenbold gewesen sei. Uebrigens war die Bemerkung des Stabskapitains leichter zu entschuldigen: um sich des Weines zu enthalten, gab er sich natürlich Mühe sich zu überreden, daß alle Unglücksfälle in der Welt nur vom Trunke herrühren.

Mittlerweile führte er seine Erzählung folgendermaßen weiter:

Kasbitsch ließ sich nicht mehr sehen. Indessen weiß ich nicht wie es kam, daß ich den Gedanken nicht loswerden konnte, als sei er nicht umsonst gekommen und daß er etwas Böses im Schilde führe.

Einstmals überredet mich Petschorin mit ihm auf die Wildschweinsjagd zu gehen; ich weigerte mich lange; was lag mir auch an einem solchen wilden Schweine! Indessen schleppte er mich zuletzt doch mit fort.

Wir nahmen fünf Mann mit und zogen des Morgens früh hinaus. Bis zehn Uhr strichen wir durch Schilf und Wald umher nirgends Wild! „Ei was, gehen wir nicht lieber nach Hause zurück?" sagte ich. „Warum nun gerade darauf bestehen? Es ist klar, daß wir heute keinen glücklichen Tag haben!" Allein Grigorii Alexandrowitsch wollte trotz der Sonnenhitze und unserer Ermattung nicht ohne Beute heimkehren . . . So war er nun einmal: was er sich in den Kopf gesetzt hatte, das mußte er haben; offenbar war er in seinen Kinderjahren ein recht verzogenes

Muttersöhnchen gewesen . . . Endlich, gegen Mittag, stießen wir auf einen solchen verwünschten Eber. Paff! Paff! verfehlt weg war er im Schilfe . . . es war einmal ein unglücklicher Tag! So ruhten wir uns denn ein wenig aus und begaben uns auf den Rückweg.

Wir ritten neben einander, schweigend, mit losgelassenen Zügeln und waren bereits hart an der Festung, bloß daß das Gebüsch sie uns noch verbarg. Plötzlich ein Schuß . . . Wir blickten einander an, derselbe Verdacht durchzuckte uns . . . Unverzüglich sprengen wir nach der Richtung des Schusses, wir sehen: auf dem Walle hatte sich ein Haufe Soldaten versammelt, die auf das Feld hinwiesen, auf welchem ein Reiter in vollem Carriere dahinsprengte, etwas Weißes vor sich auf dem Sattel haltend. Grigorii Alexandrowitsch schrie nicht schlechter auf als irgend ein Tschetschiner; das Gewehr aus dem Futterale und dahin; ich ihm nach.

Zum Glücke waren unsere Pferde in Folge der unglücklichen Jagd nicht abgemattet; sie rissen sich unter dem Sattel dahin und wir kamen mit jedem Augenblicke näher und näher . . . und endlich erkannte ich den Kasbitsch, nur konnte ich nicht recht unterscheiden, was er da vor sich hielt. Ich hatte Petschorin gerade eingeholt und schrie ihm zu: „Es ist Kasbitsch!" Er blickte mich an, nickte mit dem Kopfe und schlug sein Pferd mit der Peitsche.

Endlich hatten wir uns ihm auf Büchsenschußweite genähert; war nun sein Pferd bereits abgequält, oder war es schlechter als die unsrigen, genug, es wollte nicht mehr recht vorwärts. Ich glaube, daß er sich in dieser Minute seines Karagös erinnerte.

Ich sehe, daß Petschorin im Galopp sein Gewehr anlegt! „Schießen Sie nicht!" schrie ich ihm zu: „bewahren Sie den Schuß, wir holen ihn auch so ein." So ist aber die Jugend! immer entbrennt sie zur Unzeit . . . . Der Schuß ging doch los und die Kugel zerschmetterte ein Hinterbein des Pferdes; dieses machte in der Wuth des Schmerzes noch ein Stücker zehn Sprünge, stolperte dann und fiel auf ein Knie. Kasbitsch sprang herunter, und dann sahen wir, daß er in seinen Armen ein Frauenzimmer hielt, das in einen Schleier gehüllt war . . . Es war Bela . . . Die arme Bela! . . . Er rief uns etwas in seiner Sprache zu und zückte den Dolch auf sie . . . Da galt kein Zögern: ich schoß nun auf gut Glück mein Gewehr ab; die Kugel mag ihm wohl in die Schulter gegangen sein, denn er ließ sogleich den Arm sinken . . . Als der Dampf sich verzogen hatte, lag auf dem Boden das verwundete Pferd und neben ihm Bela; Kasbitsch aber, der sein Gewehr weggeworfen hatte, kletterte wie eine Katze an den Gebüschen den Felsen entlang: ich hätte ihn gern da weggeblasen allein es fehlte an einem fertigen Schusse! Wir sprangen von den Pferden und eilten zu Bela heran. Die Arme, sie lag unbeweglich und das Blut floß stromweis aus einer Wunde . . . So ein Bösewicht: hätte er ihr noch wenigstens in's Herz gestoßen, nun, wenn es einmal sein sollte, so wäre es doch mit Einem Male mit ihr ausgewesen, aber so in den Rücken . . . ein rechter Räuberstoß! Sie war ohne Bewußtsein. Wir rissen den Schleier ab und verbanden die Wunde so fest wir konnten; vergebens küßte Petschorin ihre kalten Lippen nichts konnte sie zu sich bringen.

Petschorin stieg zu Pferde; ich hob sie von der Erde empor und setzte sie so gut es gehen wollte zu ihm auf den Sattel; er umfaßte sie mit einem Arme, und wir kehrten zurück. Nach einem minutenlangen Schweigen sagte Grigorii Alexandrowitsch zu mir: „Hören Sie, Maksim Maksimitsch, auf diese Weise bringen wir sie nicht lebendig nach Hause." Das ist auch wahr! sagte ich, und wir jagten was die Pferde nur laufen konnten. An dem Festungsthore erwartete uns eine Menge Volkes; wir trugen nun die Verwundete vorsichtig zu Petschorin und schickten nach dem Doktor. Ob er gleich betrunken war, so kam er doch, besichtigte die Wunde und erklärte, daß sie länger als einen Tag nicht leben könne . . . er irrte sich aber . . .

„So wurde sie wieder hergestellt?" fragte ich den Stabskapitain, indem ich ihn am Arme faßte und mich unwillkührlich freute.

Nein, antwortete er; der Doktor irrte sich nur insofern, als sie noch zwei Tage lebte.

„So erklären Sie mit nur, auf welche Weise Kasbitsch sich ihrer bemächtigt hatte."

Das war so zugegangen: trotz Petschorins Verbotes war sie aus der Festung nach dem Flüßchen gegangen. Es war auch, wissen Sie, sehr heiß; sie hatte sich auf einen Stein gesetzt und die Füße ins Wasser gehalten. Da kam Kasbitsch herangeschlichen, schlug seine Krallen in sie, hielt ihr den Mund zu und schleppte sie in das Dickicht, woselbst er auf sein Pferd sprang und

Reißaus nahm! Unterdessen hatte sie doch zu schreien vermocht; die Wachen machten Lärm, schossen, verfehlten ihn aber und so waren wir denn dazu gekommen.

„Ja, warum wollte Kasbitsch sie denn eigentlich entführen?“

Aber ich bitte Sie! diese Tscherkessen sind ein weltbekanntes Spitzbubenvolk: was schlecht verwahrt liegt, können sie nicht liegen lassen; so manches nutzt ihnen gar nichts, sie stehlen's doch . . . hierin bitte ich sie zu entschuldigen! Nun und außerdem gefiel sie ihm ja schon längst.

„Und Bela starb?“

Sie starb; nur quälte sie sich lange und wir quälten uns mit ihr ganz gehörig ab. Gegen zehn Uhr des Abends kam sie wieder zu sich; wir saßen an ihrem Bette; so wie sie nur die Augen aufschlug, fing sie an Petschorin zu rufen. „Ich bin hier, neben Dir, meine Dschánetschka (was bei uns etwa „Seelchen, Herzchen“ heißen würde), erwiederte er, indem er ihre Hand ergriff. „Ich sterbe!“ sagte sie. Wir suchten sie zu beruhigen und sagten ihr, daß der Arzt versprochen habe sie unbedingt zu heilen. Sie schüttelte das Köpfchen und drehte sich nach der Wand; sie wollte nicht sterben! . . .

In der Nacht fing sie an zu phantasiren; ihr Kopf brannte; über ihren ganzen Körper lief bisweilen ein Fieberschauer: sie sprach unzusammenhängende Reden von ihrem Vater, ihrem Bruder; sie wollte in die Berge zurück, in die Heimath . . . Dann sprach sie auch von Petschorin, gab ihm verschiedene zärtliche Benennungen oder warf ihm vor, daß er seine Dschánetschka aufgehört habe zu lieben . . . Er hörte ihr schweigend zu, sein Haupt auf die Hände gestützt; indessen bemerkte ich die ganze Zeit über in seinen Augenwimpern auch nicht eine Thräne; konnte er in der That nicht weinen oder beherrschte er sich dermaßen ich weiß es nicht; was mich anbetrifft, so habe ich mein ganzes Leben lang nicht etwas Jammervolleres gesehen.

Gegen Morgen ließ das Phantasiren nach; wohl eine Stunde lang lag sie unbeweglich, bleich, und so abgemattet, daß man kaum bemerken konnte, ob sie athmete; dann wurde ihr wohler und sie fing an zu sprechen; aber was meinen Sie wohl, wovon? . . . Ein solcher Einfall konnte auch nur einem Sterbenden kommen! . . . Sie fing an sich zu bekümmern, daß sie keine Christin sei und daß in jener Welt ihre Seele mit der des Grigorii Alexandrowitsch nicht zusammenkommen, daß im Paradiese ein anderes Weib seine Genossin sein werde. Da kam mir der Gedanke ein, sie vor dem Tode noch zu taufen; sie blickte mich mit Unentschlossenheit an und konnte lange kein Wort hervorbringen; endlich antwortete sie, daß sie in dem Glauben sterben wolle, in welchem sie geboren worden war. So verging ein ganzer Tag. Wie hatte sie sich während dieses einen Tages verändert! Die blassen Wangen waren eingefallen, die Augen waren groß geworden; die Lippen brannten. Sie fühlte eine innere Hitze, als ob in ihrer Brust ein glühendes Eisen läge.

Die zweite Nacht brach ein; wir schlossen kein Auge und wichen nicht von ihrem Bette. Sie litt fürchterlich und stöhnte, und so oft der Schmerz nur ein Bischen nachließ, bemühte sie sich, Grigorii Alexandrowitsch zu überzeugen, daß es besser mit ihr gehe, suchte ihn zu bereden sich schlafen zu legen, küßte seine Hand und verwandte kein Auge von ihm. Vor Tagesanbruch begann sie die Todesqualen zu fühlen; sie fing an sich herumzuwerfen, und riß den Verband auf, so daß das Blut von Neuem floß. Nachdem man ihr die Wunde wieder verbunden hatte, wurde sie für ein Weilchen ruhig und bat Petschorin sie zu küssen. Er kniete vor ihr Bett nieder, hob ihren Kopf mit dem Kissen etwas in die Höhe und drückte seinen Mund an ihre erkaltenden Lippen; sie umwand seinen Hals fest mit ihren zitternden Armen, als ob sie ihm in diesem Kusse ihre ganze Seele übergeben wollte . . . Nein, sie hat wohl daran gethan zu sterben! Was wäre wohl aus ihr geworden, wenn Grigorii Alexandrowitsch sie verlassen hätte? Und das wäre früher oder später doch der Fall gewesen . . .

Die Hälfte des andern Tages war sie still, schweigsam und folgsam, wie sehr sie auch unser Arzt mit Umschlägen und Mixturen quälte. „Aber ich bitte Sie!“ sagte ich zu ihm: „Sie sagten doch selbst, daß sie unbedingt sterben muß, wozu denn also alle diese Präparate?“ „Ja, es ist doch besser, Maksim Maksimitsch,“ erwiederte er, „des ruhigen Gewissens wegen!“ Ein schönes Gewissen!

Nach zwölf Uhr fing sie an einen brennenden Durst zu fühlen. Wir öffneten das Fenster, allein auf dem Hofe war es noch heißer als im Zimmer; man stellte Eis um's Bett es wollte nichts helfen. Ich wußte, daß dieser unerträgliche Durst ein Zeichen des sich nähernden Endes war und sagte es Petschorin.

„Wasser, Wasser!" sprach sie mit heiserer Stimme, indem sie sich im Bett erhob.

Er wurde bleich wie ein Betttuch, ergriff ein Glas, schenkte ein und reichte ihr. Ich hielt mir die Hände vor die Augen und sagte leise ein Gebet her, ich erinnere mich nicht mehr, welches . . . Ja, mein Herr, ich habe so manchen in den Hospitälern und auf dem Schlachtfelde sterben sehen, es war aber immer nicht das, durchaus nicht das! . . Nun muß ich gestehen, daß mich noch Eins betrübt: sie erinnerte sich vor dem Tode meiner nicht ein einziges Mal; und doch habe ich sie wie ein Vater geliebt . . . Nun, Gott sei ihr gnädig! . . . Und die Wahrheit zu gestehen: Was konnte ich ihr auch sein, daß sie meiner vor dem Tode gedachte?

Kaum hatte sie das Wasser ausgetrunken, so wurde ihr leichter; drei Minuten später war sie eine Leiche. Man hielt einen Spiegel an die Lippen er blieb rein! . . . Ich führte Petschorin aus dem Zimmer und wir gingen auf dem Festungswalle auf und ab; lange gingen wir mit auf dem Rücken überschlagenen Armen neben einander auf und ab und sprachen kein Wort; sein Gesicht drückte nichts Besonderes aus und das ging mir nahe: ich an seiner Stelle wäre vor Herzeleid gestorben. Endlich setzte er sich auf die Erde in den Schatten und fing an mit einem Stöckchen in den Sand zu malen. Ich wollte ihn, wissen Sie, bloß des Anstands wegen, trösten, und fing an zu sprechen: er hob den Kopf in die Höhe und lächelte . . . . Mir lief ein kalter Schauer über die Haut vor solchem Lächeln . . . So ging ich denn das Grab zu bestellen.

Ich muß gestehen, daß ich zum Theil, um mich zu zerstreuen, mich damit beschäftigte. Ich hatte ein Stück Termalama, womit ich ihren Sarg umziehen ließ, und garnirte ihn noch mit tscherkessischen Silbertressen, welche Grigorii Alexandrowitsch für sie gekauft hatte.

Am andern Tage früh begruben wir sie, außerhalb der Festung, an dem Flüßchen neben dem Flecke, wo sie zuletzt gesessen hatte; rund um ihren Grabeshügel wachsen nun dichte Büsche von Akazia und Hollunder. Ich hätte ihr gerne ein Kreuzchen errichten lassen, aber, wissen Sie, das ist so eine Sache; sie war doch immerhin keine Christin . . .

„Aber was wurde aus Petschorin?" fragte ich.

Petschorin war lange krank; der Arme kam ganz herunter; indessen sprachen wir von der Zeit an nie von Bela; ich sah, daß es ihm unangenehm gewesen wäre, also weshalb denn? Drei Monat später wurde er in das E. . . Regiment versetzt und reiste nach Grusien ab. Seitdem sind wir einander nie begegnet . . . Doch da fällt mir ein, daß mir unlängst Jemand sagte, er sei nach Rußland zurückgekehrt; in den Feldbefehlen habe ich darüber nichts gefunden. Uebrigens gelangen zu unser einem die Nachrichten immer ein Bischen spät.

Hier erging er sich in einer langen Abhandlung darüber, wie unangenehm es sei, alle Nachrichten ein Jahr später zu erfahren, wahrscheinlich nur um seine traurigen Erinnerungen zu beschwichtigen.

Ich unterbrach ihn nicht, noch hörte ich ihm zu.

Nach einer Stunde zeigte sich die Möglichkeit weiter zu reisen; das Schneegestöber ließ nach, der Himmel klärte sich auf und wir setzten uns in Bewegung. Unterweges brachte ich unwillkührlich noch einmal die Rede auf Bela und Petschorin.

„Hörten Sie denn gar nicht, was noch aus Kasbitsch wurde?" fragte ich.

Aus Kasbitsch! Nein, wahrhaftig, das weiß ich nicht . . . Ich habe wohl gehört, daß auf der rechten Flanke bei den Schapsugen ein gewisser Kasbitsch dient, ein toller Waghals, der in einem rothen Beschmete im Schritt durch unsere Kugelregen reitet und sich sehr artig verbeugt, wenn eine Kugel an ihm vorbeisaust; doch schwerlich möchte es jener sein! . . .

In Kobi trennten wir uns; ich reiste mit Extrapost und so konnte er mir mit seiner schweren Ladung nicht folgen. Wir hofften nicht, uns je wiederzusehen, indessen sahen wir uns wieder, und wenn Sie wollen, so erzähle ich es Ihnen; es ist eine ganze Geschichte . . . Gestehen Sie indessen, daß Maksim Maksimitsch ein Mann ist, der unsere ganze Hochachtung verdient? . . .

Wenn Sie mir dies zugeben, so bin ich vollkommen belohnt für meine vielleicht allzulange Erzählung.

Maksim Maksimitsch.

Nachdem ich mich von Maksim Maksimitsch getrennt hatte, jagte ich auf's eiligste durch die Schluchten des Tereks und Darjals, frühstückte in Kasbek, trank Thee in Larssa und eilte zum Abendessen nach Whládükawkas. Ich will Sie mit der Beschreibung der Gebirge, mit Ausrufungen, die besonders für diejenigen nichts zu bedeuten haben, welche nicht da waren, so wie mit allerlei statistischen Bemerkungen verschonen, die ja doch Niemand liest.

Ich blieb in einem Wirthshause, wo alle Reisenden abzusteigen pflegen und wo sich trotzdem Niemand vorfand, dem man hätte den Auftrag ertheilen können, einen Fasan zu braten und etwas Kohl gar zu machen; denn die drei Invaliden, denen dies Haus übergeben ist, sind entweder so dumm oder so betrunken, daß man von ihnen auch nicht das Mindeste erlangen kann.

Man theilte mir mit, daß ich noch drei Tage daselbst würde zubringen müssen, denn die Okásija sei noch nicht aus Jekatarinograd angekommen, und könne daher noch nicht wieder dahin zurückkehren.

So blieb mir denn nichts übrig, als zur Zerstreuung die Erzählung Maksim Maksimitschens niederzuschreiben, nicht ahnend, daß dieselbe das erste Glied zu einer langen Kette von Novellen sein würde: man kann aus diesem Umstande ermessen, welche entsetzliche Folgen ein an sich geringfügiger Umstand haben kann! . . . Aber Sie wissen vielleicht nicht, was das ist, eine „Okasija?" Die Okasija ist eine militairische Bedeckung von einer halben Kompagnie Infanterie und einigen Kanonen, mit welchen die Pferde-Karawanen aus Whládükawkas nach Jekatarinograd begleitet werden.

Den ersten Tag verbrachte ich sehr langweilig; am zweiten Tage fährt früh Morgens ein Wagen auf den Hof . . . Ah! Maksim Maksimitsch! Wir begegneten uns wie alte Freunde. Ich bot ihm mein Zimmer an. Er machte nicht viel Komplimente, klopfte mit sogar auf die Schulter und verzog den Mund in eine Art Lächeln. Ein seltsamer Mensch der! . . .

Maksim Maksimitsch hatte großartige Kenntnisse in der Kochkunst; auf die erstaunlichst beste Weise briet er einen Fasan, begoß ihn gehörig mit Gurkenwasser, und ich muß gestehen, daß ich ohne ihn auf trockene Kost angewiesen gewesen wäre. Eine Flasche Kachetinerwein half uns die bescheidene Zahl der Gerichte vergessen machen, welche Summa Summarum auf ein einziges hinausliefen; dann setzten wir uns, unser Pfeifchen schmauchend, ich an's Fenster, er an den geheizten Ofen; denn der Tag war feucht und kalt. Wir schwiegen. Wovon sollten wir auch sprechen? . . . Er hatte mir von sich bereits alles erzählt, was irgendwie von Interesse war, und ich hatte ihm nichts zu sagen. Ich sah zum Fenster hinaus. Eine Menge niedriger Häuschen, die an den Ufern des Tereks, der hier immer mehr an Breite gewinnt, zerstreut lagen, blickten durch die Bäume hindurch; weiter in der Ferne erhoben sich die Gebirge mit ihren ausgezackten Felsenwänden, hinter denen der Kasbeck in seiner weißen Kardinalsmütze hervorragte. Ich nahm in meinem Innersten von ihnen Abschied, es that mir recht leid um sie . . .

So saßen wir lange. Die Sonne verbarg sich bereits hinter die eisigen Bergesgipfel und ein weißlicher Nebel fing an sich in den Thälern auszubreiten, als in der Straße der Klang einer Wagenglocke und das Geschrei der Postillone ertönte. Einige Fuhrwerke mit schmutzigen Armeniern fuhren auf den Hof des Wirthshauses; hinter ihnen ein leerer Reisewagen, dessen leichter Gang, bequemer Bau und fashionables Aeußere einen gewissen ausländischen Anstrich hatten. Ein Mensch mit einem großen Schnurrbart begleitete ihn; er trug einen ungarischen Schnürrock und war überhaupt für einen Lakaien äußerst wohl gekleidet; daß er ein solcher war, verrieth die genugthuende Art und Weise, mit welcher er die Asche aus dem Pfeifenkopf klopfte und den Postillon anfuhr. Offenbar war er der verzogene Diener eines müßigen Herrn, etwas in der Art eines russischen Figaro's.

Höre 'mal, mein Lieber, rief ich ihm vom Fenster entgegen, ist das die Okasija, die da angekommen ist? he? Er blickte mich ziemlich dreist an, rückte sich das Halstuch etwas zurecht und kehrte sich um; ein hinter ihm kommender Armenier antwortete lächelnd statt seiner, indem er uns mittheilte, daß die Okasija so eben angekommen sei und morgen früh wieder zurückmache. „Gott sei gelobt!" sagte Maksim Maksimitsch, der in diesem Augenblicke an's Fenster trat. „Ei, das ist ja eine wunderbare Equipage!" fügte er hinzu: „wahrscheinlich fährt da irgend ein Beamter zur Revision in den Kaukasus. Der kennt aber offenbar unsere Gebirge noch nicht! Nein, mein Lieber, mit der kommst Du hier nicht weit; die fliegt in Stücke und wenn sie zehnmal eine englische ist! Aber wer kann denn das nur sein? Kommen Sie, wir wollen uns erkundigen." Wir gingen hinaus in den Korridor. Am Ende desselben war die Thür eines Seitenzimmers weit geöffnet, in welches der Lakai mit Hülfe des Postillons verschiedene Koffer schleppte.

„Hör' mal, mein Freund," fragte der Stabskapitain den Diener, „wem gehört dieser prächtige Wagen? . . . he? Ein köstlicher Wagen! . . ." Der Bediente brummte etwas vor sich hin und fing an die Koffer aufzuschnallen, ohne sich auch nur umzukehren. Maksim Maksimitsch wurde böse; er klopfte den Unhöflichen auf die Schulter und sagte: „Ich spreche mit Dir, mein Werthester . . ."

Wem der Wagen gehört? . . . meinem Herrn.

„Und wer ist Dein Herr?"

Petschorin . . .

„Was? Was sagst Du da? Petschórin? . . . Ach du lieber Himmel! . . . hat er nicht früher im Kaukasus gedient? . . ." rief Maksim Maksimitsch aus, indem er mich am Aermel erfaßte . . . Die Freude strahlte ihm aus den Augen.

Ja wohl, ich glaube ich bin noch nicht lange bei ihm.

„Nun ja, ja! . . Grigorii Alexandrowitsch ist sein Vorname . . . Wir waren früher Freunde, Dein Herr und ich," fügte er hinzu, indem er den Bedienten freundlich dergestalt auf die Schulter klopfte, daß er zu schwanken anfing.

Erlauben Sie, mein Herr, Sie stören mich in meiner Arbeit, sagte dieser mit mißvergnügter Miene.

„Ei was mein Freundchen! . . . Ja, weißt Du auch, daß Dein Herr und ich die größten Herzensfreunde waren, daß wir zusammen wohnten . . . Na, aber wo bleibt er denn?"

Der Diener erklärte, daß Petschorin beim Obersten N. zu Abend speisen und übernachten werde.

„Je nun, kommt er nicht vielleicht heute Abend noch einmal hierher?" fragte Maksim Maksimitsch, „oder Du, mein Lieber, hast Du nicht noch etwas bei ihm zu thun? . . Wenn Du hingehst, so sage ihm nur, daß Maksim Maksimitsch hier ist; sag' ihm nur das . . . dann weiß er schon . . . ich werde Dir auch einen Wosmigriwennü zum Trinkgeld geben."

Der Lakai machte eine verächtliche Miene, als er dieses bescheidene Versprechen hörte, indessen versicherte er Maksim Maksimitsch, daß er seinen Auftrag ausrichten wolle.

Sie werden sehen daß er sofort herbeieilt, sagte Maksim Maksimitsch mit siegreicher Geberde zu mir: ich will eben vor die Thüre gehen und ihn erwarten . . . Ach! wie schade daß ich mit N. nicht bekannt bin.

Maksim Maksimitsch setzte sich vor der Thür auf eine Bank, und ich begab mich auf mein Zimmer. Ich muß gestehen, daß ich gleichfalls mit einer gewissen Ungeduld der Erscheinung Petschorins entgegensah; wenn ich mir auch nach der Erzählung des Stabskapitains eine nicht eben sehr vortheilhafte Meinung von ihm gebildet hatte, so schienen mir doch einige Züge seines Charakters interessant. Nach ungefähr einer Stunde brachte ein Invalid die kochende Theemaschine und das Theegeräth. „Maksim Maksimitsch," rief ich ihm durch's Fenster zu, „ist Ihnen nicht Thee gefällig?"

Danke schön, danke schön; habe noch keinen Appetit.

„Ach was! trinken Sie nur immer; es ist schon spät und kalt."

Thut nichts; danke bestens . . . .

„Nun, wie es Ihnen gefällig ist!" So trank ich denn meinen Thee allein; zehn Minuten später kommt mein Alterchen herein. Nein, Sie haben Recht; es ist doch besser erst ein Täßchen zu trinken, tausend, läßt Der auf sich warten! Sein Diener ist schon längst zu ihm gegangen, es muß ihn offenbar etwas zurückgehalten haben.

Er trank eiligst eine Tasse aus, dankte für eine zweite, und begab sich abermals mit einer gewissen Unruhe hinaus: es war klar, daß ihn die Unaufmerksamkeit Petschorins kränkte, um so mehr, als er mir noch jüngst so viel von ihrer Freundschaft erzählt hatte und noch vor einer Stunde überzeugt war, daß Petschorin herbeieilen würde, sobald er nur seinen Namen nennen hörte.

Es war bereits spät und dunkel, als ich das Fenster nochmals öffnete und Maksim Maksimitschen rief, um ihm zu sagen, daß es Zeit sei schlafen zu gehen; er brummte etwas zwischen den Zähnen vor sich hin; ich wiederholte meine Einladung er antwortete nichts.

So streckte ich mich denn, in meinen Mantel gehüllt, auf den Divan, ließ das brennende Licht auf dem Ofenrande stehen, schlummerte auch alsbald ein und würde ruhig bis zum andern Morgen durchgeschlafen haben, wenn mich Maksim Maksimitsch, der sehr spät ins Zimmer kam, nicht wieder aufgeweckt hätte. Er warf die Pfeife auf den Tisch, fing an im Zimmer auf und ab zu schreiten, im Ofen herumzustören, legte sich dann endlich nieder und hustete, spuckte und warf sich noch lange herum . . .

„Was haben Sie? beißen Sie die Wanzen?" fragte ich.

 Ja wohl, schöne Wanzen . . . erwiederte er, tief aufseufzend.

Am nächsten Morgen erwachte ich frühzeitig, allein Maksim Maksimitsch war mir bereits zuvorgekommen. Ich fand ihn schon wartend auf der Bank sitzend. „Ich muß durchaus zum Kommandanten gehen," sagte er, „also, bitte, wenn Petschorin unterdessen kommen sollte, schicken Sie nach mir . . .

Ich versprach es. Er eilte mit solcher Hast davon, als ob sich durch seine Glieder ein jugendliches Feuer und jugendliche Elasticität auf's Neue ergossen hätten.

Der Morgen war frisch und schön. Goldenes Gewölk thürmte sich über den Bergen empor gleich einer neuen Kette lustiger Gebirgsbilder; vor der Hausthür dehnte sich ein geräumiger Platz aus; der daran gelegene Bazar wimmelte von Leuten, denn es war gerade ein Sonntag; baarfüßige Ossetinerknaben, mit Butten auf den Schultern, in welchen sie ganz frischen Honig zu Kaufe herumtrugen, umringten mich alsbald; ich scheuchte sie von mir; mir stand der Sinn wo anders hin ich begann die Unruhe des braven Stabskapitaines zu theilen.

Es vergingen keine zehn Minuten, als sich Der am Ende des Platzes zeigte, den wir erwarteten. Er ging mit dem Obersten N., welcher, nachdem er ihn bis zum Wirthshause begleitet hatte, Abschied von ihm nahm und nach der Festung zurückkehrte. Ich entsandte sofort einen Invaliden nach Maksim Maksimitschen.

Unterdessen kam der Bediente Petschorin's heran, mit der Meldung, daß man sofort anspannen würde; er reichte ihm eine Cigarrenbüchse und begab sich, nach einigen erhaltenen Befehlen, zurück an seine Geschäfte. Sein Herr steckte sich eine Cigarre an, gähnte ein paar Mal und setzte sich auf eine Bank an der andern Seite der Hausthür. Ich muß Ihnen nunmehr sein Portrait machen:

Er war mittleren Wuchses. Sein kräftiger, schlanker Bau und seine breiten Schultern zeugten von einer Natur, die im Stande war alle Beschwerlichkeiten des Nomadenlebens, sowie alle klimatische Veränderungen zu ertragen, eine Natur, die bisher weder von dem ausschweifenden Leben in der Residenz noch von den heftigsten Gemüthsstürmen besiegt worden war. Sein staubiger Sammetrock, der nur an den beiden untersten Knöpfen zugeknöpft war, ließ die blendendweißeste Wäsche durchblicken, an welcher man die Gewohnheiten eines anständigen Menschen am besten erkennt; seine nicht mehr frischen Handschuhe schienen eigens nach seiner kleinen aristokratischen Hand genäht zu sein, und als er einen derselben auszog, erstaunte ich über die Magerkeit seiner blassen Finger. Sein Gang war nachlässig und träge; indeß bemerkte ich, daß er dabei die Arme nicht bewegte, ein sicheres Zeichen einer gewissen Verstecktheit des Charakters. Uebrigens sind das so meine eigenen Bemerkungen, die auf meinen selbstgemachten Beobachtungen beruhen, weshalb Sie denselben durchaus keinen blinden Glauben zu schenken brauchen. Als er sich wieder auf die Bank niederließ, bog sich seine sonst grade Gestalt, als ob er im Rücken nicht einen einzigen Knochen hätte. Die ganze Haltung seines Körpers verrieth eine Art Nervenschwäche; er saß wie eine Balzac'sche dreißigjährige

Kokette in ihrem gepolsterten Armstuhle sitzt, wenn sie von einem ermüdenden Balle zurückkehrt. Beim ersten Blicke auf sein Gesicht hätte ich ihm nicht mehr als drei und zwanzig Jahre gegeben, obgleich ich ihm später deren gern dreißig gab. In seinem Lächeln lag etwas Kindliches. Seine Haut hatte eine fast weibische Zartheit; seine blonden, natürlich gelockten Haare umgaben höchst malerisch seine blasse, edle Stirn, auf welcher man nur nach längerer Beobachtung die Spuren der Runzeln entdecken konnte, die einander durchkreuzten und in Momenten des Zornes oder der geistigen Aufgeregtheit wahrscheinlich noch sichtbarer zum Vorschein kamen. Ungeachtet seines hellen Haupthaares waren Augenbrauen und Schnurrbart schwarz ein eben so sicheres Anzeichen ächter Race beim Menschen wie eine schwarze Mähne und ein schwarzer Schweif bei einem weißen Pferde. Schließlich, um sein Portrait zu beendigen, erwähne ich noch, daß er eine etwas aufgeworfene Nase hatte, daß seine Zähne vom glänzendsten Weiß, seine Augen dunkelbraun waren. Ueber seine Augen muß ich übrigens noch etwas hinzufügen:

Erstens, lachten sie nicht, wenn er lachte! Es ist Ihnen vielleicht noch nicht vorgekommen, diese Seltsamkeit an gewissen Leuten zu beobachten? . . . Sie ist ein charakteristisches Kennzeichen entweder eines sehr bösen Charakters oder einer tiefen, beständigen Schwermuth. Seine Augen glänzten aus den halbgeöffneten Wimpern hervor mit einer Art phosphorischen Glanzes, wenn ich mich so ausdrücken darf; das war nicht der Abglanz der inneren Glut der Seele oder der spielenden Einbildungskraft, sondern der blendende, kalte Spiegelglanz des polirten Stahles; sein Blick war nicht dauernd aber durchdringend und lästig, und hinterließ den unangenehmen Eindruck einer unbescheidenen Frage; er hätte frech genannt werden können, wäre er nicht zu gleichgültig ruhig gewesen. Alle diese Details kamen mir vielleicht nur deshalb in den Sinn, weil ich einige Einzelheiten seines Lebens kannte, und leicht könnte es sein, daß sein Anblick auf einen Anderen einen durchaus verschiedenartigen Eindruck gemacht hätte; da Sie nun aber außer mir von Niemanden etwas über ihn erfahren werden, so müssen Sie sich schon mit dieser Darstellung begnügen. Schließlich füge ich noch hinzu, daß er im Allgemeinen durchaus nicht übel war und eine jener originellen Physiognomien hatte, welche besonders den Damen so gefallen.

Die Pferde waren bereits vorgespannt. Die Wagenglocke ertönte von Zeit zu Zeit an der Duga und schon zweimal war der Bediente zu Petschorin mit der Meldung herangetreten, daß Alles bereit sei aber Maksim Maksimitsch erschien noch immer nicht. Zum Glücke blickte Petschorin, in Gedanken vertieft, nach den blauen Bergzacken des Kaukasus und schien nicht eben sehr eilig zu sein. Ich ging an ihn heran: „Wenn Sie sich noch ein wenig gedulden wollen, mein Herr," sagte ich, „so werden Sie die Genugthuung haben, einen alten Freund wiederzusehen . . . ."

„Ach, richtig!" antwortete er schnell: „man sprach mir gestern davon; aber wo ist er?" Ich wandte mich nach dem Platze zu und erblickte Maksim Maksimitschen, der aus Leibeskräften herbeieilte . . . In einigen Minuten war er bei uns angelangt; er konnte kaum athmen; der Schweiß rollte ihm hageldick über's Gesicht; triefende Büschel grauer Haare hingen ihm unter der Mütze hervor und klebten an seiner Stirne fest; seine Kniee bebten . . . er wollte sich Petschorin an den Hals werfen, der ihm indessen ziemlich kalt, jedoch mit einem bewillkommenden Lächeln die Hand reichte. Der Stabskapitain war eine Minute lang wie versteinert, doch ergriff er alsbald die dargebotene Hand begierig mit beiden Händen; sprechen konnte er noch nicht.

Wie bin ich erfreut, lieber Maksim Maksimitsch! Nun, wie geht es Ihnen denn? sagte Petschorin.

„Und . . . Du? . . und Sie? . ." stammelte der Greis mit Thränen in den Augen, „wie viele Jahre . . . wie viele Tage . . . aber wohin geht's? . ."

Ich gehe nach Persien wohl weiter . . .

„Nun doch nicht so auf dem Flecke? . . . Sie verziehen ja wohl ein Weilchen, Verehrtester! . . . Wir werden uns doch nicht gleich wieder trennen müssen? . . . Wie lange haben wir uns nicht gesehen . . ."

Ich habe Eile, Maksim Maksimitsch, war die Antwort.

„Mein Gott, mein Gott! aber wohin eilen Sie denn so? Ich hätte Ihnen so viel zu sagen gehabt . . . So viel zu fragen . . . Nun, also? verabschiedet? . . . Wie? Was haben Sie Alles angefangen? . .“

Mich gelangweilt, erwiederte Petschorin lächelnd.

„Erinnern Sie sich noch Ihres Aufenthaltes in der Festung, he? . . . Eine köstliche Gegend zum Jagen? . . Sie waren damals ein gewaltiger Jagdliebhaber . . . Und Bela?

Petschorin entfärbte sich ein wenig und wandte sich ab.

Ja, ich erinnere mich! sagte er, fast in demselben Augenblicke zum Gähnen gezwungen.

Maksim Maksimitsch fing nun an ihn zu bitten, doch wenigstens zwei Stunden zu verweilen. „Wir werden köstlich speisen,“ sagte er, „ich habe zwei Fasanen, und der Kachetinerwein ist hier ausgezeichnet . . . versteht sich, nicht das was in Grusien, indessen doch von einer bessern Gattung . . . Wir plaudern ein Bischen zusammen . . . Sie erzählen mir von ihrem Aufenthalte in Petersburg . . Sie . . hm?“

Wirklich, ich weiß nichts zu erzählen, lieber Maksim Maksimitsch . . . Nun also, leben Sie recht wohl, ich muß fort . . . ich bin sehr eilig . . . Ich danke auch, daß Sie mich nicht vergessen haben . . . fügte er hinzu, ihn an der Hand ergreifend.

Der Alte zog die Augenbrauen düster zusammen . . . Er war betrübt und ärgerlich, obgleich er sich bemühte es zu verbergen. „Vergessen!“ sagte er mit rauher, fast bellender Stimme: „Ich habe noch nie etwas vergessen . . . Nun denn, in Gottes Namen! . . . Ich hätte nimmermehr geglaubt, daß unser Wiedersehen ein solches sein würde . . .“

Nun, nun! sagte Petschorin, indem er ihn freundschaftlich umarmte, bin ich denn nicht mehr derselbe? . . . Was ist zu machen? . . . Ein Jeder hat seine eigenen Wege . . . Ob wir uns noch einmal wiedersehen werden Gott weiß! . . . Während er dies sprach, saß er bereits im Wagen und der Postillon fing schon an die Zügel zusammenzufassen.

„Halt, halt!“ rief plötzlich Maksim Maksimitsch auf, indem er sich am Wagenschlage festhielt: „bald hätte ich ganz vergessen . . . ich habe ja noch Ihre Papiere, Grigorii Alexandrowitsch . . . ich führe sie mit mir . . . hoffte Sie in Grusien wiederzufinden, und nun hat's der liebe Gott so gefügt . . . Was soll ich damit anfangen? . . .“

Was Sie wollen! erwiederte Petschorin. Adieu . . .

„Also Sie gehen nach Persien? . . . und wann kommen Sie wieder? . . .“ rief Maksim Maksimitsch ihm nach.

Der Wagen war bereits weit entfernt; allein Petschorin machte mit der Hand ein Zeichen, welches man ungefähr folgendermaßen übersetzen konnte: Schwerlich! und wozu auch! . . .

Schon längst hörte man weder den Klang des Glöckchens noch das Gerassel der über den steinigen Weg dahinrollenden Räder, und der arme Greis stand noch immer auf demselben Flecke in tiefes Dahinbrüten versunken.

„Ja,“ begann er endlich, indem er sich anstrengte gleichgültig zu scheinen, obgleich die Thränen des Verdrusses sich von Zeit zu Zeit aus seinen Wimpern drängten: „gewiß, wir waren Freunde, was aber sind heutzutage Freunde? . . Was kann ich ihm auch sein? Ich bin weder reich, noch von hohem Range und auch an Jahren bei Weitem ihm nicht gleich . . . Siehst Du wohl, was er für ein Stutzer geworden ist, seit er wieder in Petersburg war . . . Was für eine Equipage! . . . Was für Gepäck! . . . und diesen stolzen Bedienten! . . .“ Er sprach diese Worte mit ironischer Bitterkeit aus. „Nun sagen Sie einmal,“ fuhr er an mich gewendet fort, „was halten Sie davon? . . . und welcher Satan führt ihn jetzt nach Persien? . . . lächerlich, bei Gott, lächerlich! . . . Ich hab's aber immer gewußt, daß er ein unzuverlässiger Mensch ist, auf den man sich nicht verlassen kann . . . Wahrhaftig, schade daß er schlecht enden wird . . . es kann aber nicht anders sein! . . . Ich hab's immer gesagt, daß Dem kein Segen erblüht, der seine alten Freunde vergißt! . . .“ Hier wandte er sich ab, um seine Aufregung zu verbergen und ging auf dem Hofe um seinen Wagen herum, als ob er dessen Räder untersuchte, während seine Augen sich jeden Augenblick mit Thränen füllten.

Maksim Maksimitsch, sagte ich, indem ich an ihn heranging; was sind das für Papiere, die Petschorin Ihnen zurückließ?

„Ei, was weiß ich davon! Es werden wohl Tagebücher sein . . .“

Und was werden Sie damit machen?

„Was ich damit machen werde? zu Patronen werde ich sie verbrauchen lassen.“

So geben Sie mir sie lieber.

Er blickte mich mit Verwunderung an, brummte etwas zwischen den Zähnen und fing dann an im Koffer herumzuwühlen; endlich zog er ein Heft heraus und warf es mit Verachtung auf die Erde; ein zweites, ein drittes, ein zehntes theilten dasselbe Schicksal: es lag etwas Kindisches in seinem Aerger, was mir leid that und doch auch lächerlich war.

„Da haben Sie sie alle,“ sagte er: „ich wünsche Ihnen Glück zum Funde . . .“

Und kann ich damit anfangen, was ich will?

„Meinetwegen lassen Sie sie in den Zeitungen drucken. Was geht's mich an! . . . Was, bin ich denn etwa sein Freund, oder Verwandter? . . . Es ist wahr, wir lebten eine geraume Zeit mit einander unter demselben Dache; aber mit wem habe ich nicht alles zusammengelebt? . . .

Ich bemächtigte mich der Papiere und brachte sie schleunigst fort, damit es ihm nicht wieder leid werden möchte, sie mir übergeben zu haben. Nicht lange darnach meldete man uns, daß die Okasija binnen einer Stunde aufbrechen werde; ich befahl anzuspannen. Der Stabskapitain kam in's Zimmer, als ich mir bereits meine Mütze aufsetzte; er schien sich für die Abreise nicht fertig zu machen und hatte etwas Gezwungenes, Kaltes in seinem Wesen.

Nun, Maksim Maksimitsch, reisen Sie denn nicht mit?

„Nein.“

Wie so denn das?

„Ich habe den Kommandanten noch nicht gesehen und habe ihm verschiedene Kronssachen zu übergeben . . .“

Sie waren ja doch aber bei ihm?

„Das war ich wohl . . .“ sagte er ausweichend, „traf ihn aber nicht zu Hause . . . wartete nicht . . .“

Ich verstand ihn. Der arme Greis hatte, vielleicht zum ersten Male in seinem Leben, die Dienstgeschäfte seinen *eigenen Angelegenheiten* (um mit der Kanzleisprache zu reden) hintangesetzt, und wie war er dafür belohnt worden!

Das thut mir leid, recht leid, Maksim Maksimitsch, sagte ich zu ihm, daß wir uns grade jetzt trennen müssen.

„Was haben wir ungebildeten Alten mit Euch zu schaffen! . . . Die Jugend ist jetzt stolz und dem Genusse der Welt ergeben; mag sein, daß es unter den tscherkessischen Kugeln noch leidlich mit Euch geht . . . aber nachher kehrt Ihr Euch von uns, und schämt Euch wohl gar, einem Freunde die Hand zu reichen.“

Ich verdiene diese Vorwürfe nicht, Maksim Maksimitsch.

„Nun, ich, wissen Sie, ich spreche einmal so von der Leber herunter; übrigens wünsche ich Ihnen alles Wohlergehen und eine fröhliche Reise.

Wir trennten uns ziemlich trocken. Der gute Maksim Maksimitsch war zum eigensinnigen, zänkischen Stabskapitain geworden! Und weshalb? Weil ihm Petschorin aus Zerstreuung oder aus irgend einem andern Grunde die Hand gereicht hatte, wo der ihm gern an den Hals gesprungen wäre! Es ist traurig zu sehen, wenn der Jüngling die schönsten seiner Hoffnungen und Illusionen verschwinden sieht, wenn der Rosaflor zerreißt, durch welchen er die Thaten und Gefühle der Menschen zu betrachten pflegte; für ihn bleibt doch die Hoffnung, die zerronnenen Phantasiegebilde durch neue, zwar nicht minder vergängliche, doch darum auch nicht minder süße, zu ersetzen . . . Gegen was aber vertauscht man sie in Maksim Maksimitschens Jahren? Da verhärtet das Herz unwillkührlich und die Seele zieht sich in sich zurück.

Ich reiste allein ab.

Vorrede.

Unlängst erfuhr ich, daß Petschorin auf seiner Heimkehr aus Persien gestorben sei. Diese Nachricht erfreute mich ungemein; sie gab mir das Recht, diese Memoiren zu veröffentlichen und ich benutzte diese Gelegenheit gern, meinen Namen einem fremden Geistesprodukte voranzustellen. Gebe Gott, daß meine Leser mich nicht für diesen Betrug verurtheilen!

Ich habe mich nunmehr noch über die Gründe auszusprechen, die mich veranlaßten, dem Publikum die Herzensgeheimnisse eines Menschens vorzulegen, den ich nie gekannt habe. Wäre ich noch sein Freund gewesen! die feige Indiskretion der wahrhaften Freunde ist ja aller Welt hinreichend bekannt; so aber habe ich ihn nur ein einziges Mal in meinem Leben gesehen, und noch obendrein auf dem Reisewege! Es geht daraus aber auch hervor, daß ich gegen ihn nicht jenen unerklärlichen Haß nähren kann, der sich unter der Larve der Freundschaft verbirgt und nur den Moment des Todes oder großer Unglücksfälle abwartet, um sofort über das Haupt des geliebten Gegenstandes die Schauergüsse der Vorwürfe, der Rathschläge, der Bemitleidung und des Hohnes auszugießen.

Als ich diese Memoiren durchlas, überzeugte ich mich von der Aufrichtigkeit desjenigen, der seine eigenen Schwächen und Untugenden so unbarmherzig zur Schau stellte. Die Geschichte der menschlichen Seele, und wäre es der allergeringsten, ist interessanter und nützlicher als die Geschichte eines ganzen Volkes, besonders wenn sie das Resultat der Beobachtungen des Verstandes über sich selbst ist und wenn sie ohne den eitlen Wunsch geschrieben ward, Theilnahme oder Verwunderung zu erwecken. Die Confessions Rousseau's haben schon das Ueble an sich, daß er sie seinen Freunden vorlas.

So leitete mich also nur der Wunsch nützlich zu werden bei der Veröffentlichung dieses mir zufällig in die Hände gerathenen Journals. Obgleich ich alle Eigennamen veränderte, so werden doch diejenigen sich wahrscheinlich leicht wiedererkennen, von denen die Rede ist, und vielleicht hier den Schlüssel zum Betragen eines Menschen finden, der auf dieser Welt nichts mehr mit ihnen gemein hat. Man entschuldigt fast immer das, was man versteht. Ich habe in diesem Buche nur Dem Platz gegönnt, was sich auf Petschorins Aufenthalt im Kaukasus bezieht. Es bleibt mir noch ein dickes Heft unbenutzt zurück, in welchem er sein ganzes Leben beschreibt. Dereinst soll auch dieses dem Urtheile der Welt übergeben werden; doch wage ich es jetzt aus vielen Gründen noch nicht, diese Verantwortlichkeit zu übernehmen.

Vielleicht wünschen einige Leser meine eigene Meinung über Petschorins Charakter zu vernehmen. Meine Antwort *der Titel des Buches*. „Das ist ja eine böse Ironie!" werden sie sagen. Ich weiß nicht.

Tamán.

Tamán ist das allermiserabelste Nest unter allen russischen Seestädten. Beinahe wäre ich vor Hunger darin umgekommen, nicht gerechnet, daß man mich zur Zugabe noch ersäufen wollte. Ich kam spät des Nachts mit Postvorspann daselbst an; der Postillon hielt das ermüdete Dreigespann vor der Thür des einzigen steinernen Hauses an, das sich bei der Einfahrt befindet. Die Wache, ein tschornomórski Kosak, rief, als er das Gebimmel des Glöckchens hörte, halbschlaftrunken mit wilder Stimme sein: „Wer da?" Ein Unteroffizier und ein Gefreiter kamen heraus. Ich erklärte ihnen, daß ich ein Offizier sei, der sich im Auftrage der Krone nach einer aktiven Abtheilung begebe, und forderte eine Kronswohnung für die kurze Zeit meines Aufenthaltes hierselbst. Der Gefreite führte uns in der Stadt herum; aber bei welcher Barake wir auch vorsprachen nirgends war ein Unterkommen zu finden. Es war kalt; ich hatte drei Nächte nicht geschlafen, war furchtbar müde und fing an ärgerlich zu werden. „So führe mich endlich unter Dach, Spitzbube," schnaubte ich den Kosaken an, „und wenn's beim Teufel wäre, nur zur Stelle!"

„Da ist wohl noch ein Nest," antwortete der Kosak, indem er sich im Nacken kratzte, „nur wird es Euer Gnaden nicht zusagen; es ist da nicht ganz rein!"

Da ich die genaue Bedeutung des letzten Wortes nicht auffaßte, so befahl ich ihm voranzugehen, und so gelangten wir nach einer langen Wanderung durch die schmutzigen Gassen, an deren Seiten ich nichts als alte Plankenzäune sah, zu einer kleinen Hütte, dicht am Ufer des Meeres.

Der volle Mond beleuchtete das Schilfrohrdach und die weißen Wände meiner neuen Wohnung; auf dem Hofe, der mit einem Kieselgeschiebe umgeben war, war noch eine zweite elende Hütte, noch kleiner und hinfälliger als die erste, an diese angekleckst. Das Ufer fiel fast von den Wänden der Hütte senkrecht, wie abgeschnitten, ins Meer hinab, und unten tanzten mit ununterbrochenem Gebrause die dunkelblauen Wogen. Der Mond schaute friedlich auf das unruhige, aber ihm unterthänige Element, und ich konnte bei seinem Lichte, weit vom Ufer ab, zwei Schiffe wahrnehmen, deren schwarzes Takelwerk sich wie ein Spinnengewebe am matten Himmelsgewölbe abzeichnete. „Es liegen Schiffe im Hafen," dachte ich bei mir selbst, „morgen kann ich also nach Geléndschick abreisen!" Ein Linienkosak begleitete mich als Bedienter. Ich befahl ihm den Koffer loszubinden und den Postillon zu entlassen, und fing an nach dem Wirthe zu rufen. Keine Antwort; ich poche; alles stumm . . . Was bedeutet das? Endlich kroch aus dem Hausflure ein Junge von ungefähr vierzehn Jahren hervor.

„Wo ist der Wirth?" Njä-má. „Was? kein Wirth?" Ne, keener . . . „Nun, also eine Wirthin?" Die is nach dem Dorfe gelofen. „Wer macht mir denn da die Thür auf?" sagte ich und schlug mit dem Absatz dagegen. Die Thüre sprang von selbst auf; ein feuchter Dunst wehte mir entgegen. Ich steckte ein Zündholz an und hielt es dem Jungen unter die Nase; es beleuchtete zwei glanzlose, weiße Augen. Er war blind, stockblind von Geburt an. Er blieb unbeweglich vor mir stehen und ich begann seine Züge zu mustern.

Ich muß gestehen, daß ich ein starkes Vorurtheil gegen alle Blinden, Lahmen, Tauben, Stummen, Buckligen, Bein- und Armlosen u. s. w. u. s. w. habe. Ich habe bemerkt, daß zwischen dem Aeußerlichen des Menschen und seiner Seele stets eine seltsame, geheime Beziehung Statt findet: als ob mit dem Verlust eines Gliedes die Seele irgend eines Gefühls verlustig ginge.

Ich fing also an die Züge des Blinden zu mustern; aber sagen Sie mir selbst, was kann man möglicherweise in einem Gesichte ohne Augen lesen? . . . Ich blickte ihnlange mit unwillkührlichem Mitleid an, als plötzlich ein kaum bemerkbares Lächeln über seine dünnen Lippen glitt, das, ich weiß nicht warum, einen äußerst widerlichen Eindruck auf mich machte. In meinem Kopfe tauchte der Verdacht auf, daß dieser Blinde doch nicht ganz so blind sei, wie er es schien; vergebens hielt ich mir vor, daß man den grauen Staar unmöglich nachahmen könne, und nun noch obendrein wozu? Wie dem nun auch immer sei ich klebe bisweilen an gewissen Vorurtheilen . . .

Bist Du der Sohn der Wirthin? fragte ich ihn endlich. „Ne." Wer bist Du denn? „Eene Waise, verlassene." Hat die Wirthin Kinder? „Ne, sie hatte eine Tochter, aber die ist mit einem Tataren über's Meer gezogen." Mit einem Tataren? Mit was für einem Tataren? „Der Teufel mag seinen Namen wissen! ein Tatar aus der Krim, ein Bootsmann aus Kertschi."

Ich trat in die Hütte: zwei Bänke, ein Tisch und ein ungeheurer Koffer in der Nähe des Ofens bildeten das ganze Mobiliar. An der Wand kein einziges Heiligenbild ein schlechtes Zeichen! Durch die zertrümmerten Fensterscheiben pustete der Seewind mit Ungestüm. Ich langte mir aus meinem Reisekoffer ein Ende Wachskerze heraus, steckte es an und fing an meine Sachen auszupacken; meine Schaschka und Büchse kamen in die Ecke zu stehen, die Pistolen auf den Tisch, dann breitete ich meine Burka über die eine Bank, mein Kosak die seinige über die andere und nach zehn Minuten schnarchte er bereits; allein ich konnte nicht einschlafen; vor mir in der Finsterniß drehte sich fortwährend der Junge mit den weißen Augen herum.

So mochte ungefähr eine Stunde verflossen sein. Der Mond schien jetzt zum Fenster herein, und seine Strahlen spielten auf dem lehmigen Fußboden der Hütte. Plötzlich schwebte auf dem vom Monde beschienenen Streifen des Fußbodens ein Schatten vorüber. Ich richte mich auf und schaue nach dem Fenster: zum zweiten Male eilte Jemand daran vorbei und verschwand Gott weiß wo; ich konnte mir nicht denken, daß dieses Wesen die schroffe, senkrechte Mauer des Seeufers hinuntergeglitten sein konnte, und doch blieb ihm kein anderer Weg übrig. Ich stand auf, warf meinen Beschmet um, steckte meinen Dolch in den Gurt und trat leise, leise aus der Hütte hinaus: der blinde Junge grade auf mich los. Ich drückte mich an den Plankenzaun und so ging er mit sicherem doch behutsamem Schritte an mir vorüber. Unter dem Arme trug er ein Bündel und nachdem er sich dem Hafen zugewandt hatte, schlug er einen engen, steilen Fußpfad ein. „An jenem Tage werden die Stummen reden und die Blinden wieder sehen," dachte ich bei mir selbst, indem ich ihm in einer angemessenen Entfernung folgte, um ihn nicht aus den Augen zu verlieren.

Unterdessen fing der Mond an sich in Wolken zu kleiden und Nebel stieg vom Meere auf; kaum, daß die Laterne vom Verdecke des nahen Wachtschiffes hindurchschimmerte, am Ufer aber spritzte der Schaum der Meereswogen so in die Höhe, daß sie den Jungen jeden Augenblick zu verschlingen drohten. Ich folgte ihm, obgleich mit vieler Beschwerde, auf dem steilen, holprigen Wege und sah wie mein Blinder erst eine Weile stehen blieb und sich dann rechts hinunter begab; er ging so dicht am Wasser dahin, daß es schien, als ob die Woge ihn sofort ergreifen und mit sich fortreißen würde; allein an der Sicherheit, mit welcher er von Stein zu Stein hüpfte und die Wasserrisse vermied, konnte man deutlich sehen, daß er diesen Weg nicht zum ersten Male machte. Endlich hielt er still, als ob er auf etwas lausche, setzte sich auf die Erde und legte sein Bündel neben sich. Ich beobachtete alle seine Bewegungen, indem ich mich hinter einem vom Ufer vorspringenden Felsenstücke versteckt hielt. Nach einigen Minuten wurde von der entgegengesetzten Seite her eine weiße Figur sichtbar; sie ging an den Blinden heran und setzte sich neben ihn. Der Wind führte mir von Zeit zu Zeit ihr Gespräch zu:

„Nun, Blinder?" sagte eine weibliche Stimme: „der Sturm ist heftig; Janko wird nicht kommen."

Janko fürchtet den Sturm nicht, entgegnete dieser.

„Der Nebel wird immer dichter," sagte wieder die weibliche Stimme mit einem Ausdrucke der Kümmerniß.

Im Nebel kann er sich desto leichter an den Wachtschiffen vorbeistehlen, war die Antwort.

„Aber wenn er ertrinkt?"

Nun was weiter? Dann gehst Du am nächsten Sonntag ohne neues Band in die Kirche.

Hierauf folgte ein Schweigen; indessen frappirte mich eins: der Blinde hatte mit mir in kleinrussischem Dialekte gesprochen, während er jetzt ganz reines Russisch sprach.

Siehst Du, daß ich Recht habe, begann der Blinde wieder, indem er in die Hände schlug: Janko fürchtet weder Meer, noch Sturm, noch Nebel, noch Küstenwächter: horche nur das ist nicht das Peitschen der Wellen, Du täuschst mich nicht, das sind seine langen Ruder.

Das Frauenzimmer sprang auf und richtete unruhvoll ihren Blick in die Ferne.

„Du faselst, Blinder," sagte sie, „ich sehe nichts."

Ich muß gestehen, daß, wie viele Mühe ich mir auch gab, etwas zu entdecken, was einem Nachen ähnlich sehen konnte, alles vergebens war. So vergingen zehn Minuten; da zeigte sich allmälig zwischen den Bergen der Meeresfluthen ein schwarzer Punkt, der bald größer bald kleiner wurde; bald sich langsam bis auf die Spitzen der Wogen erhebend, bald wieder in die Tiefe hinabschießend, näherte sich der Kahn immer mehr dem Ufer. Ein kühner Schiffer mußte Der sein, der es wagte, in einer solchen Nacht eine Meerenge von 20 Werst Weite zu durchrudern, und wichtig mußte der Grund sein, der ihn dazu antrieb.

Während diese Gedanken mich beschäftigten, blickte ich mit unwillkührlichem Herzpochen nach dem armen Kahne; der aber tauchte unter wie eine Ente und erhob sich dann wieder durch einen raschen Flügelschlag seiner Ruder aus dem Abgrunde, inmitten des wildesten Schaumgespritzes; plötzlich schien es mir, als ob er in einem Anlaufe gegen das Ufer sich zerschlagen und in tausend Splitter zertrümmern müsse allein er parirte mit ungemeiner Geschicklichkeit und hüpfte unbeschädigt in eine kleine Bucht. Ein Mann von mittlerm Wuchse sprang aus dem Nachen; er trug eine tatarische Barankenmütze; er winkte mit der Hand und alle drei bemühten sich, Etwas aus dem Nachen zu ziehen; die Last war so groß, daß ich bis auf den heutigen Augenblick nicht verstehe, wie er nicht untergegangen ist. Ein jeder packte sich endlich ein Bündel auf die Schultern und so gingen sie das Ufer entlang, wo ich sie zuletzt aus dem Gesicht verlor. Es blieb mir nun nichts übrig, als nach Hause zu gehen, doch muß ich bekennen, daß alle diese Seltsamkeiten mich dermaßen aufgeregt hatten, daß ich beschloß, den Morgen wach abzuwarten.

Mein Kosak war nicht wenig erstaunt, als er mich beim Erwachen vollständig angezogen fand; indessen gab ich ihm keine weiteren Gründe dafür an, sondern legte mich ins Fenster und schaute eine Zeitlang nach dem dunkelblauen mit zerrissenem Gewölk besäeten Himmel, nach dem fernen Ufer der Krim, das sich wie ein Lilastreifen am Horizonte dahinzieht, bis es zuletzt in einen Felsen ausläuft, auf dessen Gipfel ein Leuchtturm schimmert, und begab mich endlich nach der Festung Fanágora, um mich beim Kommandanten über die Stunde meiner Abreise nach Gelendschick zu erkundigen.

Aber leider konnte mir der Kommandant durchaus nichts Bestimmtes darüber sagen. Die im Hafen liegenden Schiffe waren alle entweder Wachtschiffe oder Handelsschiffe, die sogar ihre Ladung noch nicht einmal eingenommen hatten. „Vielleicht kommt ein Postschiff in drei, vier Tagen hier an," sagte der Kommandant, „und dann wollen wir sehen . . ."

Ich ging finster und ärgerlich nach Hause. In der Thüre kam mir mein Kosak mit bestürztem Gesichte entgegen: Hier ist's faul, Euer Gnaden! raunte er mir zu. Ja, Bruder, Gott weiß, wann wir von hier fortkommen! Bei diesen Worten wurde er noch verlegener, beugte sich zu mir und zischelte mir ins Ohr: Hier ist's nicht rein! Ich begegnete heute einem tschornomórskischen Kosakenunteroffiziere, mit dem ich bekannt bin, ich stand voriges Jahr mit ihm in einer Abtheilung so sagte ich ihm also, wo wir abgestiegen wären; darauf sagte er zu mir: Bruder, sagte er, da, Bruder, ist die Luft nicht rein; das sind keine gute Leute! . . . Ja, und nun bitte ich Einen in der That was ist das für ein Blinder! lauft der Bengel überall allein herum, nach dem Bazar, und nach Brod und nach Wasser . . . Hier sind sie, wie es scheint, schon alle daran gewöhnt.

„Hat sich denn die Wirthin nicht wenigstens einmal blicken lassen? . . ."

Ja, wie Sie heute aus waren, kam eine Alte mit ihrer Tochter heraus.

„Was für eine Tochter? Sie hat ja keine Tochter."

Ja, dann weiß Gott was sie ist, wenn sie nicht ihre Tochter ist; sehen Sie, da sitzt die Alte gerade vor ihrem Fenster.

Ich ging in die elende Hütte hinein. Der Ofen war stark geheizt und eine für arme Leute wahrhaft üppige Mahlzeit wurde darin gekocht. Die Alte antwortete auf alle meine Fragen, daß sie taub sei und mich nicht verstehen könne. Was war mit ihr anzufangen? Ich wandte mich also an den Blinden, der vor dem Ofen kauerte und Reisig ins Feuer warf. „Nun, Du kleiner blinder,

Teufel," sagte ich, indem ich ihn am Ohre faßte, „wohin bist Du denn diese Nacht mit dem Bündel gelaufen, he?"

Fängt der Junge an zu weinen und zu schreien und zu heulen: Wohin gegangen? Ich nirgend gegangen . . . Mit einem Bundel? Was für a Bundel?

Diesmal hatte auch die Alte Ohren und fing an zu belfern: „Das ist erlogen, und noch dazu gegen einen Unglücklichen! Wofür halten Sie ihn denn? Was hat er Ihnen denn gethan?"

Mir war der ganze Kram höchst langweilig, darum ging ich ohne Weiteres fort, fest entschlossen, den Schlüssel zu diesem Räthsel zu entdecken. Ich wickelte mich in meine Burka, setzte mich am Zaune auf einen Stein, und schaute in die Ferne; vor mir dehnte sich das vom nächtlichen Sturme noch aufgeregte Meer aus, und sein eintöniges Getöse und Gestöhn erinnerte mich, gleich dem nächtlichen Straßengerolle einer großen Stadt, an die dahingeschwundenen Jahre und versetzte meine Gedanken nach dem Norden, in unsere kalte Residenz. Von Erinnerungen ergriffen, vergaß ich mich selbst . . . So saß ich wohl eine Stunde und länger . . . . Plötzlich berührt etwas wie Gesang mein Ohr. Wahrhaftig, das ist ein Liedchen, und noch dazu von einer frischen Mädchenstimme gesungen, aber wo kommt es her? Ich lausche eine herrliche Melodie, jetzt gedehnt und traurig, dann wieder rasch und feurig; ich blicke um mich sehe aber Niemanden rundum; ich lausche wieder die Töne scheinen geradezu vom Himmel zu fallen. Da richtete ich meinen Blick in die Höhe und siehe da: auf dem Dache meiner Hütte stand ein Mädchen in einem gestreiften Kleide, mit aufgelösten, loseflatternden Zöpfen, eine leibhaftige Undine. Sie schützte ihre Augen mit den flachen Händen vor den Sonnenstrahlen und schaute starr in die Ferne, bald mit sich sprechend und lachend, bald wiederum ihr Liedchen singend.

Ich erinnere mich dieses Liedchens noch Wort für Wort:

Auf dem freien Wellchen dort
Auf dem grünen Meere,
Tanzen Schiffe auf und ab
    Weißbesegelte.
Zwischen jenen Schiffen tanzt
Auch mein Nachen durch,
Nachen ohne Mast und Tau,
    Doppelrudriger.
Fängt der Sturm sein Liedchen an
Ach, die alten Schiffe all'
Lüften ihre Flügelchen,
    Stieben auseinander all'.
O, dann flehe ich das Meer
Leise, leise, leise:
Rühr' nicht an, Du böses Meer
    Meine Lódotschka.
Denn es trägt die Lódotschka
Sachen wunderbar und schön,
Und es führt in dunkler Nacht
    Sie ein Brausekopf heran.

Unwillkührlich erinnerte ich mich, daß ich in vergangener Nacht dieselbe Stimme gehört hatte; ich dachte einen Augenblick darüber nach; als ich aber wieder nach dem Dache blickte, war das Mädchen nicht mehr da. Plötzlich eilte sie an mir vorüber, und etwas anderes anstimmend und mit den Fingern dazu schnalzend, rannte sie zur Alten und gerieth auch sogleich mit ihr in einen heftigen Wortwechsel. Die Alte wurde sehr böse und schlug ein lautes, tiefes Gelächter auf. Auf einmal sehe ich wieder wie meine Undine von ihr weghüpft; als sie bis zu mir herangekommen war, blieb sie plötzlich stehen und sah mich durchdringend an, als ob sie über meine Gegenwart verwundert wäre, worauf sie sich gleichgültig umkehrte und langsam der Anfahrt am Ufer zuschritt. Allein damit war's noch nicht zu Ende: den ganzen Tag drehte sie sich um meine

Wohnung herum; Gesang und Sprünge wechselten ununterbrochen miteinander ab! Ein seltsames Wesen! Auf ihrem Gesichte war nicht das geringste Zeichen der Geistesabwesenheit ausgedrückt; im Gegentheil, ihre Augen ruhten oft mit einem durchdringenden Funkeln auf mir, und diese Augen schienen mir mit einer seltsamen magnetischen Kraft begabt, auch kam es mir immer vor, als ob sie mich gleichsam zu einer Frage aufforderten. So wie ich aber anfing zu sprechen, lief sie mit einem feigen Lächeln eiligst davon.

Ein solches Frauenzimmer ist mir wahrhaftig noch nicht vorgekommen. Sie war durchaus nichts weniger als schön; allein ich habe auch in Betreff der Schönheit so meine eigenen Ideen . . . Es steckte viel Race in ihr . . . und bei Frauenzimmern und Pferden ist die Race eine wichtige Sache: dies ist eine Entdeckung des jungen Frankreichs. Sie, die Race, und nicht die Entdeckung des jungen Frankreichs, giebt sich zu erkennen am Gange, an den Händen und den Füßen und ganz besonders an der Nase, die eine hochwichtige Bedeutung hat. Eine regelmäßige Nase ist in Rußland noch viel seltener als ein kleiner Fuß. Meine Sirene mochte ungefähr 18 Jahr alt sein. Die ungewöhnliche Schlankheit ihrer Taille, eine ganz besondere nur ihr eigenthümliche Haltung des Kopfes, ihr langes blondes Haar, so wie ein gewisser goldiger Schein ihrer leicht verbrannten Haut an Hals und Schultern, und nun vor Allem ihre regelmäßige Nase alles dies übte einen geheimen Zauber über mich aus. Trotzdem ich in ihren Seitenblicken etwas Wildes und Verdächtiges wahrnahm, trotzdem daß ihr Lächeln einen ganz besondern, unbestimmten Ausdruck hatte, so war doch die Macht des Vorurtheils so groß, daß mich ihre regelmäßige Nase ganz um den Verstand brachte: ich bildete mir ein Göthe's Mignon dieses wunderliche Gebilde seiner germanischen Einbildungskraft gefunden zu haben, und in der That waren sich die Beiden so unähnlich nicht: dieselben raschen Uebergänge aus der allerüberspanntesten Aufregung in die vollständigste Regungslosigkeit, dieselben räthselhaften Reden, dieselben Sprünge, seltsamen Gesänge u. s. w.

Gegen Abend hielt ich sie an der Thüre fest und hatte folgendes Gespräch mit ihr:

„Sag' mir doch, Liebchen, was hast Du heut da oben auf dem Dache gemacht?"

Ich sah, woher der Wind blies.

„Was kümmert Dich der Wind?"

Woher der Wind kommt, kommt auch das Glück.

„So hast Du wohl gar mit Deinem Liedchen das Glück eingeladen?"

Wo man singt, da sind die Menschen immer glücklich.

„Wenn Dein Gesang nun aber Unglück brächte?"

Was liegt daran? Wo nichts besser werden kann, da wird's schlechter, und vom Schlechten zum Guten ist's wieder nicht weit.

„Wer hat Dir denn diese Lieder gelehrt?"

Gelehrt? Niemand; es kommt mir etwas in den Sinn und ich fange an zu singen; wer es vernehmen soll, der begreift es schon, wer es aber nicht hören soll, der versteht es nicht.

„Aber wie heißt Du denn, liebe Sirene?"

Wer mich taufte, der weiß es schon.

„Und wer taufte Dich?"

Ja, wie soll ich das wissen?

„Ei, Du Geheimnißvolle, Du! Aber siehst Du, *etwas* habe ich doch von Dir erfahren." Sie gab durch keine Veränderung ihrer Züge, durch kein Zucken ihrer Lippen zu erkennen, daß von ihr die Rede war.

„Ich habe also erfahren, daß Du gestern Nacht am Ufer warst." Und nun erzählte ich ihr mit vieler Wichtigkeit alles was ich gesehen hatte und hoffte sie in Verlegenheit zu setzen; nicht im Geringsten! Sie fing an aus voller Kehle zu lachen.

Da haben Sie freilich viel gesehen und wissen doch wenig, und was Sie wissen, das halten Sie ja hübsch unter Schloß und Riegel.

„Aber wenn es mir nun einmal einfiele, das dem Kommandanten zu hinterbringen?" sagte ich mit einer sehr wichtigen, ja sogar strengen Miene.

Da sprang sie plötzlich mit einem liedartigen Schrei davon und verbarg sich, gleich einem Vögelchen, das aus einem Busche aufgescheucht worden. Meine letzten Worte waren durchaus nicht am rechten Orte; damals ahnte ich noch nicht ihre Wichtigkeit, hatte aber in der Folge Gelegenheit sie zu bereuen.

Mit dem Einbruche der Dämmerung befahl ich meinem Kosaken, den Thee, wenn auch kalt, anzusetzen, steckte ein Licht an, setzte mich an den Tisch und rauchte gemüthlich mein Reisepfeifchen. Ich hatte bereits mein zweites Glas Thee ausgetrunken, als plötzlich die Thüre knarrte und das leichte Rauschen eines Kleides und flüchtiger Tritte in meiner Nähe hörbar ward; ich fuhr zusammen und sah mich um, siehe da, meine Undine. Sie setzte sich leise und lautlos mir gegenüber und heftete ihre Augen auf mich, und ich weiß nicht recht warum ihr Blick kam mir wunderbar zärtlich vor; er erinnerte mich an einen jener Blicke, welche in früheren Jahren so eigenmächtig mit meinem Leben gespielt hatten.

Sie schien eine Frage von mit zu erwarten, allein ich schwieg, von einer unerklärlichen Aufregung überwältigt. Ihr Gesicht war von einer Todtenblässe überzogen, welche die innere Aufregung nur zu sehr verrieth; ihre Hand fuhr ohne Zweck auf dem Tische herum, und ich bemerkte ein leichtes Zittern an ihr; ihr Busen wogte bald hoch auf, bald schien sie wieder den Athem an sich zu halten. Diese Komödie fing an mir lästig zu werden, und ich war so eben im Begriff, dies Schweigen auf die allerprosaischste Weise von der Welt zu unterbrechen nämlich, ihr eine Tasse Thee anzubieten als sie plötzlich aufsprang, meinen Hals mit ihren Armen umwand, und ein feuchter, feuriger Kuß auf meinen Lippen wiederklang. Es wurde mir ganz düster vor den Augen, mein Kopf fing an sich zu drehen und ich drückte sie in meiner Umarmung mit aller Gewalt der jugendlichen Leidenschaft; aber sie schlüpfte mir wie eine Schlange aus den Armen und raunte mir ins Ohr: „Heute Nacht, wenn alles schläft, komm nach dem Ufer," und fuhr wie ein Blitz aus dem Zimmer. Auf dem Flure rannte sie die Theekanne und das Licht um, die beide auf dem Fußboden standen. „Was für ein Höllenmädel!" schrie der Kosak, der darauf gerechnet hatte, sich an den Ueberbleibseln des Thee's gütlich zu thun, und sich nun auf seine Streu hinstreckte. Jetzt erst kam ich wieder zu mir.

Nach ungefähr zwei Stunden, als alles im Hafen still geworden war, weckte ich meinen Kosaken auf: „Wenn Du einen Pistolenschuß hörst," sagte ich zu ihm, „so kommst Du nach dem Ufer!" Er riß die Augen auf und antwortete mechanisch: „Sehr wohl, Ew. Gnaden." Ich steckte die Pistole in den Gurt und ging. Sie erwartete mich bereits am Rande der Abfahrt; ihre Kleidung war mehr als leicht, ein kleines Tuch umwand ihre schlanke Taille anstatt einer Schärpe.

„Folgen Sie mir!" sagte sie, indem sie mich bei der Hand faßte; wir stiegen das Ufer hinab. Ich begreife nicht, wie ich nicht den Hals dabei gebrochen; unten angekommen, wandten wir uns rechts, und schlugen denselben Weg ein, auf welchem ich unlängst dem Blinden gefolgt war. Der Mond war noch nicht aufgegangen; nur zwei Sternchen schimmerten wie zwei rettende Leuchtthürme am dunkeln Himmelsgewölbe. Schwerfällige Wellen rollten in abgemessenen Distanzen hintereinander her, hoben aber kaum den einzigen Nachen in die Höhe, der am Ufer festgebunden lag.

„Laß uns in den Nachen gehen," begann meine Gefährtin. Ich schwankte ich bin kein Liebhaber von sentimentalen Spazierfahrten auf dem Meere; indessen war es jetzt nicht mehr Zeit davon abzustehen. Sie sprang in den Nachen, ich hinter ihr drein, und ehe ich mich dessen versah, bemerkte ich, daß wir schwimmen.

Was soll denn das heißen? sagte ich ärgerlich.

„Das soll heißen," antwortete sie, mich auf die Bank drängend, und meine Taille mit den Armen umwindend, „das soll heißen, daß ich Dich so lieb habe . . ." Und ihre Wangen preßten die meinigen und ich fühlte ihren glühenden Athem über mein Gesicht dahinstreifen. Auf einmal plumpst etwas ins Wasser; ich streife nach meinem Gürtel die Pistole ist fort. O, da stahl sich ein fürchterlicher Verdacht in meine Seele und das Blut peitschte mir nach dem Kopfe! Ich blicke rund um schon sind wir gegen vierhundert Fuß vom Ufer ab, und schwimmen kann ich nicht! Ich versuche es sie von mir zurückzustoßen, sie aber hat sich wie, eine Katze an meine Kleider festgeklammert; plötzlich stieß mich ein heftiger Stoß fast über Bord. Der Nachen fing an zu schaukeln, ich brachte ihn aber wieder ins Gleichgewicht, und nun begann zwischen uns ein verzweifelter Kampf; die Wuth verlieh mir zwar Kräfte, allein ich bemerkte sehr bald, daß ich meinem Gegner an Gewandtheit weit nachstand . . .

Was willst Du doch von mir? schrie ich sie endlich an, und drückte ihre kleinen Hände mit ungeheurer Gewalt zusammen; ihre Finger krachten, sie gab aber keinen Laut von sich; ihre Schlangennatur hielt diese Probe aus.

„Du hast gesehen," entgegnete sie, „und Du willst angeben!" und mit einer übernatürlichen Anstrengung riß sie mich am Bord zu Boden; wir schwebten Beide bis an die Hüften aus dem Nachen; ihre Haare berührten das Wasser: der Augenblick war entscheidend. Ich stemmte mich mit dem Knie fest gegen den Boden, ergriff sie mit der einen Hand bei den Haaren, mit der andern bei der Gurgel; da ließ sie meine Kleider los, und in demselben Augenblick stürzte ich sie auch ins Meer.

Es war bereits ziemlich dunkel geworden. Ihr Kopf tauchte noch einigemal aus den schäumenden Wellen hervor und dann war nichts mehr zu sehen . . .

Auf dem Boden des Nachens fand ich die Hälfte eines alten Ruders, vermittelst dessen es mit nach langen Anstrengungen endlich gelang, die Abfahrt zu erreichen. Als ich nun am Ufer entlang meiner Hütte zuschritt, blickte ich unwillkührlich nach jener Seite, wo der Blinde gestern Abend den nächtlichen Schiffer erwartet hatte; der Mond fing schon an am Himmel einherzuschreiten, und so schien es mir, als ob dort am Ufer etwas Weißes sitze; ich schlich mich, von der Neugierde gespornt, näher hinzu und legte mich hinter einem Vorsprung des Ufers der Länge nach ins Gras, von wo aus ich alles sehen konnte, was dort unten vorging und war nicht wenig erstaunt, nein, ich freute mich fast, meine Undine wieder zu erkennen. Sie drückte den Schaum des Meerwassers aus ihren langen Haaren; das nasse Hemd zeichnete ihre schlanke Taille und ihre hohe Brust in scharfen Contouren ab. Nicht lange, so zeigte sich in der Ferne ein Nachen, der sich rasch näherte; wie am vorigen Abende, sprang auch diesmal ein Mann mit einer tatarischen Mütze heraus, dessen Haar aber nach Kosakenart geschnitten war und in dessen ledernem Gurte ein großes Messer blinkte.

„Janko!" sagte sie, „es ist alles verloren!"

Hierauf begann ein so leises Gespräch, daß ich nicht im Stande war, das Mindeste davon aufzufassen.

Aber wo ist denn der Blinde? sagte endlich Janko mit etwas erhöhter Stimme.

„Ich habe ihn fortgeschickt," war die Antwort.

Es dauerte auch nicht lange, so kam der Blinde, mit einem Sacke auf dem Rücken, den er in das Boot abwarf.

Höre, Blinder! sagte Janko, Du giebst gut Acht auf jenen Ort . . . Du weißt, da liegen reiche Waaren . . . sage dem (den Namen konnte ich nicht hören), daß ich ihm länger nicht dienen kann; die Sache hat eine schlechte Wendung genommen; er kriegt mich nicht wiederzusehen; es ist jetzt gefährlich; ich will mir an einem andern Orte Arbeit suchen, und er wird einen solchen Wagehals nicht sobald wieder finden. Du kannst ihm auch sagen, daß Janko ihn jetzt nicht im Stiche ließe, hätte er meine Mühe besser bezahlt; ich finde überall Brod, wo nur der Wind bläst und das Meer braust!" Nach einigem Schweigen fuhr Janko fort: „Sie muß mit fort; sie darf hier nicht zurückbleiben; der Alten kannst Du nur sagen, daß sie ja die Ehre wahre, wenn es jetzt ihr Loos sein sollte umzukommen. Uns seht Ihr nicht mehr wieder."

Aber ich? sagte der Blinde mit kläglicher Stimme.

„Was gehst denn Du mich an?" war die Antwort.

Unterdessen war meine Undine in den Nachen gesprungen und hatte ihrem Gefährten mit der Hand zugewinkt; dieser drückte dem Blinden etwas in die Hand, indem er sagte: „Da, kaufe Dir Pfefferkuchen." „Nichts weiter?" sagte der Blinde. „Nu, da hast Du noch mehr" ein fallendes Geldstück erklang auf dem Gesteine. Der Blinde nahm es nicht auf. Janko setzte sich in den Nachen; der Wind blies grade vom Ufer: rasch zogen sie ein kleines Segel auf und eilten auf den flüchtigen Wogen dahin. Lange schien beim Lichte des Mondes das weiße Segel zwischen den dunklen Wogen hervor; der Blinde saß noch immer am Meeresufer und ich glaubte ein

Schluchzen zu vernehmen; in der That weinte der blinde Knabe lange, lange . . . Ich war traurig. Und warum warf mich doch das Schicksal in den friedlichen Kreis dieser *ehrlichen Schleichhändler*? Wie ein Stein, den man in eine glatte Wasserfläche wirft, hatte ich ihren Frieden aufgestört, und wie ein Stein wäre ich auch bald auf den Grund gesunken.

Ich kehrte nach Hause zurück. Auf dem Flure flackerte das aufgebrannte Licht auf einem hölzernen Teller und mein Kosak lag, trotz meines Befehles, im tiefsten Schlafe, mit beiden Händen das Gewehr haltend. Ich ließ ihn zufrieden, nahm das Licht und ging in das Zimmer. O weh! Meine Schatulle, meine Schaschka mit silberner Einfassung, ein Dagestaner-Dolch das Geschenk eines Freundes alles war verschwunden. Jetzt errieth ich wohl, was das für Sachen gewesen waren, die der verwünschte Blinde da herangeschleppt hatte. Obgleich ich nun meinen Kosaken mit einem ziemlich unsanften Stoße aufweckte und ihn tüchtig ausschalt, so war doch nichts mehr zu machen! Und wäre es nicht lächerlich gewesen, mich bei der Behörde zu beschweren, daß ein Blinder mich bestohlen und ein achtzehnjähriges Mädchen mich fast ertränkt hätte? Gott sei Dank, daß sich des Morgens Gelegenheit fand abzureisen und ich dies Nest verlassen konnte. Was aus der Alten und dem Blinden geworden ist, weiß ich nicht. Was gehn denn mich auch die Freuden und Leiden der Menschen an mich, einen herumwandernden Offizier und noch dazu mit einem Passe in Kronsangelegenheiten! . . .

Die Fürstin Mary.

11.Mai.

Gestern kam ich in Pätigorsk an und miethete ein Quartier am Ende der Stadt, auf einer sehr hochgelegenen Stelle, am Fuße des Máschuk, so daß während eines Ungewitters die Wolken sich bis auf mein Dach senken werden. Heut um fünf Uhr Morgens, als ich das Fenster öffnete, füllte sich mein Zimmer mit dem Dufte der Blumen an, welche in einem bescheidenen Vordergärtchen wachsen. Die Zweige der blühenden Süßkirsche schauen mir ins Fenster und der Wind überschüttet bisweilen meinen Schreibtisch mit ihren weißen Blüthenblättern. Von drei Seiten habe ich eine wunderschöne Aussicht. Gegen Westen liegt der fünfkuppige Beschtu im Blauen, wie „die letzte Wolke eines zerstobenen Sturmes" gegen Norden erhebt sich der Máschuk, wie eine verbrämte Persermütze, und verdeckt diesen ganzen Theil des Himmelsgewölbes. Heiterer ist die Aussicht gegen Osten: unten, vor mir, liegt ein buntes reinliches, neues Städtchen, sprudeln die Heilquellen, rauscht die vielsprachige Menge, und dort, weiterhin, thürmen sich die Berge, immer blauer und nebeliger, zum Amphitheater empor, und am Rande des Horizontes zieht sich die silberne Kette der Schneegipfel hin, mit dem Kasbek anfangend und mit dem zweikuppigen Elborus endigend.   In solchem Lande lebt's sich heiter! Ein gewisses beruhigendes Trostgefühl ist durch alle meine Adern ergossen. Die Luft ist rein und frisch, wie der Kuß eines Kindes; die Sonne strahlend, der Himmel blau wessen, so scheint es, bedarf man hier noch mehr? Wozu hier noch Leidenschaften, Wünsche, Bedauern? . . . Indessen ist es Zeit. Ich muß nun nach der Elisabethquelle gehen; man sagte mir, daß sich dort des Morgens die ganze Brunnengesellschaft versammelte.

Als ich mich in die Mitte der Stadt begab, ging ich auf den Boulevards umher, wo ich einige traurige Gruppen langsam den Berg hinaufsteigen sah; es waren meistentheils die Familien von Steppen-Gutsbesitzern; dies war leicht zu errathen an den abgetragenen altmodischen Ueberröcken der Herren und den geschmacklosen Kleidungen der Frauen und Töchter. Es war zu sehen, daß sie alle jungen Badegäste schon kannten, da sie mit zärtlicher Neugierde nach mir blickten: die Petersburger Form meines Waffenrockes führte sie irre; als sie indessen die Epauletten eines Armeeoffiziers an mir wahrnahmen, wandten sie sich unwillig von mir.

Die Frauen der Gegend selbst, so zu sagen die Brunnenwirthinnen, waren herablassender; sie haben Lorgnetten und richten ihre Aufmerksamkeit weniger auf die Uniform; sie sind bereits gewohnt, im Kaukasus unter einem nummerirten Knopfe ein feuriges Herz, und unter der weißen Mütze einen gebildeten Verstand anzutreffen. Diese Damen sind sehr gütig und sind es lange! Jedes Jahr werden ihre Verehrer durch Neue abgelöst und hierin liegt vielleicht das Geheimniß ihrer unerschöpflichen Liebenswürdigkeit. Als ich auf einem engen Pfade zur Elisabethquelle hinanstieg, überholte ich eine Menge Civil- und Militairpersonen, welche, wie ich später erfuhr, eine besondere Klasse von Leuten unter denen bilden, die auf eine Wirkung des Brunnens hoffen. Sie trinken nur kein Wasser, gehn wenig spazieren, machen nur im Vorübergehen den Damen die Cour, spielen und klagen über Langeweile. Sie sind Stutzer und nehmen, so oft sie ihre umflochtenen Gläser in den Sauerbrunnen tauchen, eine akademische Stellung an; die Civilpersonen tragen hellblaue Halstücher, die Militairs lassen aus den Kragen die Vatermörder hervorgucken. Sie affektiren eine tiefe Verachtung gegen die Damen aus der Provinz und seufzen nach den aristokratischen Salons der Residenzen, wo sie nicht zugelassen werden.

Endlich bin ich am Brunnen . . . Auf einem Plätzchen unweit des Brunnens steht ein Häuschen mit einem rothen Dache über dem Becken; etwas weiter befindet sich eine Gallerie zum Spazierengehen während des Regens. Mehre verwundete Offiziere saßen auf einer Bank, ihre Krücken zusammenhaltend, blaß und traurig. Einige Damen gingen mit raschen Schritten auf und nieder, in Erwartung der Wirksamkeit des Wassers. Unter ihnen befanden sich zwei bis drei recht artige Gesichter. Aus den Nebenalleen, welche den Abhang des Máschuk bedecken, tauchte dann und wann das bunte Hütchen einer Liebhaberin der Einsamkeit zu Zweien hervor, denn stets bemerkte ich hinter einem solchen Hute eine Militairmütze, oder einen formlosen runden Hut. Auf dem steilen Felsen, wo ein Pavillon steht welcher den Namen Aeols-Harfe führt, standen einige Liebhaber von Aussichten, welche ihre Telescope nach dem Elborus richteten; unter ihnen befanden sich zwei Gouverneure mit ihren Zöglingen, die hierher gekommen waren, um sich von den Skrofeln heilen zu lassen.

Ich blieb erschöpft am Rande des Berges stehen und begann, an die Ecke des Häuschens gelehnt, die malerische Umgegend zu betrachten, als ich plötzlich hinter mir eine bekannte Stimme höre:

„Petschorin! schon lange hier?"

Ich wende mich um: Gruschnitzki! Wir umarmten uns. Ich hatte in einer aktiven Abtheilung seine Bekanntschaft gemacht. Er hatte eine Schußwunde am Beine, und war eine Woche später als ich ins Bad gereist. Gruschnitzki ist Fähndrich. Er dient erst seit einem Jahre und trägt aus ganz besonderer Koketterie einen dicken Soldatenmantel, auch hat er das St. Georgen Soldatenkreuzchen. Er ist wohlgebaut, hat eine dunkelbraune Gesichtsfarbe und schwarzes Haar; seinem Aeußern nach könnte man ihm fünf und zwanzig Jahre geben, ob er gleich kaum ein und zwanzig alt ist. Wenn er spricht, wirft er den Kopf hinten über und ringelt mit der linken Hand seinen Schnurrbart, denn mit der rechten stützt er sich auf die Krücke; auch spricht er schnell und hochtrabend: er ist einer von denen, die auf alle Vorfälle des Lebens schwülstige Redensarten in Bereitschaft haben, welche das einfach Schöne nicht rührt, und die sich wichtig in ungewöhnliche Passionen und ausnahmsweise Leiden hüllen. Effekt zu machen ist ihr höchster Genuß, darum gefallen sie den romantischen Damen der Provinz bis zum Wahnsinn. Im Alter werden sie theils friedliche Gutsbesitzer, theils Trunkenbolde, bisweilen das Eine und das Andere. In ihrer Seele liegen oft recht viele gute Eigenschaften, aber nicht für einen Heller Poesie. Gruschnitzki's Leidenschaft war die des Deklamirens; er überschüttet einen mit Worten, sobald das Gespräch nur irgend den gewöhnlichen Ideenkreis verläßt; ich konnte nie mit ihm streiten. Er antwortet einem gar nicht auf das Gesagte, er hört einem gar nicht zu; kaum hält man aber etwas inne, so fängt er eine lange Tirade an, die sich scheinbar an das Gesagte anschließt, in der That aber nichts anders ist als die Fortsetzung seiner eigenen Rede.

Er ist ziemlich witzig; seine Epigramme sind oft recht unterhaltend, niemals aber sind sie treffend und bitter; er schlägt keinen mit *Einem* Worte nieder; er kennt nicht die Leute und ihre schwachen Seiten, denn er beschäftigte sich während seines ganzen Lebens nur mit sich selbst. Sein höchster Zweck ist der Held eines Romans zu werden. Er war so oft bemüht die Andern davon zu überzeugen, daß er ein, nicht für diese Welt geschaffenes, einem gewissen geheimen Leiden überantwortetes Wesen sei, daß er zuletzt fast selbst daran glaubte. Darum trägt er auch mit solchem Stolze seinen dicken Soldatenmantel. Ich durchschaute ihn sogleich, deshalb liebt er mich auch nicht, obgleich wir äußerlich in den freundschaftlichsten Beziehungen stehen. Gruschnitzki steht im Rufe eines sehr tapfern Soldaten; ich sah ihn im Gefechte: er wirthschaftet mit dem Säbel herum, schreit und wirft sich mit blinzelnden Augen vorwärts. Das ist immer nicht die wahre russische Tapferkeit.

Ich mag ihn auch nicht leiden: ich fühle, daß wir einst einmal auf einem engen Wege zusammenstoßen werden, und es dem Einen von uns nicht wohl bekommen wird . . .

Seine Ankunft im Kaukasus ist ebenfalls eine Folge seines romantischen Fanatismus. Ich bin überzeugt, daß, am Vorabend seiner Abreise aus dem väterlichen Erbdorfe, er mit düsterer Miene irgend einer niedlichen Nachbarin sagte: daß er nicht Dienste nimmt, wie dies gewöhnlich geschieht, sondern, daß er den Tod sucht, weil . . . hier fährt er denn, die Hand über die Augen gehalten, fort: „Nein, Sie (oder Du) sollen das nie erfahren! Ihre reine Seele würde erbeben! Wozu das auch? Was bin ich Ihnen? Können Sie mich je verstehen? . . ." und so fort.

So erzählte er mir selbst, daß der Grund, der ihn veranlaßte ins K. Regiment zu treten, ein ewiges Geheimniß zwischen ihm und dem Himmel bleiben würde.

Uebrigens ist Gruschnitzki in solchen Augenblicken, wo er die tragische Drappirung abwirft, recht liebenswürdig und unterhaltend. Es ist mir immer interessant, ihn mit Damen zu sehen; da kann ich mir vorstellen, wie er sich abquält.

Wir kamen uns wie alte Freunde entgegen. Ich fing an ihn über die Lebensweise im Badeort und die Hauptpersonen desselben zu befragen.

Wir führen ein ziemlich prosaisches Leben, erwiederte er seufzend. Diejenigen, welche des Morgens Wasser trinken, sind welk, wie alle Kranken, die aber des Abends Wein trinken, sind unausstehlich wie alle Gesunden. Damengesellschaft ist wohl da; bei ihnen ist indessen wenig Trost zu holen: sie spielen Whist, kleiden sich schlecht, und sprechen schauderhaft französisch. In diesem Jahre ist aus Moskau nur die einzige Fürstin Ligoffska mit ihrer Tochter hergekommen; doch bin ich mit ihnen nicht bekannt. Mein Soldatenmantel scheint mir die allgemeine Abneigung zuzuziehen. Die Theilnahme, welche er etwa hervorruft, liegt wie ein Almosen auf mir.

In diesem Augenblicke gingen zwei Damen an uns vorbei, dem Brunnen zu; die eine ältlich, die andere jugendlich, wohlgebaut. Ihre Gesichter sah ich, der vorstehenden Hüte wegen, nicht; doch waren sie nach den strengsten Regeln des feinsten Geschmackes gekleidet: Nichts Ueberflüssiges. Die letztere trug ein hohes Kleid gris de perles; ein leichtes seidenes Fichu umwand ihren schlanken Hals. Ihre Stiefelchen couleur puce umspannten ihr dünnes Füßchen am Knöchel so reizend, daß selbst ein in den Mysterien der Schönheit Uneingeweihter unbedingt ein Ach! ausgestoßen hätte, wenn auch nur vor Verwunderung. Ihr leichter, doch sehr edler Gang hatte etwas mädchenhaftes, das jeder Erklärung entschlüpft, vom Blicke aber wohl verstanden wird. Als sie an uns vorüberging, wehte uns von ihr jener unerklärbare Duft entgegen, von welchem bisweilen der Brief eines reizenden Frauenzimmers athmet.

„Das ist die Fürstin Ligoffska,“ sagte Gruschnitzki, „und die mit ihr ist ihre Tochter Mary, wie sie dieselbe nach englischer Manier nennt. Sie sind erst seit drei Tagen hier.“

Und doch kennst Du bereits ihre Namen?

„Ja, ich hörte sie zufällig,“ antwortete er erröthend, „ich gestehe ganz offen, ich wünsche gar nicht mit ihnen bekannt zu werden. Diese stolze Aristokratie blickt auf uns Armeeoffiziere wie auf Wilde herab. Und was kann es sie kümmern, ob unter einer nummerirten Feldmütze Verstand liegt und ein Herz unter einem dicken Soldatenmantel?“

Armer Mantel! sagte ich lächelnd; aber wer ist der Herr, der auf sie zugeht und ihnen so dienstfertig das Glas reicht?

„O! Das ist der Moskauer Stutzer Rajéwitsch! Er ist ein Spieler: das sieht man sogleich an der enormen goldenen Kette, welche sich auf seiner blauen Weste herumschlängelt. Und was für einen dicken Stock er hat absolut wie Robinson Crusoe; und nun gar diesen Bart und die Coiffüre à la mougik“!

Du bist ja gegen das ganze Menschengeschlecht erbost.

„Ja, ich habe wohl Ursache . . .“

O! wirklich?

In diesem Augenblicke verließen die Damen den Brunnen und gingen dicht an uns vorüber. Gruschnitzki war es eben noch gelungen, mit Hülfe seiner Krücke eine dramatische Position anzunehmen, und er antwortete mir laut auf französisch:

„Mon cher, je hais les hommes pour ne pas le mépriser, car autrement la vie serait une farce trop dégoutante.“

Die reizende junge Fürstin wandte sich um und beschenkte den Redner mit einem langen, neugierigen Blicke. Der Ausdruck dieses Blickes war ungemein unbestimmt, doch nicht ironisch, weshalb ich ihm im Innern der Seele dazu gratulirte.

Diese Fürstin Mary ist das reizendste Wesen von der Welt, sagte ich zu ihm. Sie hat ein Paar sammetne Augen absolute Sammetaugen: ich würde Dir rathen, Dir diesen Ausdruck anzueignen, wenn Du von ihren Augen sprichst; die unteren und oberen Augenwimpern sind so lang, daß die Sonnenstrahlen ihr nie den Augapfel berühren können. Ich liebe diese glanzlosen Augen: sie sind so weich, sie thun einem so wohl . . . Uebrigens däucht mir, drückt ihr Gesicht nur Gutes aus . . . Aber was ich sagen wollte . . hat sie auch weiße Zähne? Das ist sehr wichtig! Es ist Schade, daß sie auf Deine stattliche Phrase nicht lächelte.

„Du sprichst ja von einem schönen Frauenzimmer wie von einem englischen Pferde," sagte Gruschnitzki unwillig.

Mon cher, entgegnete ich ihm, indem ich mich bemühte seinen Ton nachzuahmen: je méprise les femmes pour ne pas les aimer, car autrement la vie serait un mélodrame trop ridicule.

Ich wandte mich um und verließ ihn. Während einer halben Stunde ging ich in den Rebenalleen über die Kalkfelsen und durch die zwischen ihnen hängenden Büsche spazieren. Allmälig wurde es aber heiß, so daß ich den Rückweg nach Hause antrat. Als ich an dem Sauerbrunnen vorüberging, hielt ich an der steilen Gallerie still, um in ihrem Schatten mich etwas abzukühlen; dies gewährte mir die Gelegenheit Zeuge einer ziemlich interessanten Scene zu sein. Die handelnden Personen derselben befanden sich in folgender Position: Die Fürstin saß mit dem Moskauer Stutzer auf einer Bank der bedeckten Gallerie, beide, wie es schien, in ein wichtiges Gespräch vertieft. Die junge Fürstin, die wahrscheinlich ihr letztes Glas bereits getrunken hatte, ging gedankenvoll vor dem Brunnen auf und ab. Gruschnitzki stand am Brunnen selbst; sonst war Niemand auf dem ganzen Plätzchen.

Ich schritt näher hinzu und versteckte mich hinter die Ecke der Gallerie. In diesem Augenblicke ließ Gruschnitzki sein Glas auf den Sand fallen und strengte sich an, sich niederzubeugen, um es wieder aufzuheben: der kranke Fuß verhinderte ihn daran! Der Arme! wie er sich auf seine Krücke gestützt, abquälte, und so ganz umsonst. Sein ausdrucksvolles Gesicht drückte in der That Leiden aus.

Die junge Fürstin Mary sah alles dies besser als ich selbst. Leichter als ein Vögelchen hüpfte sie an ihn heran, bückte sich, hob das Glas auf und reichte es ihm mit einer unaussprechlich reizenden Bewegung, des Körpers: hierauf erröthete sie ungemein, blickte nach der Gallerie zurück und nachdem sie die Ueberzeugung erlangt hatte, daß ihre Mutter nichts davon gesehen, schien sie sich sofort zu beruhigen. Als Gruschnitzki den Mund öffnete, um ihr zu danken, war sie schon weit entfernt. Nach einer Minute kam sie mit ihrer Mutter und dem Stutzer aus der Gallerie heraus, nahm aber, als sie an Gruschnitzki vorüberging, eine sehr vornehme und strenge Miene an wandte sich selbst nicht um, bemerkte nicht einmal den leidenschaftlichen Blick, mit dem er sie lange begleitete, bis sie endlich beim Hinuntersteigen vom Berge hinter den Linden des Boulevards verschwand . . . Noch einmal tauchte ihr Hütchen in der Straße auf; dann eilte sie in die Thüre eines der besten Häuser von Pätigorsk; hinter ihr ging die Fürstin hinein, die an der Thüre von Rajéwitsch Abschied nahm.

Erst jetzt bemerkte der arme leidenschaftliche Junker meine Gegenwart.

„Sahest Du?" sagte er, indem er mit die Hand stark drückte: „sie ist geradezu ein Engel!"

Warum? fragte ich mit der alleraufrichtigsten Miene.

„So hast Du nicht gesehen?"

Doch, ich sah: sie hob Dein Glas auf. Wäre dort ein Wächter gewesen, so hätte er dasselbe gethan, und noch viel eiliger, indem er hoffen konnte ein Trinkgeld zu erhaschen. Uebrigens ist es sehr begreiflich, daß Du ihr leid thatest: Du machtest eine so fürchterliche Grimasse, als Du auf Dein durchschossenes Bein tratest . . .

„Und Du warst nicht im Mindesten gerührt, indem Du sie in dieser Minute sahst, wo ihre ganze Seele auf ihrem Antlitz glänzte?"

Nein.

Ich log; ich hatte aber Lust ihn zu peinigen. Mir ist die Leidenschaft des Widersprechens angeboren; mein ganzes Leben war nur eine Kette trauriger und unglückseliger Widersprüche gegen mein Herz oder meinen Verstand. Die Gegenwart eines Enthusiasten ergreift mich jedesmal mit furchtbarer Kälte, ebenso glaube ich, daß häufige Beziehungen zu einem abgestorbenen Phlegmatiker einen leidenschaftlichen Schwärmer aus mir gemacht haben würden. Ich gestehe ferner: ein unangenehmes aber wohlbekanntes Gefühl lief in diesem Augenblicke über mein Herz; dieses Gefühl war der Neid; ich sage dreist „der Neid", denn ich habe mich daran gewöhnt mir alles zu gestehen; und schwerlich möchte sich ein junger Mann finden lassen, der beim Anblicke eines schönen Frauenzimmers, die seine müßige

Aufmerksamkeit auf sich zieht und vor ihm offenbar einen Anderen, ihr nicht minder Unbekannten, auszeichnete schwerlich, sage ich, möchte sich ein solcher junger Mann finden lassen (der, versteht sich, in der großen Welt gelebt hat und gewöhnt ist seine Eigenliebe zu hätscheln), welcher hierdurch nicht unangenehm berührt worden wäre.

Schweigend stiegen wir, Gruschnitzki und ich, vom Berg hinab und gingen auf dem Boulevard spazieren, an den Fenstern des Hauses vorbei, wo unsere Schöne versteckt war. Sie saß am Fenster. Gruschnitzki stieß mich an den Arm, und warf ihr einen jener aufbrausenden, zärtlichen Blicke zu, welche auf die Damen so geringe Wirkung haben. Ich richtete meine Lorgnette auf sie und bemerkte, daß sie in Folge seines Blickes lächelte, daß sie hingegen über meine dreiste Lorgnette sich außerordentlich ärgerte. Und wie, in der That, wagt es ein kaukasischer Armeeoffizier eine Moskauer Fürstin zu lorgnettiren? . . .

Den 13. Mai.

Heute Morgen kam der Doktor zu mir: sein Name ist Werner, er ist aber Russe. Was wäre da Außerordentliches? Ich kannte einen Iwánow, der ein Deutscher war.

Werner ist ein merkwürdiger Mann in vielfacher Beziehung. Er ist Skeptiker und Materialist wie fast alle Aerzte, zu gleicher Zeit aber ist er auch Poet, und das in vollem Ernste, ein Poet in der That immer, und oft in seinen Worten, ob er gleich in seinem ganzen Leben nicht zwei Verse geschrieben. Er studirte alle lebendigen Saiten des menschlichen Herzens, wie man die Adern an einem Leichnam studirt, doch wußte er seine Wissenschaft niemals zu benutzen: so kann bisweilen ein ausgezeichneter Anatomiker das Fieber nicht vertreiben. Gewöhnlich lächelt Werner im Geheimen über seine Kranken, doch sah ich einst, wie er vor einem sterbenden Soldaten weinte . . . Er war arm, träumte von Millionen, that aber für's Geld keinen unnützen Schritt. Einst sagte er zu mir, daß er eher einem Feinde eine Gefälligkeit erweisen wolle, als einem Freunde, weil das seine Dienstfertigkeit verkaufen hieße, während der Haß nur im Verhältniß der Großmuth des Gegners zunimmt. Er hatte eine böse Zunge. Unter dem Aushängeschilde seiner Epigramme wurde mehr als ein Gimpel für einen gemeinen Narren ausgeschrieen; seine Nebenbuhler, die neidischen Brunnenärzte, verbreiteten das Gerücht, als ob er nach seinen Kranken Karrikaturen zeichne, die Kranken erbleichten, und fast alle fielen von ihm ab. Seine Freunde, das heißt, alle wahrhaft anständigen Leute, die im Kaukasus dienen, bemühten sich umsonst, seinen gefallenen Kredit wieder zu heben.

Sein Aeußeres war von jenen, welche beim ersten Anblick unangenehm berühren, welche aber in der Folge ansprechen, wenn das Auge erst gewöhnt ist in den unregelmäßigen Zügen den Ausdruck eines erfahrenen, hohen Geistes zu lesen. Es gab Beispiele, daß Damen sich bis zum Wahnsinn in solche Leute verliebten und deren Häßlichkeit nicht für die Schönheit der frischesten, rosigsten Endymione vertauscht haben würden. Man muß den Damen Gerechtigkeit widerfahren lassen: sie haben das angeborene Gefühl für die geistige Schönheit; daher kommt es vielleicht, auch, daß Männer, wie Werner, so leidenschaftlich die Weiber lieben.

Werner war von kleinem Wuchse und mager und schwach wie ein Kind; eins seiner Beine war kleiner als das andere, wie bei Byron; im Vergleich zum Rumpfe schien sein Kopf ungemein groß; er hielt sein Haar unter einem Kamme zurückgestrichen, so daß die Unebenheiten seines Schädels jeden Phrenologen durch die seltsame Verflechtung der widersprechendsten Neigungen überrascht haben würden. Seine kleinen schwarzen, fortwährend unruhigen Augen waren bemüht, die Gedanken der andern zu durchdringen. In seiner Kleidung herrschte Geschmack und Sauberkeit; seine mageren, geäderten, kleinen Hände brüsteten sich stets in hellgelben Handschuhen. Sein Ueberrock, sein Halstuch und seine Weste waren beständig schwarzer Farbe. Die jungen Leute nannten ihn einen Mephistopheles; er that als nehme er diesen Beinamen übel, in der That aber schmeichelte derselbe seiner Eigenliebe. Wir verstanden uns bald und wurden Bekannte, denn der Freundschaft bin ich unfähig; von zwei Freunden ist der eine immer der Sklave des andern, obgleich keiner von ihnen dies eingestehen will. Sklave mag ich nicht sein, und in solchem Falle zu befehlen ist eine lästige Mühe, denn man muß zugleich auch betrügen; dann habe ich ja auch Bedienten und Geld! Bekannte wurden wir auf folgende Weise: ich begegnete Werner in S. inmitten eines zahlreichen, lauten Kreises von jungen Leuten; das Gespräch nahm gegen das Ende des Abends eine philosophisch-metaphysische Richtung; man sprach von den Ueberzeugungen: jeder war überzeugt von den verschiedenartigsten Dingen.

„Was mich betrifft, so bin ich nur von Einem überzeugt . . .“ sagte der Doktor.

Und wovon das? fragte ich, begierig, die Meinung eines Mannes zu erfahren, der bisher geschwiegen hatte.

„Davon,“ antwortete er, „daß ich früh oder spät an einem schönen Morgen sterben werde.“

So bin ich reicher als Sie, sagte ich: ich habe, außer jener, noch eine Ueberzeugung, nämlich die, daß ich an einem sehr häßlichen Abende das Unglück hatte, geboren zu werden.

Alle fanden, daß wir Unsinn sprächen, doch hat wahrhaftig keiner von ihnen etwas Vernünftigeres gesagt. Seit jenem Augenblicke unterschieden wir uns von der Menge. Wir gingen oft miteinander, und sprachen zu Zweien sehr ernsthaft über abstrakte Dinge, bis wir endlich bemerkten, daß wir uns gegenseitig hintergingen. Dann sahen wir einander bedeutungsvoll in die Augen, wie die römischen Auguren nach den Worten Cicero's, fingen an recht herzlich zu lachen, und lachend gingen wir auseinander, zufrieden mit unserem Abende.

Ich lag auf dem Divan, die Augen an die Decke geheftet, die Hände unter dem Nacken gekreuzt, als Werner in mein Zimmer trat. Er setzte sich in einen Lehnstuhl, stellte seinen Rohrstock in eine Ecke, gähnte und erklärte, daß es draußen sehr heiß sei. Ich erwiederte ihm, daß mich die Fliegen beunruhigten und wir schwiegen Beide.

Bemerken Sie, lieber Doktor, sagte ich, daß es ohne Thoren auf der Welt recht langweilig sein würde . . . Sehen Sie uns zwei vernünftige Leute an; wir wissen im Voraus, daß man über alles bis in die Unendlichkeit streiten kann, und deshalb streiten wir nicht; wir kennen fast alle geheime Gedanken des Andern; ein Wort ist uns eine ganze Geschichte; wir sehen den Keim jedes unserer Gefühle selbst inmitten einer dreifachen Schale. Das Traurige ist uns lächerlich, das Lächerliche traurig; im Allgemeinen aber, um die Wahrheit zu sagen, sind wir gegen Alles ziemlich gleichgültig, außer gegen uns selbst. So kann also ein Austausch der Gefühle und Gedanken zwischen uns nicht Statt finden: wir wissen der eine von dem andern alles, was wir wissen wollen, und mehr wissen wollen wir nicht; so bleibt uns denn noch ein Mittel übrig: Neuigkeiten mitzutheilen. Erzählen Sie mir irgend eine Neuigkeit.

Von der langen Rede ermüdet, schloß ich die Augen und gähnte . . .

Er antwortete nach einigem Nachdenken: „In unserm Gallimatias ist indessen doch noch eine Idee “

Zwei Ideen! entgegnete ich.

„So sagen Sie mir die eine, ich werde Ihnen die andere sagen.“

Gut, beginnen Sie! sagte ich, indem ich fortfuhr, nach der Decke zu sehen und in mir lächelte.

„Sie möchten gern einige Details in Bezug auf einige der neuangekommenen Badegäste vernehmen, und ich errathe bereits, um wen es sich hier handelt, da man sich dort schon nach Ihnen erkundigt hat.“

Doktor! wahrhaftig, wir dürfen miteinander nicht mehr reden: wir lesen einander in der Seele.

Jetzt die zweite . . .

Die zweite Idee war die: ich wollte Sie irgend etwas erzählen lassen; erstens, weil es weniger ermüdet, zuzuhören; zweitens, braucht man sich nicht zu versprechen; drittens, kann man ein fremdes Geheimniß erfahren; viertens, weil so verständige Herren wie Sie, lieber Zuhörer als Erzähler leiden mögen. Jetzt zur Sache: Was sagte Ihnen die Fürstin Ligoffska von mir?

„Sind Sie so sehr überzeugt, daß es die Fürstin war . . . und nicht ihre Tochter?“

Vollkommen überzeugt.

„Warum?“

Weil die junge Fürstin sich nach Gruschnitzki erkundigte.

„Sie haben eine große Combinationsgabe. Die junge Fürstin sagte, sie sei überzeugt, daß dieser junge Mann im Soldatenmantel wegen eines Duelles zum Soldaten degradirt worden sei.“

Ich hoffe doch, Sie ließen sie in diesem süßen Irrthume . . .

„Natürlich.“

Die Verwickelung ist, da! rief ich mit Entzücken aus; für die Entwickelung dieser Komödie wollen wir später sorgen. Offenbar ist das Schicksal bemüht, mir die Langeweile zu vertreiben.

„Ich ahne,“ sagte der Doktor, „daß der arme Gruschnitzki Ihr Opfer werden wird . . .“

Fahren Sie fort, Doktor . . .

„Die Fürstin meinte, daß Ihr Gesicht ihr bekannt sei. Ich bemerkte ihr, daß Sie ihr wahrscheinlich in Petersburg irgendwo in der großen Welt begegnet wären . . . ich nannte Ihren Namen. Er war ihr bekannt. Wie es scheint, hat Ihre Affaire dort viel Aufsehen gemacht . . . Hierauf begann die Fürstin von Ihren Abenteuern zu erzählen, indem sie wahrscheinlich zu den Verläumdungen der großen Welt ihre eigenen Bemerkungen hinzufügte . . . Das Töchterchen hörte neugierig zu. Ihre Einbildungskraft machte Sie sogleich zum Helden eines Romans im neuesten Geschmacke. Ich widersprach der Fürstin nicht, ob ich schon wußte, daß sie Unsinn sprach.“

Würdiger Freund! sagte ich, ihm die Hand entgegenstreckend. Der Doktor drückte sie mit Wärme und fuhr fort:

„Wenn Sie wollen, so stelle ich Sie vor . . .“

Wo; denken Sie hin! rief ich aus, indem ich die Hände zusammenschlug: werden denn Helden jemals vorgestellt? Sie machen nicht anders Bekanntschaft, als indem sie ihr Liebchen von einem sichern Tode erretten . . .

„Also wollen Sie wirklich der jungen Fürstin die Cour machen? . . .“

Durchaus nicht, gerade das Gegentheil! . . . Doktor, endlich trage ich den Sieg davon! Sie verstehen mich nicht! . . . Uebrigens thut mir das leid, Doktor, fuhr ich nach einem minutenlangen Schweigen fort: ich enthülle niemals meine Geheimnisse selbst, ich liebe ungemein, daß man sie erräth, weil ich in diesem Falle mich immer davon lossagen kann. Indessen müssen Sie mir noch Mutter und Tochter beschreiben . . . Was sind es für Leute?

„Zuerst also die Fürstin: sie ist eine Frau von 45 Jahren,“ entgegnete Werner; „sie hat einen guten Magen, aber verdorbenes Blut; auf den Wangen rothe Flecken. Die letzte Hälfte ihres Lebens brachte sie in Moskau zu, und wurde dort mit Gemächlichkeit recht dick. Sie liebt schlüpferige Anekdoten und spricht wohl selbst dann und wann unanständige Dinge, wenn ihre Tochter nicht im Zimmer ist. Sie erklärte mir, daß ihre Tochter so unschuldig sei wie eine Taube. Was geht das mich an? Ich hätte ihr gern geantwortet, sie könne ganz ruhig sein, ich würde es an Niemanden weiter sagen! Die Fürstin nimmt Bäder gegen den Rheumatismus, ihre Tochter nimmt sie Gott weiß weshalb. Ich befahl ihnen Beiden täglich zwei Glas Sauerbrunnen zu trinken und wöchentlich zweimal ein gemischtes Wannenbad zu nehmen. Wie es scheint, ist die Fürstin nicht gewöhnt zu befehlen: sie hat eine hohe Achtung vor dem Verstande und den Kenntnissen ihrer Tochter, welche Byron englisch gelesen hat und Algebra versteht: offenbar haben sich in Moskau die jungen Damen auf die Gelehrsamkeit geworfen, und wahrhaftig, sie thun wohl daran! Unsere Herren sind im Allgemeinen so wenig liebenswürdig, daß es für ein verständiges Frauenzimmer unerträglich sein muß, mit ihnen zu kokettiren. Die Fürstin liebt sehr die jungen Herren; ihre Tochter blickt mit einiger Verachtung auf dieselben, eine Moskauer Gewohnheit! Die Damen werden in Moskau bloß groß gezogen, damit sie in ihrem 40sten Jahre Witzbolde seien.“

Sie waren also in Moskau, Doktor?

„Ja, ich hatte da einige Praxis.“

Fahren Sie fort.

„Ja, es scheint, ich habe alles gesagt . . . Doch halt, noch eins: die junge Fürstin scheint es zu lieben, über Gefühle, Leidenschaften u. s. w. zu urtheilen. Sie brachte einen Winter in Petersburg zu, wo es ihr nicht gefallen hat, besonders sprach sie die dortige Gesellschaft nicht an; wahrscheinlich hatte man sie kalt aufgenommen.“

Sie sahen heute weiter Niemand bei ihnen?

„Im Gegentheil; es war noch ein Adjutant, ein steifer Gardeoffizier und eine Dame von den neuangekommenen dort, eine Verwandte der Fürstin von Seiten ihres Mannes, sehr hübsch, nur wie es scheint sehr krank . . . . Begegneten Sie ihr nicht am Brunnen? sie ist von mittlerem Wuchse, Blondine, mit regelmäßigen Gesichtszügen, hat eine schwindsüchtige Gesichtsfarbe, und auf der rechten Wange ein schwarzes Muttermaal: ihr Gesicht frappirte mich wegen seines Ausdrucks.“

Ein Muttermaal! brummte ich durch die Zähne vor mich hin. Wäre es möglich?

Der Doktor blickte mich an und sagte siegreich, indem er mir die Hand ans Herz legte: „Sie ist Ihnen bekannt! . .“ Mein Herz schlug in der That stärker als gewöhnlich.

Jetzt ist es Ihre Reihe zu siegen! sagte ich: indessen verlasse ich mich auf Sie; Sie werden mich nicht täuschen. Ich habe sie noch nicht gesehen, bin aber überzeugt in Ihrem Portrait eine Dame zu erkennen, die ich in früherer Zeit liebte . . . Sprechen Sie ihr kein Wort von mir; frägt sie, so berichten Sie Schlechtes von mir.

„Wie's beliebt!“ sagte Werner, die Achseln zuckend.

Als er fortgegangen war, schnürte ein furchtbarer Kummer mein Herz zusammen. Führte uns das Geschick wieder im Kaukasus zusammen, oder war sie absichtlich hierher gekommen, wohl wissend, daß sie mich hier wiederfinden würde? . . . Und wie sehen wir uns wieder? . . . und dann, ist sie es auch? . . . Meine Ahnungen haben mich nie getäuscht. Auf der Welt ist kein Mensch, über den das Vergangene eine solche Macht erlangt hätte, wie über mich. Jede Erinnerung an vergangenes Leid oder entschwundenes Entzücken, schlägt krankhaft in meine Seele und entlockt ihr stets dieselben Töne . . . Ich bin dumm organisirt: nichts vergesse ich nichts!

Nachmittags gegen sechs Uhr ging ich auf den Boulevard; eine Menge Leute waren dort: die Fürstin saß mit ihrer Tochter auf einer Bank, umringt von jungen Herren, welche ihr um die Wette den Hof machten. Ich nahm in einiger Entfernung auf einer andern Bank Platz, hielt zwei bekannte Offiziere fest und fing an ihnen einiges zu erzählen; offenbar war das Erzählte lächerlich, denn sie fingen an zu lachen wie die Wahnsinnigen. Bald zog die Neugierde noch einige aus der Umgebung der jungen Fürstin zu mir herüber; nach und nach verließen sie auch die übrigen und schlossen sich meinem kleinen Kreise an. Ich war unerschöpflich; meine Anekdoten waren witzig bis zum Unsinn, meine Ausfälle auf die vorübergehenden Originale beißend zum Rasendwerden . . . Ich fuhr fort das Publikum bis gegen Sonnenuntergang zu belustigen. Einige Male war die junge Fürstin am Arme ihrer Mutter an mir vorübergegangen, von einem lahmen Greise begleitet; einige Male hatte ihr Blick, wenn er auf mich fiel, Aerger ausgedrückt, obwohl er gleichgültig scheinen sollte . . .

„Was erzählte er Ihnen denn?“ fragte sie einen der jungen Herren, der aus Artigkeit zu ihr zurückgekehrt war: „wahrscheinlich eine sehr interessante Geschichte seine Siege in den Schlachten? . . .“ Sie sagte dies ziemlich laut und wahrscheinlich in der Absicht, mich zu stechen. „Aha!“ dachte ich: „Sie werden nicht umsonst böse, meine schöne junge Fürstin; warten Sie nur, es wird schon noch besser kommen!“

Gruschnitzki folgte hinter ihr wie ein wildes Thier, und ließ sie nicht aus dem Auge: ich mache eine Wette, daß er morgen Jemand bitten wird, ihn der Fürstin vorzustellen. Es wird ihr sehr angenehm sein, denn sie hat Langeweile.

16. Mai.

Im Verlauf zweier Tage ist meine Angelegenheit ungemein vorgerückt. Die junge Fürstin haßt mich aufs Bestimmteste; man hat mir schon zwei bis drei Epigramme wiedererzählt, die auf meine Rechnung gemacht wurden, und die, obgleich ziemlich beißend, mir zu gleicher Zeit sehr schmeichelhaft sind. Es kommt ihr ungemein seltsam vor, daß ich, der ich an gute Gesellschaft gewöhnt bin, und gegen ihre Petersburger Cousinen und Tanten so artig war, mich nicht bemühe mit ihr bekannt zu werden. Wir begegnen uns jeden Tag am Brunnen und auf dem Boulevard; ich wende alle meine Kräfte auf, ihre Verehrer, die glänzenden Adjutanten sowohl wie die blassen Moskowiter und alle anderen von ihr abspenstig zu machen, und fast immer gelingt es mir. Ich haßte es bisher immer, Gäste bei mir zu haben; jetzt ist jeden Tag mein Haus voll, man dinirt, soupirt, spielt und, o weh, mein Champagner siegt über die magnetische Kraft ihrer Aeugelein!

Gestern traf ich sie im Scheláchow'schen Magazine; sie handelte auf eine prachtvolle persische Decke. Die Fürstin bat ihre Mutter, nicht zu knickern: dieser Teppich würde ihr Kabinet so ungemein zieren! . . . Ich gab vierzig Rubel mehr und erstand ihn; dafür wurde ich mit einem Blicke belohnt, in welchem die entzückendste Wuth blitzte. Gegen die Mittagszeit befahl ich absichtlich, vor ihren Fenstern mein tscherkessisches Pferd auf und ab zu führen, das mit diesem Teppiche bedeckt war. Werner war gerade bei ihnen und erzählte mir, daß der Effekt dieser Scene ein wahrhaft dramatischer gewesen sei. Die junge Fürstin will eine Schilderhebung gegen mich predigen; ich bemerkte sogar, daß bereits zwei Adjutanten in ihrer Gegenwart sich sehr kalt mit mir begrüßen; indessen speisen sie jeden Tag bei mir zu Mittag.

Gruschnitzki hat eine geheimnißvolle Miene angenommen: er geht mit auf dem Rücken zurückgeworfenen Armen und erkennt Niemanden; sein Bein ist plötzlich hergestellt, kaum daß er etwas hinkt. Es war ihm gelungen, mit der Fürstin in eine Unterhaltung zu treten und hatte bei dieser Gelegenheit der jungen Fürstin irgend ein Kompliment gesagt; diese ist, wie es scheint, eben nicht sehr peinlich, denn seit der Zeit erwiedert sie seinen Gruß mit einem höchst graziösen Lächeln.

„Du willst also durchaus nicht mit der Fürstin bekannt werden," sagte er gestern zu mir.

Nein, durchaus nicht!

„Aber ich bitte Dich, das angenehmste Haus im ganzen Bade! Die beste hiesige Gesellschaft bemüht sich . . ."

Mein Freund, mich hat so manche gute Gesellschaft schon schrecklich gelangweilt. Du besuchst sie also?

„Nein, noch nicht; Ich sprach höchstens zweimal mit der jungen Fürstin, nicht öfter, und dann weißt Du wohl, daß man nicht so in ein Haus stürmen kann, obgleich man hier ziemlich frei ist . . . Ganz was anders wäre es, wenn ich Epauletten trüge!"

Aber, lieber Freund, Du bist ja so viel interessanter; Du verstehst es bloß nicht, Deine vortheilhafte Lage zu benutzen; macht Dich doch Dein Soldatenmantel in den Augen jedes gefühlvollen Fräuleins zum Helden und zum Dulder.

Gruschnitzki lächelte selbstgefällig. „Was Du für Unsinn sprichst," sagte er.

Ich bin überzeugt, fuhr ich fort, daß die junge Fürstin schon längst in Dich verliebt ist.

Er erröthete bis über die Ohren und blähte sich.

O Selbstliebe! Du bist der Hebel, mit welchem Archimedes die Erdkugel aufheben wollte! . . .

„Du spaßest gern," erwiederte er, indem er sich etwas beleidigt anstellte; erstens kennt sie mich noch so wenig . . ."

Die Weiber lieben nur diejenigen, welche sie nicht kennen.

„Ich mache aber auch gar keinen Anspruch darauf ihr zu gefallen, ich will nur die Bekanntschaft eines angenehmen Hauses machen; auch wäre es sehr lächerlich, wenn ich irgend welche Hoffnungen, nährte . . . Ihr hingegen, Ihr Petersburger, mit Euch ist es ganz etwas anders . . . Ihr Petersburger Sieger braucht nur hinzusehen, so thauen die Weiber schon auf . . . und weißt Du auch, Petschorin, daß die junge Fürstin von Dir gesprochen hat?"

Wie so? hat sie schon mit Dir von mir gesprochen?

„Freue Dich indessen nicht zu sehr darüber. Ich war zufällig mit ihr am Brunnen in ein Gespräch gerathen, ihr drittes Wort war: „Wer ist der Herr mit dem unangenehmen, stechenden Blicke, er war mit Ihnen als . . ." sie erröthete und wollte den Tag nicht näher bezeichnen, indem sie sich ihrer Zuvorkommenheit erinnerte. „Sie haben nicht nöthig, mir den Tag zu nennen," sagte ich zu ihr, „er wird mir ewig denkwürdig bleiben! . . ." Freund Petschorin, ich kann Dir nicht

Glück wünschen, denn Du stehst schlecht bei ihr angeschrieben und das ist wahrhaftig Schade, denn Mary ist sehr liebenswürdig!"

Ich muß bemerken, daß Gruschnitzki zu den Leuten gehört, welche, wenn sie von einem Frauenzimmer sprechen, das sie kaum kennen gelernt haben, sie sogleich meine Mary, meine Sophie, nennen, vorausgesetzt, daß sie nur das Glück hatte ihnen zu gefallen.

Ich nahm eine ernste Miene an und erwiederte ihm: Ja, sie ist nicht übel . . . indessen nimm Dich in Acht, Gruschnitzki! die russischen Damen nähren sich zum großen Theile nur von platonischer Liebe, man darf daher keinen Gedanken auf ein Ehebündniß unterhalten; die platonische Liebe ist aber die allerunruhigste. Die junge Fürstin scheint zu jenen Frauenzimmern zu gehören, welche verlangen, daß man sie angenehm unterhalte; langweilt sie sich jemals nur zwei Minuten an Deiner Seite, so bist Du unwiderruflich verloren: Dein Schweigen muß ihre Neugierde erwecken, Dein Gespräch das ihre niemals ganz befriedigen, Du mußt sie in jeder Minute entzücken; sie wird zehnmal für Dich. öffentlich ihre Meinung verläugnen und dies ein Opfer nennen, und um sich dafür zu belohnen, Dich unaufhörlich quälen und zu guter letzt sagen, daß sie Dich nicht leiden kann.

Wenn Du keine Gewalt über sie erlangst, so giebt Dir selbst ihr erster Kuß kein Recht auf den zweiten; sie wird mit Dir kokettiren, bis sie genug hat, und nach vielleicht zwei Jahren verheirathet sie sich mit irgend einer Mißgestalt aus lauter Gehorsam gegen ihre Mutter; dann sagt sie Dir wohl, daß sie unglücklich ist und daß sie nur *einen* Menschen auf der Erde liebte (nämlich Dich), daß es aber dem Himmel nicht gefallen hat, sie mit Diesem zu vereinigen, weil er einen Soldatenmantel trug, obgleich unter diesem dicken, grauen Mantel ein glühendes, edles Herz pochte . . .

Gruschnitzki schlug mit der Faust auf den Tisch und fing an im Zimmer auf und ab zu gehen.

Ich lachte in meinem Innern und konnte sogar zweimal ein sichtbares Lächeln nicht zurückdrängen, was Gruschnitzki aber zum Glücke nicht bemerkte. Es ist klar, er ist verliebt, denn er ist noch leichtgläubiger geworden als er früher war; an seinem Finger trug er sogar schon einen silbernen Ring mit einem Herzen, hiesiger Arbeit. Das kam mir sehr verdächtig vor. Ich betrachtete ihn genauer, und siehe da, was sah ich? . . . mit kleinen Buchstaben war der Name Mary in die innere Seite eingravirt, so wie das Datum des Tages, an welchem sie das berühmte Glas aufgehoben hatte! Ich behielt diese Entdeckung für mich, auch will ich kein Geständniß von ihm erzwingen, denn er soll mich von selbst zu seinem Vertrauten wählen, und dann ist es an mir zu schwelgen.

Heute bin ich erst spät aufgestanden; ich ging nach dem Brunnen, fand aber Niemand mehr dort. Unterdessen war es recht heiß geworden; weiße gekräuselte Gewölke zogen rasch von den Schneebergen herüber und verkündeten Sturm; die Kuppe des Máschuk rauchte wie eine erloschene Fackel; rund um ihn wanden sich und krochen, wie Schlangen, graue Wolkengebilde, die, in ihrem Fluge aufgehalten, an die Dornen seiner Gesträuche festgekettet schienen. Die Luft war mit Electricität geschwängert. Ich vertiefte mich in die Nebenallee, welche zur Grotte führt; ich war schwermüthig, denn ich gedachte jenes jungen Frauenzimmers mit dem Muttermaale auf der Wange, von welcher mir der Doktor gesprochen hatte. Warum ist sie hier? und ist sie es auch? und warum glaube ich denn, daß sie es ist, ja, warum bin ich selbst davon überzeugt? Als ob es nicht mehr Frauen mit einem Muttermaale auf der Wange gäbe! Unter diesen Gedanken hatte ich die Grotte erreicht. Ich blicke hinein: im kühlen Schatten ihrer Wölbung sitzt auf einer steinernen Bank eine Frau in einem Strohhute, in einen schwarzen Shawl gehüllt, den Kopf auf die Brust gesenkt; der Hut verbarg ihr Gesicht. Ich wollte eben umkehren, um sie nicht in ihren Träumereien zu stören, als ihr Blick auf mich fiel.

Wära, rief ich unwillkührlich aus.

Sie fuhr zusammen und erblaßte. „Ich wußte, daß Sie hier sind," sagte sie. Ich setzte mich neben sie und ergriff ihre Hand. Ein längstvergessenes Beben durchzitterte meine Adern beim Tone dieser süßen Stimme; sie blickte mit ihren tiefen, ruhigen Augen in die meinigen; es lag in ihnen ein gewisses Mißtrauen und etwas, was einem Vorwurf ähnlich war.

Wir haben uns lange nicht gesehen, begann ich.

„Lange und haben uns Beide sehr verändert."

Heißt das so viel, als daß Du mich nicht mehr liebst?

„Ich bin vermählt," entgegnete sie.

Wieder? Indessen existirte dieser Grund vor einigen Jahren auch, und doch Sie zog ihre Hand aus der meinigen; ihre Wangen glühten.

So liebst Du vielleicht Deinen zweiten Mann?

Sie antwortete nichts und wandte sich ab.

Oder ist er sehr eifersüchtig?

Schweigen.

Wie? So ist er jung, schön, wahrscheinlich besonders reich und Du fürchtest . . . Ich blickte sie an und erschrak; ihr Gesicht trug den Ausdruck der tiefsten Verzweiflung, in ihren Augen glänzten Thränen.

„Nicht wahr," stammelte sie endlich, „es macht Dir viel Vergnügen, mich zu quälen? ich müßte Dich eigentlich hassen; seit wir uns kennen, hast Du mir nichts gegeben als Leid und Weh . . ." ihre Stimme zitterte. Sie neigte sich zu mir und lehnte ihren Kopf an meine Brust.

Wohl möglich, dachte ich bei mir selbst, daß Du mich eben deshalb liebtest . . . die Freuden vergißt man bald, den Kummer nie . . .

Ich schloß sie fest in meine Arme und hielt sie lange umschlungen. Endlich näherten sich unsere Lippen und flossen in einem heißen, berauschenden Kusse zusammen; ihre Hände waren kalt wie Eis, ihr Kopf glühte.

Hierauf entspann sich zwischen uns eins von jenen Gesprächen, welche auf dem Papiere gar keinen Sinn haben, die man gar nicht wiederholen, ja, an die man selbst nicht erinnern muß. Die Bedeutung der Töne ersetzt und vervollständigt die Bedeutung der Wörter wie in der italienischen Oper.

Sie will durchaus nicht, daß ich die Bekanntschaft ihres Mannes mache, jenes lahmen, alten Männchens, das ich im Vorbeigehen auf dem Boulevard gesehen hatte; sie hat ihn ihres Sohnes wegen geheirathet. Er ist übrigens reich und leidet an Rheumatismus. Ich erlaubte mir nicht den geringsten Ausfall gegen ihn, denn sie verehrt ihn wie einen Vater und wird ihn betrügen wie einen Mann . . Ein seltsames Ding ist das menschliche Herz im Allgemeinen, und das weibliche im Besondern.

Der Gemahl Wära's, Semen Wassiljewitsch G. . . ist ein entfernter Verwandter der Fürstin Ligoffska; er wohnt dicht neben ihr; Wära sieht die Fürstin sehr oft, und ich gab ihr mein Wort, die Bekanntschaft der Mutter, und der jungen Fürstin die Cour zu machen, um so die Aufmerksamkeit von ihr abzulenken. Auf diese Weise werden meine Pläne in nichts gestört, und ich werde meine Freude daran haben.

Meine Freude! ich habe aber bereits jene Periode des Seelenlebens durchlaufen, wo man nur dem Glücke nachjagt; in welcher das Herz die Nothwendigkeit fühlt, irgend Jemanden innig und leidenschaftlich zu lieben; jetzt fühle ich nur noch das Bedürfniß geliebt zu werden und auch das nur noch von sehr wenigen; es scheint mir sogar, daß ich an einer beständigen Anhänglichkeit genug hätte. Welch eine leidige Gewohnheit des Herzens! . . .

Eins war mir immer seltsam . . . ich wurde nie zum Sklaven einer Geliebten; im Gegentheil erlangte ich stets über ihren Willen und über ihr Herz eine unwiderstehliche Macht, obgleich ich nie danach gestrebt habe. Woher mag dies kommen? Vielleicht daher, daß mir niemals etwas unaussprechlich theuer war, und daß sie jede Minute befürchten mußten, mich zu verlieren? oder ist es der magnetische Einfluß eines starken Organismus? Oder gelang es mir ganz einfach nicht, auf ein Frauenzimmer von hartnäckigem Charakter zu stoßen?

Auch muß ich gestehen, daß ich die Frauenzimmer von Charakter eben nicht liebe; ist denn das ihre Sache?

Richtig, jetzt erinnere ich mich: einmal, ein einzigesmal liebte ich ein Weib von fester Willenskraft, welches ich niemals besiegen konnte . . . wir schieden als Feinde; doch wer weiß, hätte ich sie fünf Jahre später getroffen, ob wir uns nicht anders getrennt hätten . . .

Wära ist krank, sehr krank, obgleich sie es nicht Recht haben will; ich fürchte, sie hat die Schwindsucht oder jene Krankheit, welche man fièvre lente nennt, eine Krankheit, die so wenig russisch ist, daß wir in unserer Sprache nicht einmal einen Namen dafür haben.

Der Sturm überraschte uns in der Grotte und hielt uns länger als eine halbe Stunde darin gefangen. Sie nöthigte mich nicht, ihr die Versicherung meiner Treue zu geben; sie fragte nicht, ob ich seit unserer Trennung Andere geliebt habe, sie vertraute mir auf's Neue mit der früheren Sorglosigkeit und ich täusche sie nicht; sie ist das einzige Weib auf der Welt, welche ich nicht im Stande wäre zu täuschen. Ich weiß wohl, daß wir uns bald wieder trennen müssen, und diesmal vielleicht für immer: Beide gehen wir auf verschiedenen Wegen dem Grabe entgegen; doch die Erinnerung an sie wird unverwischlich in meiner Seele zurückbleiben. Ich habe ihr das immer wiederholt und sie glaubt mir auch, obgleich sie das Gegentheil behauptet. Endlich trennten wir uns; lange folgte ich ihr mit den Blicken, bis sich ihr Hut hinter den Gesträuchen und Felsen verbarg. Mein Herz zog sich krankhaft zusammen wie nach der ersten Trennung. O, wie mich dieses Gefühl entzückte! Sollte wohl gar die Jugend mit ihren wohlthuenden Stürmen auf's Neue zu mir zurückkehren? oder ist es nur ihr letzter Abschiedsblick, ihre letzte Gabe zur Erinnerung? Es kommt mir lächerlich vor, wenn ich bedenke, daß mein Aeußeres noch immer das eines Jünglings ist . . . mein Gesicht ist zwar blaß, doch frisch; die Glieder geschmeidig und kräftig; mein volles Haar wallt, die Augen glühen, das Blut kocht . . .

Sobald ich nach Hause zurückgekehrt war, setzte ich mich zu Pferde und ritt hinaus in die Steppe; ich mag gern auf einem feurigen Rosse durch das hohe Gras gegen den Wüstenwind jagen; mit Gier sauge ich die duftige Luft ein, und richte den Blick in die blaue Ferne, bemüht die nebeligen Umrisse der Gegenstände zu erfassen, welche von Minute zu Minute klarer und bestimmter werden. Welcher Gram auch auf dem Herzen laste, welche Unruhe auch die Gedanken ermüde, Alles zerstiebt im Augenblicke; in der Seele wird einem so leicht; die Ermüdung des Körpers überwindet die Aufregung des Geistes. Es giebt keinen Blick eines Weibes, den ich nicht beim Anblick der lockigen Berge vergäße, wenn sie von der Mittagssonne in duftiges Roth gehüllt daliegen, den ich nicht dem Lächeln des blauen Himmels oder dem Geräusche des Waldstroms, der von Fels zu Felsen stürzt, vergäße.

Ich glaube, die Kosaken, die auf ihren Wachtposten gähnten, zerbrachen sich lange den Kopf mit dem Räthsel, das ich ihnen darbot, als sie mich so ohne allen Grund und ohne Ziel dahinstürmen sahen; denn der Kleidung nach hielten sie mich wahrscheinlich für einen Tscherkessen. Man hat mir in der That versichert, daß ich im tscherkessischen Costüm zu Pferde einem Kabardinzer ähnlicher sei als viele Kabardinzer. In der That bin ich, was diese edle kriegerische Kleidung anbetrifft, ein vollkommener Dandy. Nicht Eine Tresse zu viel; die Waffen sind werthvoll, aber von einfacher Arbeit; das Rauhwerk an der Mütze nicht zu lang und nicht zu kurz, die Nesteln und Verbrämungen sind mit aller nur möglichen Genauigkeit angeheftet; mein Beschmet ist weiß, mein Tscherkessenmantel dunkelbraun. Ich habe mich lange der tscherkessischen Art zu reiten befleißigt, und nichts kann meiner Eigenliebe so schmeicheln, als wenn man meine Kunst, auf kaukasische Weise zu reiten, anerkennt. Ich halte vier Pferde: eins für mich, drei für meine Freunde, um der langen Weile zu entgehen mich allein umherzuschleppen; sie machen mit Vergnügen von meinen Pferden Gebrauch, reiten aber niemals mit mir zusammen aus. Es war bereits sechs Uhr Nachmittags, als ich mich erinnerte, daß es Zeit sei zu essen; mein Pferd war ermüdet, ich lenkte es daher auf den Weg, welcher von Pätigorsk nach einer deutschen Kolonie führt, wohin die Brunnengesellschaft sehr oft zum Piquenique geht. Der Weg dahin windet sich zwischen Gebüschen, indem er bisweilen durch kleine Schluchten führt, wo unter dem Schatten hoher Gräser rauschende Bäche dahinfließen; rundum erheben sich amphitheatralisch die blauen Gebirgskolosse des Beschtu, des Schlangenberges, des Eisen- und des Kahlenberges. Ich betrat eine dieser Schluchten, welche im hiesigen Dialekt Balka heißen und hielt still, um mein Pferd zu tränken; in demselben Augenblicke wurde auf dem Wege eine laute und glänzende Kavalkade sichtbar; die Damen in schwarzen und blauen Amzonen, die Herren im buntesten Gemisch des tscherkessischen und nishegarótskischen Costüm; voran ritt Gruschnitzki mit der Fürstin Mary.

Die Damen, welche das Bad besuchen, glauben noch immer an die Anfälle der Tscherkessen am hellen, lichten Tage; aus diesem Grunde wahrscheinlich hatte Gruschnitzki über seinen Soldatenmantel eine Schaschka gehängt und ein paar Pistolen in den Gurt gesteckt, in welcher heldenmäßigen Ausstaffirung er ziemlich lächerlich aussah. Ein hohes Gesträuch verbarg mich vor ihnen, doch konnte ich sie durch dessen Blätter Alle sehen und an dem Ausdruck ihrer Mienen errathen, daß ihr Gespräch ein sentimentales war. Endlich näherten sie sich der Schlucht; Gruschnitzki führte das Pferd der Fürstin beim Zügel; ich hörte zufällig das Ende, ihrer Unterhaltung.

„So wollen Sie also Ihr ganzes Leben im Kaukasus zubringen?" sagte die Fürstin.

Was ist mir Rußland, antwortete ihr Kavalier: ein Land, wo Tausende von Leuten, weil sie reicher sind als ich, mit Verachtung auf mich blicken würden, während hier hier, dieser dicke Mantel mich nicht verhinderte, Ihre Bekanntschaft zu machen.

„Im Gegentheil . . ." sagte die Fürstin eröthend.

Das Gesicht Gruschnitzki's drückte hohe Selbstzufriedenheit aus. Er fuhr fort: Hier fließt mein Leben unter den Kugeln der Wilden geräuschvoll unbemerkt und rasch dahin, und wenn mir der liebe Gott jedes Jahr nur einen hellen Mädchenblick gewährt, einen Blick wie der . . .

In diesem Augenblicke waren sie dicht vor mir; ich gab meinem Pferde einen Schlag mit der Reitpeitsche und sprengte aus dem Gesträuch hervor.

„Mon dieu, un Circassien!" schrie die Fürstin mit Entsetzen auf.

Um ihr ihren Irrthum aufs vollkommenste zu benehmen, antwortete ich mit einer leichten Verbeugung: Ne craignez rien, madame, je ne suis pas plus dangereux que votre cavalier.

Sie war verwirrt, doch weshalb? war's über ihren Irrthum oder weil meine Antwort ihr zu keck schien? Ich hatte gewünscht, daß die letztere Voraussetzung die richtigere gewesen wäre. Gruschnitzki warf mir einen unzufriedenen Blick zu.

Abends spät, gegen eilf Uhr, ging ich in der Lindenallee des Boulevard's spazieren. Die Stadt schlief, nur in einigen Fenstern schimmerten noch Lichter. Von drei Seiten erhoben sich dunkle Felsenkämme, Zweige des Máschuk, auf dessen Spitze ein unheilverkündendes Wölkchen lag; der Mond stieg im Osten auf; in der Ferne, wie mit silbernen Fransen umstickt, erglänzten die Schneeberge. Der Ruf der Wachen wurde vom Geräusche der heißen Quellen unterbrochen, die des Nachts losgelassen werden. Dann und wann ertönte ein lautes Pferdegetrappel durch die Straßen, vom Geknarre der Arba, (eines hohen zweirädrigen Wagens) und einem melancholischen, tatarischen Liedchen begleitet.

Ich setzte mich auf eine Bank und versank in Gedanken.

Ich fühlte die Nothwendigkeit, meine Gedanken in einem vertrauten Gespräche zu ergießen . . . aber mit wem . . . Was macht jetzt Wära, dachte ich? ich würde viel darum gegeben haben, hätte ich ihr in diesem Augenblicke die Hand drücken können. Plötzlich höre ich rasche und ungleiche Schritte . . . wahrscheinlich Gruschnitzki . . . und so war es in der That.

Woher?

„Von der Fürstin Ligoffska," antwortete er sehr wichtig; „o, wie Mary singt!"

Weißt Du was, sagte ich zu ihm, ich wette, sie weiß nicht, daß Du Junker bist; sie denkt gewiß, Du seiest ein degradirter Offizier . . .

„Das kann sein; was geht das mich an," antwortete er mit Zerstreuung.

Nein, ich meine nur so.

„Aber weißt Du wohl, daß Du sie heute außerordentlich aufgebracht hast? Sie fand, daß Dein Betragen unerhört frech war; ich konnte sie nur mit Mühe überzeugen, daß Du eine gute Erziehung habest und die Welt zu gut kennest, als daß es Deine Absicht hätte sein können, sie zu beleidigen; sie meint, Du habest einen unverschämten Blick und wahrscheinlich eine sehr hohe Meinung von Dir selbst."

Sie irrt sich nicht! . . . aber Du, willst Du nicht ihre Eroberung machen?

„Leider habe ich noch kein Recht dazu."

Aha! dachte ich, er nährt also doch bereits Hoffnungen.

„Uebrigens kommst Du bei alle dem nur um so schlechter weg," fuhr Gruschnitzki fort; „jetzt wird es Dir sehr schwer werden, mit ihnen Bekanntschaft zu machen, und das ist Schade; es ist eins der angenehmsten Häuser, die ich nur kenne . . ."

Ich lächelte bei mir selbst. Das angenehmste Haus für mich ist gegenwärtig das meine, sagte ich gähnend, indem ich aufstand, um fortzugehen.

„Indessen gestehe selbst, daß Du darüber ergrimmt bist!"

Was für ein Unsinn! Wenn ich sonst will, so kann ich Morgen Abend bei der Fürstin sein!

„Nun, wir wollen sehen."

Wenn es Dir Vergnügen macht, will ich sogar der jungen Fürstin den Hof machen . . .

„Ja, wenn sie nur überhaupt mit Dir sprechen will."

Ich warte bloß den Augenblick ab, wo sie sich an Deinem Gespräch langweilt; Adieu!

„Ich muß mich durchaus noch etwas ergehen; für nichts auf der Welt könnte ich jetzt einschlafen. Höre, laß uns lieber in die Restauration gehen, dort wird gespielt, und ich bedarf heute der starken Aufregungen."

So wünsche ich, daß Du verspielen mögest. Mit diesen Worten begab ich mich nach Hause.

Den 21. Mai.

Wiederum ist bereits eine Woche vergangen und ich bin immer noch nicht mit den Ligoffska's bekannt geworden. Ich warte auf eine günstige Gelegenheit. Gruschnitzki folgt der Fürstin überall, wie ihr Schatten; ihre Gespräche finden gar kein Ende; wann wird sie seiner überdrüssig sein? . . . Ihre Mutter richtet nicht die geringste Aufmerksamkeit auf das ganze Verhältniß, denn er ist kein Bräutigam für sie. Das nenne ich mütterliche Logik! Ich fing zwei bis drei zärtliche Blicke auf und muß dem Dinge endlich ein Ende machen.

Gestern erschien Wära zum erstenmal am Brunnen. Sie ist seit unserm Zusammentreffen in der Grotte noch nicht aus dem Hause gewesen. Wir schöpften zu gleicher Zeit mit unsern Gläsern das Wasser aus dem Brunnen, wobei sie mir zuflüsterte, indem sie sich etwas vorbog:

„So willst Du nicht die Bekanntschaft der Ligoffska machen? Wir können uns nur dort sehen."

Ein Vorwurf! Unausstehlich! aber ich habe ihn verdient.

Apropos! Morgen soll im Restaurationssaale ein Subscriptionsball Statt finden; auf diesem will ich mit der jungen Fürstin die Mazurka tanzen.

Den 29. Mai.

Der Restaurationssaal war in einen adligen Versammlungssaal verwandelt worden. Der Ball begann um neun Uhr. Die Fürstin war mit ihrer Tochter unter den zuletzt erscheinenden; so manche Dame sah mit Neid und Mißgunst auf sie, denn die Fürstin Mary kleidet sich mit vielem Geschmacke. Diejenigen, welche sich zu den hiesigen Aristokraten rechnen, verbargen ihren Neid und begrüßten sie. Wie konnte dem anders sein? In einer Gesellschaft von Damen bildet sich auch sogleich ein höherer und ein niederer Kreis. Gruschnitzki stand am Fenster im dicksten Gewühl, indem er sein Gesicht ans Fensterglas drückte und kein Auge von seiner Göttin verwandte; beim Vorübergehen gab sie ihm ein kaum bemerkliches Zeichen mit dem Kopfe. Er strahlte wie die Sonne . . . Der Tanz begann mit einer Polonaise, auf welche ein Walzer gespielt wurde. Die Sporen klirrten, die Gewänder wogten und rauschten. Ich stand hinter einer dicken Dame, welche unter rosafarbenen Federn begraben war; der Prunk ihres Kleides erinnerte an die Zeit der Reifröcke, und die Buntscheckigkeit ihrer rauhen Haut an die glückliche Epoche der Schönpflästerchen aus schwarzem Taffet. Eine ungeheuer große Warze am Halse war von einem Fermoir überdeckt. Sie sagte zu ihrem Kavaliere, einem Dragoner-Kapitaine:

„Diese junge Fürstin ist ein unausstehliches Jüngferchen! Stellen Sie sich vor, sie hat mich gestoßen und nicht einmal um Entschuldigung gebeten, sich vielmehr noch umgekehrt und mich lorgnettirt . . . C'est impayable! Und worauf bildet sie sich so viel ein? Der müßte man einmal einen Denkzettel geben."

Daran soll es ihr nicht fehlen; entgegnete ihr der dienstfertige Kapitain und begab sich in ein anderes Zimmer.

Ich ging sogleich auf die Fürstin zu und forderte sie zum Walzen auf, den hiesigen freien Gebräuchen gemäß, die einem erlauben, mit Damen, denen man zuvor nicht vorgestellt war, zu tanzen.

Sie konnte sich kaum bezwingen ein Lächeln zurückzudrängen und ihren Triumph zu verbergen; indessen gelang es ihr noch schnell genug, eine vollkommen gleichgültige, ja sogar strenge Miene anzunehmen. Sie lehnte nachlässig ihren Arm auf meine Schulter, bog ihr Köpfchen etwas auf die Seite, und wir begannen.

Ich kenne keine reizendere, zartere Taille! Ihr frischer Athem streifte über mein Gesicht; bisweilen spielte eine im wirbelnden Fluge des Walzers losgelöste Locke auf meiner glühenden Wange . . . Ich machte drei Touren (sie walzt wunderbar leicht!). Sie war ganz außer Athem, ihre Augen waren ihr wie verwirrt; kaum konnten ihre halbgeöffneten Lippen das herkömmliche: merci, monsieur! hervorbringen. Nach einigen Minuten tiefen Stillschweigens von meiner Seite sagte ich, indem ich die bescheidenste Miene machte:

Ich habe gehört, meine Fürstin, daß, obgleich ich Ihnen völlig fremd bin, ich dennoch das Unglück hatte ihre Ungnade zu verdienen . . . daß Sie mein Betragen befremdete . . . Wäre es möglich?

„Wie es scheint, wünschen Sie, daß ich Sie in dieser Meinung bestätige," antwortete sie mit einem ironischen Zuge, der ihrer beweglichen Physiognomie übrigens recht wohl ansteht.

Wenn ich die Kühnheit hatte, Sie irgendwie zu beleidigen, so erlauben Sie mir die noch viel größere, Sie um Verzeihung zu bitten. Ich wünsche in der That Ihnen zu beweisen, daß Sie sich in Betreff meiner sehr geirrt haben.

„Es möchte Ihnen doch etwas schwer werden . . ."

Und warum das?

„Weil Sie unser Haus nie besuchen und diese Bälle sich wahrscheinlich nicht oft wiederholen werden."

Das heißt, dachte ich bei mir selbst, daß ihre Thüren mir auf ewig verschlossen sind. Wissen Sie wohl, Fürstin, sagte ich mit einem Anflug von Bedauern, daß man nie einen reuigen Sünder verwerfen muß, weil er aus Verzweiflung doppelt so schuldig werden kann, und dann . . .

Ein lautes Gelächter und Zischeln der uns Umstehenden veranlaßte mich, mich umzudrehen und meine Phrase zu unterbrechen. In der Entfernung von einigen Schritten stand eine Gruppe von Männern, unter denen sich auch der Dragoner-Hauptmann befand, welche ihre feindlichen Absichten gegen die schöne Fürstin offen kund gaben. Der Hauptmann besonders schien mit etwas sehr zufrieden zu sein, rieb sich die Hände, lachte laut auf und winkte seinen Genossen zu. Plötzlich erschien aus ihrer Mitte ein Herr im Fracke, mit langem Schnurrbart und rothem Gesichte, welcher seine unsicheren Schritte gerade auf die Fürstin zulenkte; er war betrunken.

Als er vor der erbebenden Fürstin mit auf dem Rücken zusammengeschlagenen Händen stillstand und seine umnebelten, grauen Augen auf sie richtete, hob er mit falscher Diskantstimme an:

„Permettez! Ei was Ceremonien! ich engagire Sie hiermit zur Mazurka!"

Was ist Ihnen gefällig, sagte sie mit zitternder Stimme, indem sie einen hülferufenden Blick um sich warf. Leider hatte sich ihre Mutter entfernt und keiner der ihr bekannten Kavaliere war in der Nähe; ein Adjutant zwar schien Alles zu sehen, was vorging, verbarg sich aber in dem großen Haufen, um nicht in diese Geschichte mit hineingezogen zu werden.

„Wie?" sagte der betrunkene Herr, welcher dem Dragoner-Hauptmann zuwinkte, der ihn seinerseits durch Zeichen ermuthigte, „so ist's Ihnen nicht gefällig? ich habe nochmals die Ehre, Sie pour Mazurek zu engagiren . . . . . Sie glauben vielleicht, ich bin betrunken? Das ist nichts! im Gegentheil, ich kann Ihnen versichern . . ."

Ich sah, daß sie nahe daran war, vor Furcht und Unwillen in Ohnmacht zu fallen.

Ich ging an den betrunkenen Herrn heran, faßte ihn ziemlich fest am Arme und bat ihn, indem ich ihm fest ins Auge blickte, sich zu entfernen, weil, fügte ich hinzu, die Fürstin mir schon längst versprochen habe, die Mazurka mit mir zu tanzen.

„Nun, auch gut, auf'n andermal," sagte er grinsend und entfernte sich mit seinen Gefährten, welche ihn in ein anderes Zimmer zogen.

Ein wunderbarer, seelenvoller Blick war mein Lohn.

Die Fürstin ging sogleich zu ihrer Mutter und erzählte ihr Alles; diese suchte mich sogleich auf und drückte mir ihre Dankbarkeit aus; sie erklärte mir, daß sie meine Mutter kenne und mit einem halben Dutzend meiner Tanten befreundet sei.

„Ich weiß nicht, wie es geschah, daß wir mit Ihnen bis jetzt noch nicht bekannt sind," fügte sie hinzu, „aber gestehen Sie, daß Sie selbst daran Schuld sind; Sie fliehen alle Menschen so, daß man gar nicht weiß, was man daraus machen soll. Ich hoffe, daß die Luft meines Salons ihren Spleen vertreiben wird, nicht wahr?"

Ich antwortete ihr mit einer jener Redensarten, welche ein jeder in ähnlichen Fällen bereit haben muß.

Die Quadrille zog sich schrecklich in die Länge.

Endlich ertönte die Mazurka, wir setzten uns in die Reihen.

Ich spielte weder auf den betrunkenen Herrn, noch auf mein früheres Betragen, noch auf Gruschnitzki an. Der unangenehme Eindruck der vorangegangenen Scene fing allmälig an sich zu verwischen; ihr Gesichtchen blühte wieder auf; sie scherzte sehr sinnig; ihre Unterhaltung war geistreich, ohne alle Prätension, lebhaft und beredt; ihre Bemerkungen bisweilen recht treffend. Ich gab ihr in einer sehr verwickelten Phrase zu verstehen, daß sie mir schon längst gefiele. Sie senkte das Köpfchen und eine leichte Röthe verbreitete sich über ihr Antlitz.

„Sie sind ein seltsamer Mann!" begann sie hierauf, indem sie ihre Sammetaugen auf mich richtete und gezwungen lächelte.

Ich suchte deshalb Ihre Bekanntschaft nicht, fuhr ich fort, weil Sie ein zu dichter Kreis von Verehrern bereits umgiebt und ich befürchten mußte, vollkommen unter diesen zu verschwinden.

„Sie befürchteten das umsonst; sie sind alle unausstehlich langweilig."

Alle! Wäre es möglich . . . Alle?

Sie blickte mir scharf ins Auge, als ob sie sich bemühe, sich etwas ins Gedächtniß zurückzurufen, worauf sie abermals erröthend mit fester Stimme sagte: *Alle!*

Selbst mein Freund Gruschnitzki?

„Ist er auch Ihr Freund?" sagte sie, indem sie den Zweifel durch ihre Frage blicken ließ.

Das ist er.

„Nun freilich, er gehört nicht in die Reihe der Lästigen . . ."

Aber wohl in die Reihe der Unglücklichen, sagte ich lächelnd.

„Gewiß! Ist Ihnen das lächerlich? Ich möchte Sie wohl einmal an seiner Stelle sehen . . ."

Wie so? Ich bin seiner Zeit auch einmal Junker gewesen und muß gestehen, daß dies die glücklichste Zeit meines Lebens war!

„Ist er denn Junker? . . ." sagte sie rasch, „ich meinte . . ."

Was meinten Sie?

„Nichts, nichts! Wer ist doch jene Dame?"

Das Gespräch nahm nun eine andere Richtung und kehrte auf diesen Gegenstand nicht wieder zurück.

Die Mazurka war beendigt und wir gingen auseinander auf Wiedersehn!

Die Damen fuhren nach Hause. Ich ging zum Abendessen und begegnete Werner.

„Aha!" sagte er, „sind Sie das? Und wollten doch die Bekanntschaft der Fürstin nicht anders machen, als indem sie sie von einem sichern Tode erretteten!"

Ich habe mehr gethan, erwiederte ich ihm; ich habe sie vor einer Ohnmacht auf dem Balle gerettet! . . .

„Wie so das? Erzählen sie doch."

Nein, das mögen Sie errathen, der Sie ja doch Alles auf der Welt errathen.

Den 30. Mai.

Gegen sieben Uhr Abends ging ich auf dem Boulevard spazieren. Gruschnitzki, der mich von fern kommen sah, kam auf mich zu; in seinen Augen leuchtete ein lächerlicher Enthusiasmus. Er drückte mir kräftig die Hand und sagte mit tragischer Stimme:

„Ich danke Dir, Petschorin . . . Du verstehst mich? . . .“

Aufrichtig gesagt: nein; doch in jedem Falle bedarf es durchaus keines Dankes, erwiederte ich ihm, da ich mich einer Dir erwiesenen Wohlthat nicht recht erinnern kann.

„Wie, und gestern? hast Du denn ganz vergessen? Mary hat mir alles wiedererzählt . . .“

So, so also zwischen Euch ist jetzt schon alles gemein? sogar die Dankbarkeit? . . .

„Höre,“ sagte Gruschnitzki sehr wichtig, „ich bitte Dich, scherze nicht über meine Liebe, wenn Du mein Freund bleiben willst . . . Siehst Du, ich liebe sie bis zum Wahnsinn, und ich meine, ich hoffe, sie liebt mich auch . . . Ich habe eine Bitte an Dich. Du wirst heute Abend dort sein; versprich mir alles zu beobachten: ich weiß, daß Du darin Meister bist und die Weiber besser kennst als ich . . . Die Weiber! Die Weiber! Wer kann sie je verstehen? Ihr Lächeln widerspricht ihren Blicken, ihre Worte versprechen und locken an, während der Ton ihrer Stimme wieder zurückstößt . . . Bald errathen sie unsere geheimsten Gedanken, bald verstehen sie die sichtbarsten Zeichen nicht . . . So z. B. die Fürstin: gestern noch sprühten ihre Augen vor Leidenschaft, so oft sie auf mir ruhten, und heute sind sie umwölkt und kalt.“

Vielleicht geschieht dies in Folge der Wirkungen des Wassers? entgegnete ich ihm.

„Du siehst auch in Allem nur die schlechte Seite . . . Materialist,“ fügte er verächtlich hinzu. „Uebrigens, laß uns von etwas anderem sprechen,“ und mit einem abgedroschenen, schalen Calembour versetzte er sich wieder in heitere Laune.

Gegen neun Uhr begaben wir uns zusammen zur Fürstin.

Als ich an den Fenstern Wäras vorüberging, sah ich sie in der Fensterbrüstung sitzen. Wir warfen uns einen verstohlenen Blick zu; bald nach uns erschien auch sie in dem Gastzimmer der Fürstin, die mich ihr als einen weitläuftigen Verwandten vorstellte. Man trank Thee; der Gäste waren viele, das Gespräch ein allgemeines. Ich war bemüht der Fürstin zu gefallen, ich scherzte und machte sie einige Male recht herzlich lachen. Die junge Fürstin hätte wohl auch manchmal gern mitgelacht, allein sie nahm sich zusammen, um nicht aus ihrer angenommenen Rolle zu fallen: sie findet nämlich: daß ein düsteres Wesen ihr wohl steht und hat vielleicht nicht so Unrecht. Auch Gruschnitzki schien sehr damit zufrieden, daß meine Lustigkeit sie nicht ansteckte.

Nach dem Thee begab man sich in den großen Salon.

„Bist Du mit meiner Folgsamkeit zufrieden, liebe Wära?“ fragte ich sie, als ich an ihr vorüberging.

Sie warf mir einen Blick der Liebe und Dankbarkeit zu. Ich bin an solche Blicke gewöhnt, doch gewährten sie mir einstmals die reinste Seligkeit. Die Fürstin ließ ihre Tochter ans Piano gehen: alle bestürmten sie mit Bitten, ein Liedchen vorzutragen; ich schwieg und begab mich, dies augenblickliche Durcheinander benutzend, an's Fenster zu Wära, die mir etwas für uns beide ganz besonders Wichtiges mitzutheilen hatte . . . Was kam heraus? Unsinn.

Unterdessen war der Fürstin meine Gleichgültigkeit sehr empfindlich, wie ich das an einem erzürnten, strahlenden Blicke leicht errathen konnte . . . O, ich verstehe wunderbar diese stumme aber ausdrucksvolle, kurze aber kräftige Sprache! . .

Sie sang. Ihre Stimme ist nicht übel, es fehlt ihr aber an Schule . . . übrigens habe ich kaum hingehört. Dahingegen verschlang sie Gruschnitzki, der sich völlig auf das Royal legte, mit den Augen, und rief ein Mal über das andere mit halber Stimme: charmant! délicieux!

„Höre," sagte Wära zu mir, „ich will nicht, daß Du mit meinem Manne Bekanntschaft machst, dahingegen verlange ich unbedingt, daß Du der Fürstin zu gefallen strebst; das ist Dir ein Leichtes, Du kannst alles, was Du nur willst. Wir können uns nur hier sehen . . ."

Nur? . . .

Sie erröthete und fuhr fort: „Du weißt, daß ich Deine Sklavin bin, daß ich Dir niemals zu widerstreben vermochte . . . und ich werde meinen Lohn dafür schon erhalten: Du wirst aufhören mich zu lieben. Aber meinen Ruf muß ich doch zu erhalten suchen Du weißt recht gut, daß es nicht meinetwegen geschieht! O, ich flehe Dich an, quäle mich nicht wieder, wie früher, mit leeren Zweifeln und einer erzwungenen Kälte: ich sterbe wohl bald, denn ich fühle, wie ich von Tag zu Tage abnehme . . . und doch kann ich an das künftige Leben nicht denken, sondern meine Gedanken weilen immer bei Dir. Ihr Männer könnt den Genuß eines Blickes, eines Händedruckes nicht verstehen . . . während ich ich schwöre es Dir wenn ich Deine Stimme höre, eine tiefergreifende, seltsame Seligkeit empfinde, welche selbst die glühendsten Küsse nicht ersetzen können."

Unterdessen hatte die Fürstin Mary aufgehört zu singen. Laute Lobeserhebungen ertönten rund um sie; ich war der letzte, der zu ihr heranging und ihr etwas über ihre Stimme sagte. Ich that es ziemlich gleichgültig.

Sie machte eine kleine Grimasse, indem sie die Unterlippe etwas nach vorn bewegte, und nahm sich überhaupt sehr lächerlich aus.

„Es ist mir dies um so schmeichelhafter," sagte sie, „als Sie mich gar nicht gehört haben; aber vielleicht lieben Sie die Musik gar nicht."

Im Gegentheil . . . besonders nach Tische.

„So hat Gruschnitzki Recht, wenn er sagt, daß Sie einen sehr prosaischen Geschmack haben . . . und ich sehe, daß Sie die Musik nur in gastronomischer Beziehung lieben."

Sie sind nochmals im Irrthum, ich bin durchaus kein Gastronom, denn ich habe einen sehr verdorbenen Magen. Aber nach Tische schläfert einen die Musik ein und es soll gesund sein, nach dem Essen zu schlafen: folglich liebe ich die Musik in medizinischer Beziehung. Abends hingegen greift sie meine Nerven zu sehr an und ich werde entweder zu melancholisch oder zu ausgelassen. Das eine wie das andere ist entsetzlich ermüdend, wenn man keine bestimmte Ursachen hat sich zu härmen oder zu freuen; außerdem erscheint die Melancholie in Gesellschaft immer lächerlich und eine zu große Ausgelassenheit nicht wohlanständig.

Sie hörte mich nicht aus, ging fort, setzte sich neben Gruschnitzki und es entspann sich alsbald zwischen ihnen ein recht sentimentales Gespräch; wie es schien, antwortete aber die Fürstin auf seine weisen Phrasen ziemlich zerstreut und unzusammenhängend, obgleich sie sich Gewalt anthat, ihm zu zeigen, daß sie ihm mit Aufmerksamkeit zuhöre, denn bisweilen blickte er sie erstaunt an, bemüht, die Ursache dieser innern Aufregung zu errathen, die sich bisweilen in ihrem unruhigen Blicke verrieth . . .

Ich aber, holde Fürstin, habe Sie längst durchschaut, nehmen Sie sich wohl in Acht! Sie wollen mich mit derselben Münze bezahlen und meine Eigenliebe verwunden, das soll Ihnen nicht gelingen; sollten Sie mir aber gar den Krieg erklären, so würde ich schonungslos sein!

Im Verfolg des Abends bemühte ich mich absichtlich zu wiederholten Malen, mich in ihr Gespräch zu mischen; sie nahm aber meine Bemerkungen ziemlich trocken auf und ich entfernte mich zuletzt, mit verstelltem Aerger. Die Fürstin jubelte; ebenso Gruschnitzki. Jubelt nur, meine Freunde, und thut es bald! Ihr sollt früh genug aufhören zu jubeln! Es wird gewiß so kommen, meine Ahnung trügt mich nicht! So oft ich noch mit einem Frauenzimmer bekannt wurde, errieth ich stets, ohne je zu irren, ob sie mich lieben würde oder nicht.

Den Rest des Abends brachte ich an Wära's Seite zu und sprach mich mit ihr über die vergangenen Zeiten recht satt. Warum sie mich so lieb hat? ich weiß es wahrhaftig, nicht, um so weniger, als sie das einzige Weib ist, welche mich vollkommen verstand, mit allen meinen kleinen Schwächen und niedrigen Leidenschaften . . . Oder wäre gar das Böse so anziehend? . . .

Ich verließ mit Gruschnitzki das Haus; auf der Straße faßte er mich unter den Arm und begann endlich nach längerem Schweigen:

„Nun, was sagst Du nun?"

Du bist ein Narr, hätte ich ihm antworten mögen; aber ich hielt mich zurück und zuckte nur mit den Achseln.

Den 6. Juni.

Alle diese Tage über bin ich nicht ein einziges Mal von meinem System abgewichen. Die Fürstin fängt an Gefallen an meiner Unterhaltung zu finden; ich erzählte ihr einige der seltsamen Begebenheiten meines Lebens und sie beginnt in mir einen ungewöhnlichen Menschen zu sehen. Ich lache über alles auf der Welt, besonders über die Gefühle: dies fängt an sie zu erschrecken. Sie wagt es nicht mehr, sich in meiner Gegenwart mit Gruschnitzki in sentimentale Debatten einzulassen und antwortete schon mehrmals auf seine Ausfälle mit einem spöttischen Lächeln; so oft sich Gruschnitzki ihr nur nähert, nehme ich ein ehrerbietiges, diskretes Wesen an und ziehe mich von ihnen zurück; das erste Mal war sie erfreut darüber, oder bemühte sich wenigstens so zu scheinen; das zweite Mal aber ärgerte sie sich über mich; das dritte Mal über Gruschnitzki.

„Sie haben außerordentlich wenig Selbstliebe!" sagte sie gestern zu mir. Warum glauben Sie denn, daß ich mich mit Gruschnitzki lieber unterhalte?"

Ich entgegnete ihr, daß ich dem Glücke meines Freundes mein eigenes Vergnügen gern aufopfere . . .

„Und das meinige auch," fügte sie hinzu.

Ich blickte sie starr an und machte eine sehr ernste Miene. Hierauf sprach ich den ganzen Tag kein Wort mit ihr . . . Am Abende war sie sehr nachdenklich, und heute morgen am Brunnen noch viel nachdenklicher. Als ich mich ihr näherte, hörte sie nur zerstreut auf Gruschnitzki, der sich, wie es schien, in Entzückungen über die Natur erging; kaum bemerkte sie mich, so begann sie laut zu lachen (und zwar durchaus mal à propos), um damit zu zeigen, als habe sie mich gar nicht bemerkt. Ich ging an ihr vorüber und beobachtete sie unbemerkt aus der Ferne; sie wandte sich von ihrem Gesellschafter ab und gähnte zweimal. Gruschnitzki langweilt sie also ganz bestimmt. Noch während zweier Tagen werde ich nicht mit ihr sprechen.

Den 10. Juni.

Ich frage mich öfter, woher es kommt, daß ich mit solcher Hartnäckigkeit der Liebe eines jungen Mädchens nachjage, die ich weder verführen will noch jemals zu heirathen beabsichtige. Wozu diese weibische Koketterie? Wära liebt mich besser, als die Fürstin Mary mich jemals lieben wird; hätte sie mir nun noch wenigstens eine unüberwindliche Schöne geschienen, so wäre ich vielleicht von der Schwierigkeit des Unternehmens angestachelt worden . . . .

Dem ist aber nicht so! Folglich ist es nicht jenes, unruhige Bedürfniß nach Liebe, welches uns in den ersten Jünglingsjahren so martert, und uns von dem einen Weibe zum andern wirft, bis wir auf eine solche stoßen, die uns nicht ausstehen kann: nun beginnt unsere Beständigkeit die wahre, unendliche Leidenschaft, welche man mathematisch mit einer Linie vergleichen kann, die von einem gegebenen Punkte sich in die Unendlichkeit erstreckt; das Geheimniß dieser Unendlichkeit ruht nur in der Unmöglichkeit, das Ziel, nämlich das Ende, erreichen zu können.

Warum aber mache ich mir so viel damit zu thun? Aus Neid gegen Gruschnitzki? Der Schlucker! er ist dessen gar nicht werth. Oder ist es in Folge jenes garstigen, aber unüberwindlichen Gefühles, welches uns die süßen Verirrungen unseres Nächsten zu vernichten antreibt, damit wir, wenn er uns verzweiflungsvoll frägt, wem man nun noch trauen könne, die niedrige Genugthuung haben mögen, ihm zu antworten:

Mein Freund, es ist mir grade so ergangen, und doch siehst Du, daß ich zu Mittag und zu Abend speise, wunderschön schlafe und hoffe, dereinst ohne Klagen und Thränen zu versterben.

Doch verhehlen wir es uns nicht, es liegt ein unermeßlicher Genuß in der Herrschaft über eine jugendliche, dem Leben kaum erschlossenen Seele! Sie ist einer Blume gleich, deren süßestes Aroma dem ersten Sonnenstrahle entgegenduftet; in dieser Minute muß man sie pflücken und sich sattsam daran weiden. Dann werfe man sie immerhin auf den Weg, es wird sich wohl noch Jemand finden, der sie aufnimmt! Ich fühle in mir eine unersättliche Gier, die alles verschlingt, was mir in den Weg kommt; die Leiden und Freuden der andern betrachte ich nur insofern, als sie Bezug auf mich haben, wie eine Speise, welche meine Seelenkräfte aufrecht erhält. Ich selbst bin nicht mehr im Stande unter dem Einflusse der Leidenschaften den Verstand zu verlieren; mein Ehrgefühl wurde durch äußere Umstände zurückgedrängt, es erschien aber bald wieder in einer andern Gestalt; denn was ist das Ehrgefühl anders als der Durst nach Macht meine höchste Genugthuung aber ist: meinem Willen alles zu unterwerfen, was mich umgiebt; wenn man nun das Gefühl der Liebe, der Hingebung, der Furcht in andern erweckt was ist denn dies anders als das erste Zeichen, als der höchste Sieg der Macht? Ist es nicht die süßeste Nahrung unseres Stolzes, für irgend Jemand der Grund des Leidens und der Wonne zu sein, ohne, ein bestimmtes Recht dazu zu haben? Was heißt Glück!? Der gesättigte Stolz. Dürfte ich mich für besser und mächtiger halten als alle Menschen auf der Welt, so würde ich glücklich sein; wenn alle Menschen mich liebten, so würde ich auch die unversieglichen Quellen der Liebe in mir wahrnehmen. Das Böse erzeugt das Böse; das erste Leiden erweckt in uns das Verständniß von dem Genusse, einen andern zu quälen. Die Idee des Bösen konnte das menschliche Gehirn nicht durchdringen, ohne daß es nicht auch suchte, sie zur wirklichen Ausführung zu bringen. Die Ideen, sagte Jemand, sind organische Wesen, ihre bloße Empfängniß verleiht ihnen auch schon ihre Gestalt, und diese Gestalt ist die That; derjenige, in dessen Haupte die meisten Ideen entsprangen, hat auch mehr als andere gewirkt. Daher muß das Genie, das an den Büreautisch gefesselt ist, entweder sterben oder wahnsinnig werden, gerade so wie ein Mensch von mächtigem Körperbau bei einer sitzenden Lebensart und strenger Keuschheit am Schlagflusse sterben muß.

Die Leidenschaften sind nichts anders als Ideen in ihrer ersten Gestalt-Entwickelung; sie sind das Eigenthum der Herzensjugend, und ein Thor ist der, welcher glaubt das ganze Leben von ihnen bewegt zu werden: viele ruhige Ströme fangen als tobende Wasserfälle an, aber auch nicht einer von ihnen schäumt und braust bis zu seinem Ausfluß ins Meer. Aber auch diese Ruhe ist wiederum häufig das Wahrzeichen einer gewaltigen, wenn schon verborgenen Kraft. Die Vollkraft und Tiefe der Gefühle und Gedanken lassen heftige Stöße gar nicht zu: die Seele legt sich im Dulden wie im Genusse strenge Rechenschaft von Allem ab und ist davon überzeugt, daß sie so handeln muß; sie weiß, daß ohne Stürme eine beständige Sonnengluth sie austrocknen würde; sie durchdringt sich mit ihrem eigenen Leben verzärtelt sich und bestraft sich, wie ein geliebtes Muttersöhnchen. Nur in diesem höhern Zustande der Selbsterkenntniß kann der Mensch die Gerechtigkeit Gottes wirklich ermessen.

Indem ich diese Seite überlese, bemerke ich, daß ich mich weit von meinem Gegenstande entfernt habe . . . Doch was schadet das? Schreibe ich doch dies Journal für mich selbst, und wird doch alles, was ich auch darin hinwerfe, mir dereinst eine theure Erinnerung gewähren.

Gruschnitzki kam zu mir und warf sich mir an den Hals. Er ist zum Offizier ernannt worden. Ich ließ Champagner auffahren. Doktor Werner kam ebenfalls kurz nach ihm.

„Ich gratulire Ihnen nicht," sagte er zu Gruschnitzki.

Und warum das?

„Darum, daß Ihr Soldatenmantel Ihnen viel besser steht, und weil, wie Sie selbst gestehen müssen, eine hier in einem Badeorte genähte Armee-Infanterie-Uniform Sie wahrhaftig um nichts interessanter machen kann. Sehen Sie wohl, bisher wurden Sie hier zu den Ausnahmen gerechnet, jetzt aber gehen Sie in der allgemeinen Regel auf."

Sprechen Sie was Sie wollen, Doktor! Sie werden mich in meiner Freude nicht stören. Er weiß nicht, raunte er mir ins Ohr, welche Hoffnungen mir diese Epauletten verliehen . . . O,

Epauletten, Epauletten! Eure Sternchen sind mir Wegweiser . . . Nein, ich bin jetzt vollkommen glücklich!

„Wirst Du die Promenade nach dem Erdfalle mit uns machen?" fragte ich ihn.

Ich? Für nichts in der Welt zeige ich mich der Fürstin eher, als bis meine Uniform fertig ist.

„Wünschest Du, daß man ihr Deine Freude mittheile?"

Nein, ich bitte Dich, sprich ihr nichts davon . . . Ich will sie überraschen . . .

„So sage mir wenigstens, wie Deine Sachen mit ihr stehen?"

Er wurde verwirrt und nachdenkend; er hätte gern ein Bischen aufgeschnitten und sich wichtig gemacht, wenn er sich nicht ein Gewissen daraus gemacht hätte, und doch schämte er sich die Wahrheit zu gestehen.

„Ja, was meinst Du, liebt sie Dich?"

Ob sie mich liebt? Aber ich bitte Dich, Petschorin, was hast Du für Ideen! . . . Wie könnte das so schnell gehen? . . . Und gesetzt, es wäre dem so, wie könnte ein anständiges Frauenzimmer das sagen! . . .

„Gut! Nach Deiner Meinung soll nun wahrscheinlich ein Mann auch von seiner Leidenschaft schweigen? . . ."

Ach, Liebster, es kommt nur darauf an, wie man's anfängt. Vieles spricht man nie aus, sondern läßt es errathen.

„Das ist schon recht . . . Indessen verpflichtet die Liebe, die wir in den Augen lesen, ein Frauenzimmer durchaus zu nichts, während Worte . . . Nimm Dich in Acht, Gruschnitzki, sie führt Dich an . . ."

Sie? antwortete er, die Augen zum Himmel erhebend und selbstgefällig lächelnd: Du thust mir leid, Petschorin!

Er ging.

An demselben Abend begab sich eine zahlreiche Gesellschaft zu Fuß nach dem Erdsturz.

Nach der Meinung der hiesigen Gelehrten ist dieser Erdsturz nichts anders als ein erloschener Krater; er befindet sich am Abhange des Maschuk, ungefähr eine Werst von der Stadt. Ein enger Fußpfad führt zwischen Gesträuchern und Felsen dahin; als wir den Berg erstiegen, reichte ich der Fürstin meinen Arm, den sie während der ganzen Promenade nicht wieder fahren ließ.

Unser Gespräch begann mit übler Nachrede: ich fing an, alle An- und Abwesenden unserer Bekanntschaft herunter zu reißen, indem ich zuerst ihre schwachen, alsdann ihre schlechten Seiten hervorhob. Meine Galle gerieth in volle Thätigkeit. Ich fing scherzend an und endigte mit wirklicher Erbitterung. Anfangs belustigte sie es; zuletzt fing sie an zu erbeben.

„Sie sind ein gefährlicher Mensch!" sagte sie zu mir; „ich möchte lieber den Mördern im Walde unter's Messer fallen als unter ihre kleine Zunge, und ich bitte Sie in vollem Ernste: sollte es Ihnen jemals einfallen, Schlechtes von mir sagen zu wollen, lieber ein Messer zu nehmen und mich damit zu ermorden; ich glaube ohnedem, daß es Ihnen nicht schwer fallen würde."

Sehe ich denn einem Mörder so ähnlich? . .

„Sie sind noch viel schlimmer . . ."

Ich blieb einen Augenblick in Nachdenken versunken, und sagte endlich zu ihr, indem ich eine tief gerührte Miene annahm: „Ja, das war mein Schicksal von Jugend auf; alle lasen auf meinem Gesichte die Kennzeichen schlechter Eigenschaften, die ich gar nicht besaß; aber man setzte sie voraus und sie kamen zum Vorschein. Ich war aufrichtig man beschuldigte mich der Falschheit: ich wurde versteckt: Ich fühlte tief das Gute und das Schlechte. Niemand hatte mich lieb, alle thaten mit weh ich wurde rachesüchtig; ich war finster, andere Kinder waren heiter und plauderhaft; ich fühlte mich über sie erhaben, man stellte mich unter sie: so wurde ich neidisch. Ich war bereit, die ganze Welt zu lieben Niemand wollte mich verstehen: so lernte ich hassen. So floß meine farblose Jugend im Kampfe mit mir und der Welt dahin; meine besten Gefühle verbarg ich in der Tiefe meines Herzens aus Furcht vor dem Grinsen der Ironie: dort sind sie nun erstorben. Ich redete die Wahrheit man versagte mir das Vertrauen: ich fing an zu täuschen. Da ich nun die Welt und die Sprungfedern der Gesellschaft so gut kennen gelernt hatte, so wurde ich in der Kunst zu leben bald erfahren, und sah, wie andere Leute ohne alle

Kunst glücklich wurden, die sich ganz umsonst derjenigen Vortheile bedienten, welchen ich mit so unermüdlichem Fleiße nachjagte. Da tauchte in meiner Brust die Verzweiflung auf, nicht jene Verzweiflung, welche man mit dem Laufe einer Pistole kuriren kann, sondern eine kalte, ohnmächtige Verzweiflung, die unter der äußeren Liebenswürdigkeit und einem gutmüthigen Lächeln verborgen liegt. Ich wurde ein moralischer Krüppel: die eine Hälfte meiner Seele existirte gar nicht mehr; sie war vertrocknet, verdampft, abgestorben und so riß ich sie aus und warf sie fort, während die andere sich rührte und lebte Jedermann zu dienen, und Keiner dies bemerkte; weil Niemand von der Existenz der verloren gegangenen Hälfte etwas gewußt hatte; aber Sie haben jetzt die Erinnerung an sie wachgerufen und ich habe Ihnen ihre Grabschrift vorgelesen. Vielen Menschen scheinen alle Grabschriften insgesammt lächerlich; mir nicht, besonders, wenn ich daran denke, was unter ihnen begraben liegt. Uebrigens bitte ich Sie gar nicht etwa, meine Meinung zu theilen; lachen Sie immerhin, wenn Ihnen meine Darstellung der Sache lächerlich scheint: Ich benachrichtige Sie zuvor, daß mich das nicht im Geringsten beleidigen wird.

In diesem Augenblicke begegnete ich ihrem Blicke; in ihren Augen glänzten Thränen, ihr Arm, der sich auf den meinigen stützte, zitterte, ihre Wangen glühten, sie bedauerte mich! Das Mitgefühl dies Gefühl, dem sich die Frauen so leicht unterwerfen, streckte seine Klauen über ihr unerfahrenes Herz. Während der ganzen Promenade war sie zerstreut und kokettirte mit Niemand, ein wichtiges Zeichen!

Wir langten beim Erdfalle an; die Damen verließen ihre Kavaliere, sie ließ meinen Arm nicht fahren. Die Witze der hiesigen Dandies machten sie nicht irre. Der Abgrund der Untiefe, vor welchem sie stand, erschreckte sie nicht, während die andern Damen laut aufkreischten und sich die Augen bedeckten.

Auf dem Rückwege erneuerte ich unser trauriges Gespräch nicht, indessen gab sie mir auf meine leeren Fragen und Gaukeleien nur kurze und zerstreute Antworten.

Haben Sie schon geliebt? fragte ich zuletzt.

Sie sah mich mit einem durchdringenden Blicke an, schüttelte das Köpfchen und verfiel wieder in tiefes Nachdenken; es war klar, daß sie etwas sagen wollte, aber nicht wußte, womit sie anfangen sollte; ihr Busen wogte . . . Wie konnte dem anders sein! Ein Gaze-Aermel ist ein geringer Schutz, und der elektrische Funke zuckte aus meinem Arme in den ihrigen: fast alle Leidenschaften fangen damit an, und wir täuschen uns sehr oft wenn wir glauben, daß ein Frauenzimmer uns wegen unserer moralischen oder physischen Vorzüge liebt; es ist wahr, diese bahnen uns den Weg, sie stimmen das Herz zur Aufnahme des heiligen Feuers nichtsdestoweniger entscheidet die erste Berührung jedesmal das ganze Verhältnis.

„Nicht wahr, ich bin heute sehr liebenswürdig gewesen?“ sagte die Fürstin mit einem gezwungenen Lächeln zu mir, als wir von der Promenade zurückgekehrt waren.

Wir verließen einander.

Sie ist unzufrieden mit sich; sie klagt, sich selbst der Kälte an . . . O, dies ist der erste, der wichtigste Sieg! Morgen wird sie mich belohnen wollen. Das weiß ich alles schon im Voraus und das ist langweilig!

Den 12. Juni.

Heute sah ich Wära. Sie quälte mich mit ihrer Eifersucht. Die junge Fürstin war wahrscheinlich auf die Idee gekommen, ihr ihre Herzensgeheimnisse anzuvertrauen: eine glückliche Wahl, in der That!

„Ich errathe recht gut, wohin dies alles neigt,“ sagte Wära zu mir: „sage mir jetzt lieber ganz einfach, daß Du sie liebst.“

Wenn ich sie nun aber nicht liebe?

„Wozu sie denn so verfolgen, beunruhigen und ihre Einbildungskraft so in Wallung bringen? . . . . O, ich kenne Dich durch und durch! Höre, wenn Du willst, daß ich Dir glauben soll, so kommst

Du in ungefähr einer Woche nach Kislowodsk; wir ziehen schon übermorgen dahin. Die Fürstin wird hier noch länger bleiben. Miethe die Wohnung nebenan; wir werden im Halbgeschosse des großen Hauses nahe bei der Quelle wohnen; die Fürstin bezieht die untere Etage. Nebenan steht ein Haus desselben Wirthes, das noch nicht vermiethet ist. Du kommst doch?"

Ich versprach es und schickte noch denselben Tag dahin, die Wohnung für mich in Beschlag zu nehmen.

Gruschnitzki kam um sechs Uhr Abends zu mir und machte mir die Mittheilung, daß morgen, gerade zum Balle, seine Uniform fertig sein würde.

„Endlich werde ich mit ihr einen ganzen Abend hindurch tanzen . . . Da will ich mich einmal mit ihr recht satt reden," fügte er hinzu.

Wann findet der Ball Statt?

„Morgen! Mein Gott, weißt denn Du das nicht? Es ist morgen ein großer Feiertag, und die hiesige Behörde hat es übernommen, den Ball zu arrangiren . . ."

Komm, laß uns nach dem Boulevard gehen . . .

„Für nichts in der Welt in diesem eckligen Mantel . . ."

Wie, so hast Du ihn nicht mehr lieb? . . .

Ich ging allein, und da ich zufällig der Fürstin Mary begegnete, engagirte ich sie zur Masurka. Sie schien erstaunt und erfreut.

„Ich dachte, Sie, tanzten nur aus Nothwendigkeit, wie das vergangene Mal," sagte sie holdselig lächelnd.

Sie bemerkt, wie es scheint, die Abwesenheit Gruschnitzki's durchaus nicht.

Sie werden morgen angenehm überrascht werden, sagte ich zu ihr:

„Wodurch das?"

Das ist ein Geheimniß . . . auf dem Balle werden Sie es selbst errathen.

Den übrigen Theil des Abends brachte ich bei der Fürstin zu; Gäste waren nicht da, außer Wära und einem sehr, drolligen alten Männchen. Ich war aufgelegt und improvisirte verschiedene seltsame Geschichten. Die junge Fürstin saß mir gegenüber und hörte meinem Unsinne mit einer so tiefen, gespannten, ja, zärtlichen Aufmerksamkeit zu, daß es mir ordentlich zu Herzen ging. Wohin ist ihre Lebhaftigkeit, ihre Koketterie; wohin ihre Launen, ihre herausfordernde Miene, ihr superbes Lächeln, ihr zerstreuter Blick?

Wära bemerkte alles; auf ihrem krankhaften Gesichte malte sich ein tiefer Kummer; sie saß im Schatten am Fenster, in einen breiten Lehnstuhl begraben . . . Sie that mir leid . . .

Da begann ich die ganze dramatische Geschichte unserer Bekanntschaft, unserer Liebe versteht sich unter veränderten Namen zu erzählen. Ich stellte meine Zärtlichkeit, alle meine Bekümmernisse, mein Entzücken so lebhaft dar, ich schilderte ihren Charakter und ihre Schritte in so vortheilhaften Farben, daß sie mir unwillkürlich meine Koketterie mit der Fürstin verzeihen mußte.

Sie stand auf setzte sich zu uns heran und wurde lebhafter. Erst gegen zwei Uhr erinnerten wir uns, daß die Doktoren befehlen, um eilf Uhr schlafen zu gehen.

Den 13. Juni.

Ungefähr eine halbe Stunde vor dem Balle war Gruschnitzki im vollen Glanze seiner Armee-Infanterie-Uniform zu mir gekommen. Mit dem dritten Knopfe war noch eine kleine bronzene Kette eingeknöpft, an welcher ein Doppellorgnon hing; die Epauletten von ungleicher Form standen in die Höhe wie ein Paar Amorsflügel. Seine Stiefeln krachten; in der linken Hand hielt er zimmetfarbige, hundelederne Handschuhe und seine Mütze, mit der rechten wühlte er in den kleinen Locken seines gekräuselten Haupthaares. Selbstzufriedenheit und zu gleicher Zeit eine gewisse Unsicherheit drückten sich in seinem Gesichte aus; sein sonntägliches Aussehen, sein stolzer Gang hätten mich laut lachen gemacht, wenn das mit meinen Absichten hätte übereinstimmen können.

Er warf seine Mütze und Handschuhe auf den Tisch und fing an, an den Schößen zu ziehen und sich vor dem Spiegel in Ordnung zu bringen: ein ungeheuer großes schwarzes Halstuch, über ein bereits sehr hohes Unterhalstuch gebunden, dessen Schweinsborsten sein Kinn in die Höhe hielten, guckte wohl um dreiviertel Zoll aus dem Kragen heraus; das schien ihm noch zu wenig: er zog es noch vollends bis an die Ohren in die Höhe; von dieser sauren Arbeit denn der Kragen war eng und unbequem füllte sich sein Gesicht ganz mit Blut an.

„Man sagt, Du habest dieser Tage meiner Fürstin ungeheuer die Cour gemacht?" sagte er ziemlich nachlässig und ohne mich anzublicken.

Wo haben wir schon Gänse mit einander gehütet! antwortete ich ihm, indem ich mich eines sehr beliebten volksthümlichen Sprichwortes bediente.

„Sag' mal, sitzt mir die Uniform gut? . . . Ach, der verfluchte Jude! . . . wie mich das unter den Armen schneidet! Hast Du keine Odeurs?"

Aber ich bitte Dich, wozu willst Du deren noch mehr? Du riechst so schon nach nichts als Rosenpomade . . .

„Das thut nichts; gieb nur her . . ."

Er goß sich ein halbes Glas ins Halstuch, Schnupftuch und in die Aermel.

„Wirst Du tanzen?" fragte er.

Ich glaube kaum.

„Ich fürchte, daß ich mit der Fürstin werde die Mazurka eröffnen müssen, und noch weiß ich fast nicht eine einzige Figur . . ."

Hast Du sie bereits zur Mazurka engagirt?

„Nein, noch nicht . . ."

Siehe zu, daß man Dir nicht zuvorkommt.

„Wirklich?" sagte er, indem er sich vor die Stirn schlug. „Adieu, ich will sie am Thorwege erwarten." Er ergriff seine Mütze und eilte fort. Nach einer halben Stunde ging auch ich. Auf der Straße war es dunkel und leer; rund um das Restaurationsgebäude drängte sich das Volk; die Fenster waren erleuchtet. Die Töne der Militair-Musik wurden mir vom Abendwinde entgegengetragen. Ich ging langsamen Schrittes vorwärts; ich war traurig . . . Ist es möglich, dachte ich, daß meine einzige Bestimmung auf dieser Erde die wäre, die Hoffnungen anderer zu zerstören. Seit ich lebe und wirke, gebrauchte mich das Schicksal noch immer zur Entwickelung fremder Dramen, als ob ohne mich Niemand sterben oder in Verzweiflung gerathen könnte! Ich war noch immer eine nothwendige Person des fünften Aktes; unwillkührlich spielte ich die Rolle des Henkers oder des Verräthers. Welche Absicht hatte das Schicksal hierbei? Hätte es mich wohl gar zum Verfasser von bürgerlichen Trauerspielen und Familienromanen bestimmt? Oder zum Mitarbeiter der Novellenlieferanten für literarische Journale, wie z. B. die „Lesebibliothek"? . . . Was strebe ich darnach es zu wissen? . . . Wie viele der Menschen giebt es nicht, die beim Beginn ihres Lebens hoffen, dasselbe wenigstens wie Alexander der Große oder Lord Byron zu endigen, und die dennoch ihr ganzes Leben lang nicht über den Titel eines Titularrathes hinauskommen? . . .

Als ich in den Saal getreten war, hielt ich mich hinter einer Menge Herren versteckt und fing an meine Beobachtungen zu machen. Gruschnitzki stand neben der jungen Fürstin und erzählte ihr etwas mit großer Lebhaftigkeit; sie hörte ihm zerstreut zu, blickte nach den Seiten und legte ihren Fächer an die Lippen; ihr Gesicht drückte Unzufriedenheit aus, ihre Augen suchten rundum etwas; ich ging sachte von hinten herum, um ihr Gespräch zu überhören.

Sie martern mich, Fürstin, sagte Gruschnitzki. Sie haben sich ungemein verändert, seit ich Sie zum letzten Male gesehen habe . . .

„Sie haben sich auch verändert," antwortete sie, einen rapiden Blick auf ihn werfend, dessen versteckten Spott er nicht auffaßte.

Ich, ich hätte mich verändert? . . . O niemals! Sie wissen, daß dies unmöglich ist! Wer Sie nur einmal gesehen, der trägt auf ewig Ihr göttliches Bild in sich!

„Ich bitte, schweigen Sie . . ."

Warum wollen Sie denn jetzt das nicht mehr anhören, wozu Sie mir noch unlängst ein geneigtes Gehör schenkten? . . .

„Weil ich Wiederholungen nicht liebe," antwortete sie mit einem feinen Lächeln.

O, wie bitter habe ich mich getäuscht! Ich wähnte, daß diese Epauletten mir wenigstens das Recht verliehen, zu hoffen . . . Nein, es wäre mir besser gewesen ewig in jenem verachteten Soldatenmantel zu verbleiben, welchem ich vielleicht Ihre Auszeichnung einzig und allein verdankte . . .

„In der That, der Mantel stand Ihnen sehr gut . . ."

In diesem Augenblicke trat ich hervor und machte der Fürstin eine Verbeugung; sie eröthete leicht und sagte rasch:

„Nicht wahr, Monsieur Petschorin, der graue Mantel steht Monsieur Gruschnitzki bei weitem besser? . . ."

Ich bin nicht Ihrer Meinung, gnädige Fürstin, erwiederte ich, in der Uniform sieht er noch viel jugendlicher aus.

Gruschnitzki hielt diesen letzten Schlag nicht aus. „Wie alle Knaben, hat auch er die Prätension ein reifer Mann zu sein; er glaubt, daß auf seinem Gesichte die tiefen Spuren der Leidenschaften den Stempel der Jahre ersetzen." Er warf mir einen wüthenden Blick zu, stampfte mit dem Fuße und entfernte sich.

Gestehen Sie, gnädige Fürstin, sagte ich zu ihr, daß, obgleich er immer höchst lächerlich war, er Ihnen doch jüngst noch interessant schien . . . im grauen Mantel? . . .

Sie schlug die Augen nieder und schwieg.

Gruschnitzki verfolgte die Fürstin den ganzen Abend; bald tanzte er mit ihr, bald war er ihr vis-à-vis; er verschlang sie mit den Augen, seufzte, und langweilte sie mit Bitten und Vorwürfen. Nach der dritten Quadrille haßte sie ihn bereits.

„Das hätte ich von Dir nicht erwartet," sagte er, auf mich zukommend und mich am Arme fassend.

Was?

„Du wirst mit ihr die Mazurka tanzen?" fragte er mit siegender Stimme. „Sie hat es mir gestanden . . ."

Nun, und was weiter? Ist das etwa ein Geheimniß?

„Versteht sich . . . Ich hätte das von einem solchen Kinde, einer solchen Kokette wohl erwarten können . . . Aber ich werde mich schon rächen!"

Schäume gegen Deinen Mantel oder gegen Deine Epauletten warum denn gerade sie beschuldigen? Was kann sie dafür, wenn Du ihr nicht länger gefällst? . . .

„Warum gab sie mir dann Hoffnungen . . .?"

Warum gabst Du Dich Hoffnungen hin? Wünschen und nach etwas streben das begreife ich aber hoffen, hoffen! . . .

„Du hast die Wette gewonnen, nur noch nicht ganz," sagte er tückisch lächelnd.

Die Mazurka begann. Gruschnitzki wählte zu allen Figuren nur die Fürstin, dasselbe thaten die übrigen Kavaliere: es war ein offenbares Einverständniß gegen mich; um so besser: sie will mit mir sprechen, man verhindert sie daran sie wird es nun doppelt so sehr wünschen.

Ich drückte ihr zweimal die Hand; beim zweiten Male zog sie dieselbe zurück, ohne ein Wort zu sagen.

„Ich werde diese Nacht schlecht schlafen," sagte sie zu mir, als die Mazurka zu Ende ging.

Daran ist Gruschnitzki Schuld.

„O nein!" Ihr Antlitz war so nachdenklich, so trübe, daß ich mir das Wort gab ihr diesen Abend unbedingt die Hand zu küssen.

Der Ball fing an sich aufzulösen. Als ich die Fürstin in den Wagen hob, drückte ich rasch ihr kleines Händchen an meine Lippen. Es war dunkel, und Niemand konnte es gesehen haben.

Ich kehrte, höchst zufrieden mit mir selbst, in den Saal zurück.

An einem großen Tische speisten die jungen Leute zu Nacht; zwischen ihnen auch Gruschnitzki. Als ich eintrat, schwiegen sie alle: es war klar, man hatte von mir gesprochen. Viele haben mich noch seit dem letzten Balle auf dem Korne, besonders der Dragonerhauptmann; jetzt aber hat sich offenbar eine feindliche Clique gegen mich zusammengerottet, die unter dem Kommando Gruschnitzki's steht. Er blickt so stolz und tapfer um sich.

Mir sehr angenehm; ich liebe die Feinde, obgleich nicht im Sinne des Evangeliums: sie gewähren mir Zerstreuung und setzen mein Blut in Bewegung. Immer auf der Wache stehn, jeden Blick, die Bedeutung jedes Wortes erhaschen, die Absichten Anderer errathen, ihre Verabredungen zu nichte machen, den Getäuschten spielen und dann plötzlich mit einem Rucke das ganze ungeheure und mühselige Gebäude ihrer Ränke und Pläne über den Haufen werfen, das nenne ich Leben!!

Im Verlaufe des Abendessens zischelte Gruschnitzki mit dem Dragonerhauptmann und gab ihm verschiedene Winke.

Den 14. Juni.

Heute früh ist Wära mit ihrem Gemahle nach Kislowodsk abgereist. Ich begegnete ihrem Wagen, als ich mich eben zur Fürstin Ligoffska begab. Sie winkte mir mit dem Kopfe, in ihrem Blicke lag ein Vorwurf.

Wer ist Schuld an allem? Warum gewährt sie mir nicht die Gelegenheit sie allein zu sehen? Die Liebe wie das Feuer erlischt ohne Nahrung. Vielleicht bewirkt die Eifersucht, was meine Bitten nicht vermochten.

Ich saß eine volle Stunde bei der Fürstin. Mary kam nicht zum Vorschein, sie ist krank. Auf dem Boulevard erschien sie des Abends auch nicht. Die daselbst zusammengekommene Rotte, mit Lorgnetten bewaffnet, nahm in der That eine drohende Gestalt an. Ich war froh, daß die Fürstin krank war: sie würden ihr irgend einen Affront angethan haben. Gruschnitzki's Haar war in wilder Unordnung, seine Miene eine verzweifelte. Wie es scheint, ist er wirklich tief angegriffen, besonders fühlt er sich in seiner Eigenliebe schwer verletzt; es giebt nun aber einmal Leute, an denen alles lächerlich ist, sogar die Verzweiflung!

Nach Hause zurückgekehrt, bemerkte ich, daß mir heute etwas fehlt. *Ich habe sie nicht gesehen! Sie ist krank!* Sollte ich in der That verliebt sein? . . . Was für Unsinn!

Den 15. Juni.

Um eilf Uhr Morgens, nämlich zur Zeit, in welcher die Fürstin Ligoffska gewöhnlich in der Jermoloff'schen Badewanne schwitzt, ging ich an ihrem Hause vorbei. Mary saß nachdenklich am Fenster; als sie mich sah, fuhr sie auf.

Ich trat ins Vorzimmer; da ich keinen Lakai daselbst antraf, so benutzte ich die hiesigen freien Gebräuche und begab mich unangemeldet ins Wohnzimmer.

Eine trübe Blässe bedeckte das holde Gesicht der Fürstin. Sie stand am Fortepiano und stützte sich mit der einen Hand auf die Lehne eines Sessels; diese Hand zitterte unmerklich. Ich ging leise auf sie zu und sagte:

Zürnen Sie mir, gnädige Fürstin? . . .

Sie heftete einen düstern, tiefen Blick auf mich und schüttelte das Haupt; ihre Lippen wollten einige Worte hervorbringen, vermochten es aber nicht; ihre Augen füllten sich mit Thränen; sie ließ sich in den Lehnstuhl gleiten und bedeckte ihr Gesicht mit den Händen.

Was ist Ihnen, Fürstin? sagte ich, und ergriff ihre Hand.

„Achten Sie mich denn gar nicht? . . . O! verlassen Sie mich! . . .“

Ich machte einige Schritte . . . Sie richtete sich im Sessel auf, ihre Augen funkelten . . .

Ich blieb an der Thür, die Klinke in der Hand, stehen und sagte:

Verzeihen Sie mir, gnädige Fürstin! Mein Verfahren ist das eines Wahnsinnigen . . . es soll nicht wieder vorkommen, ich werde meine Maßregeln darnach treffen . . . Was ginge Sie auch

Das an, was bisher in meiner Seele vorgegangen? Sie sollen es niemals erfahren, es ist soviel besser für Sie; leben Sie wohl!

Beim Hinausgehen kam es mir vor, als hörte ich sie schluchzen. Ich trieb mich bis zum Abende zu Fuß in den Umgebungen des Maschuk herum, ermüdete mich fürchterlich und warf mich, sobald ich nach Hause zurückgekehrt war, in vollkommener Abspannung auf's Bett.

Doktor Werner besuchte mich.

„Ist es wahr, daß Sie sich mit der jungen Fürstin Ligoffska vermählen?"

Wie so?

„Die ganze Stadt sagt es; alle meine Kranken sind mit dieser wichtigen Neuigkeit beschäftigt; diese Kranken, das ist die rechte Sorte, die wissen alles!"

Das ist ein Streich von Gruschnitzki, dachte ich.

Um Ihnen, lieber Doktor, die Unwahrheit dieser Gerüchte zu widerlegen, theile ich Ihnen als Geheimniß mit, daß ich morgen nach Kislowodsk übersiedele.

„Und die Fürstin?"

Sie bleibt noch eine Woche hier . . .

„Also verheirathen Sie sich nicht?"

Doktor, Doktor! Sehen Sie mich doch nur an: sehe ich wohl einem Bräutigame oder so etwas im Geringsten ähnlich?

„Das will ich damit nicht sagen . . . Indessen, wissen Sie wohl, giebt es Fälle . . ." fügte er mit einem verschmitzten Lächeln hinzu, in welchen ein anständiger Mensch gezwungen ist zu heirathen, auch giebt es Mütter, welche derartigen Fällen nicht vorbeugen. Darum rathe ich Ihnen als Freund vorsichtiger zu sein. Hier am Brunnen weht eine gefährliche Luft: wie manchen schmucken Kerl habe ich nicht gesehen, der wahrhaftig eines bessern Looses werth gewesen wäre, und der von hier geradesweges unter die Haube gerieth . . . Wollen Sie wohl glauben, daß man mich sogar hat verheirathen wollen! Besonders eine Mama aus der Provinz, die ein sehr blasses Töchterchen hatte. Ich hatte das Unglück ihr zu sagen, daß die frische Gesichtsfarbe nach der Hochzeit wiederzukehren pflegt; alsbald bot sie mir mit Thränen der Dankbarkeit die Hand ihrer Tochter und ihr ganzes Vermögen an. Ich glaube sie hatte etwa funfzig Seelen. Ich antwortete ihr aber, daß ich dazu unfähig wäre.

Werner verließ mich in der festen Meinung, er habe mich gewarnt. Aus seiner Rede vernahm ich, daß über mich und die Fürstin entschieden schlechte Gerüchte im Umlauf waren. Das soll Gruschnitzki nicht umsonst hingehen.

Den 18. Juni.

Seit drei Tagen bin ich bereits in Kislowodsk. Ich sehe Wära jeden Tag am Brunnen und auf der Promenade. Des Morgens, nach dem Aufstehen, setze ich mich ans Fenster und richte meine Lorgnette auf ihren Balkon; sie ist schon längst angekleidet und wartet auf das verabredete Zeichen; wir begegnen uns wie zufällig im Garten, der von unsern Häusern nach dem Brunnen führt. Die belebende Bergluft hat ihr ihre Gesichtsfarbe und Kräfte wiederverliehen. Nicht umsonst wird der Narsan die Heldenquelle genannt. Die hiesigen Einwohner behaupten, daß die Luft von Kislowodsk zur Liebe stimmt, daß hier alle Romane ihre Entwickelung finden, die irgendwo am Fuße des Maschuk geknüpft wurden. Und wirklich athmet hier alles nur Einsamkeit und Mysterium; die dunkeln Schatten der Lindenalleen, die sich über den Sturzbach breiten, der bald mit Schaum und Gebrause von Abhang zu Abhang rast, bald ein Bett sich mitten durch die grünenden Berge wühlt, sowohl, wie die Schluchten voller Nacht und Schweigen, deren Verzweigungen sich nach allen Seiten hin erstrecken, wie die Frische der aromatischen Luft, vom Dufte der hohen Gräser des Südens und dem der weißen Akazie geschwängert, wie das ununterbrochene, süß einlullende Rauschen der kühlen Quellen, die sich am Ende der Ebene begegnen, und nun, wie Freunde vereint, ihrem Ausflusse in den Podkúmok entgegenfließen. Diesseits ist die Schlucht breiter und verwandelt sich zuletzt in einen begrünten Hohlweg; eine staubige Landstraße zieht sich hindurch. So oft ich nach ihr schaue, will es mich bedünken, als käme ein Wagen, und als schaute ein rosiges Gesichtchen aus dem Wagenfenster. Wie viele Wagen sind nicht dieses Weges daher gekommen, aber der noch immer nicht. Das Dörfchen, jenseits der Festung, ist bevölkert. Aus der Restauration, die wenige Schritte von meiner Wohnung auf einem Hügel liegt, schimmern des Abends die Lichter durch die doppelte Pappelreihe; Lärm und Gläserklang ertönen bis in die späte Nacht.

Nirgends wird so viel Kachetiner (Land-) wein und so viel Mineralwasser getrunken wie hier.

> Für diese doppelte Vieltrinkerei
> Giebt es der Freunde viel doch ich bin nicht dabei.

Gruschnitzki tobt mit seiner Bande fast jeden Tag im Wirthshause; mich grüßt er fast nicht mehr.

Er ist gestern erst angekommen; trotzdem ist es ihm bereits gelungen sich mit drei alten Herren zu verzanken, die das Bad vor ihm nehmen wollten; wahrlich, das Unglück entwickelt in ihm den kriegerischen Geist.

Den 22sten Juni.

Endlich sind sie angekommen. Ich saß am Fenster, als ich das Gerassel ihrer Equipagen hörte; mein Herz klopfte laut . . . Was bedeutet das? Wäre ich wirklich verliebt? Ich bin so dumm beschaffen, daß man es wohl von mir erwarten könnte.

Ich dinirte bei ihnen. Die Fürstin sah mich sehr zärtlich an, geht aber ihrer Tochter nicht von der Seite . . . Abscheulich! Wära hingegen ist in voller Eifersucht gegen die Fürstin habe ich doch endlich diese Seligkeit erstrebt! Was thut ein Weib nicht, um ihre Rivalin zu kränken? Ich erinnere mich, daß die eine sich in mich verliebte, weil ich eine andere liebte. Es giebt nichts Paradoxeres als den weiblichen Geist: es ist schwer, ein Frauenzimmer von etwas zu überzeugen; man muß sie dahin bringen, daß sie sich selbst überzeuge. Die Ordnung der Beweise, womit sie ihre Vorurtheile vernichten, ist höchst originell; will man sich ihre Dialektik aneignen, so muß man in seinem Geiste alle Schulregeln der Logik über den Haufen werfen. Zum Beispiel, die gewöhnliche Manier zu folgern ist:

Dieser Mann liebt mich; ich aber bin verheirathet: folglich darf ich nicht lieben.

Weibliche Manier:

Ich darf ihn nicht lieben, denn ich bin verheirathet; er liebt mich aber, folglich . . .

Hier folgen einige Punkte, denn der Verstand spricht nicht mehr; hingegen sprechen meistentheils: die Zunge, die Augen, und in ihrem Gefolge das Herz, wenn ein solches vorhanden ist.

Wie nun, wenn diese Memoiren jemals einer Dame unter die Augen geriethen? „Verläumdung!“ ruft sie mit Entrüstung aus.

Seit Dichter schreiben und Damen sie lesen (wofür wir ihnen die größte Dankbarkeit weihen), hat man sie so oft Engel genannt, daß sie in ihrer Herzenseinfalt diesem Complimente wahrhaftig Glauben schenkten, vergessend, daß diese selben Dichter den Nero für Geld einen Halbgott nannten . . .

Es würde mir übel anstehen, boshaft von ihnen zu sprechen, mir, der ich außer ihnen auf der Welt nichts lieb habe, mir, der ich immer bereit bin, ihnen meinen Frieden, meinen Ehrgeiz, mein Leben zu opfern. Allein ich suche ja auch nicht in einem Anfalle des Grames, oder der beleidigten Eigenliebe ihnen den Zauberschleier abzureißen, durch welchen nur ein geübtes Auge dringt. Nein, alles was ich von ihnen sage, ist bloß das Resultat

> So mancher regen Geistesmühen
> So mancher bittern Herzensqual.

Die Damen sollten eigentlich wünschen, daß alle Männer sie so gut kennten wie ich, weil ich sie hundertmal mehr liebe, seit ich sie nicht mehr fürchte und hinter ihre kleinen Schwächen gekommen bin.

Da fällt mir gerade ein, daß Werner vor einigen Tagen die Damen mit dem verzauberten Walde verglich, von welchem Tasso in seinem „Befreiten Jerusalem" erzählt.[32] „So wie man ihn betritt," sagte er, „fliegen einem von allen Seiten solche Schrecken entgegen, daß Gott bewahre: Pflicht, Stolz, Anständigkeit, öffentliche Meinung, Lächerlichkeit, Verachtung . . . Man braucht aber nur die Augen zuzumachen und darauf loszugehen; nach und nach verschwinden die Schreckbilder, und eine stille, freundliche Flur dehnt sich vor Dir aus, in deren Mitte die grünende Myrthe blüht. Wehe Dir aber, wenn Dein Herz bei den ersten Schritten bebt und Du Dich zurückziehst!"

Den 24. Juni.

Der heutige Abend war reich an Abenteuern. Ungefähr drei Werst von Kislowodsk, in der Schlucht, wo der Podkumok dahinfließt, befindet sich ein Felsen, der *Ring* genannt, weil er eine von der Natur gebildete Pforte bildet. Diese erhebt sich auf einem hohen Hügel, und die untergehende Sonne wirft durch sie ihren letzten glühenden Blick auf die Erde. Eine zahlreiche Kavalkade hatte sich dahinbegeben, um den Sonnenuntergang durch dieses Felsenfenster zu betrachten. Die Wahrheit zu gestehen, dachte Keiner von ihnen an die Sonne. Ich ritt neben der Fürstin Mary; auf dem Rückwege mußten wir den Podkumok durchreiten. Die Bergflüsse, selbst die allerkleinsten, sind gefährlich, besonders dadurch, daß ihr Boden ein wahrhaftiges Kaleidoskop ist: jeden Tag verändert er sich von dem Drucke (Andrange) der Wogen; wo gestern ein Stein lag, ist heute ein Loch. Ich nahm das Pferd der Fürstin bei den Zügeln und leitete es ins Wasser, das ihm nicht bis über die Kniee ging; langsam setzten wir uns stromaufwärts schräg gegen den Fluß in Bewegung. Es ist bekannt, daß man beim Reiten durch reißende Gewässer nicht aufs Wasser blicken darf, weil man sogleich schwindelig wird. Ich hatte vergessen, die Fürstin darauf aufmerksam zu machen.

Wir waren bereits in der Mitte der reißenden Strömung, als sie plötzlich im Sattel schwankte. „Mir ist unwohl!" sagte sie mit schwacher Stimme. Rasch neigte ich mich zu ihr, umfaßte ihre schlanke Taille mit meinem Arme, und raunte ihr zu: Sehen Sie in die Höhe, Fürstin! es ist nichts, nur sein Sie nicht furchtsam, ich bin ja mit Ihnen.

Sie fing an sich zu erholen und wollte sich meinem Arme entwinden, ich umschlang aber ihren zarten, weichen Wuchs noch fester; meine Wangen berührten fast die ihrigen, von denen es mich glühend anwehte.

„Was beginnen Sie mit mir'! . . . O mein Gott! . . ."

Ich beachtete ihr Zittern und ihre Verwirrung nicht, sondern drückte meine Lippen auf ihre zarten Wangen; sie erbebte, sagte aber nichts; wir waren die hintersten: Niemand hatte uns gesehen. Als wir eben das jenseitige Ufer erreichten, setzten sich die andern in Trab. Die Fürstin hielt ihr Pferd an; ich blieb neben ihr; offenbar beunruhigte sie mein Schweigen; ich hatte mir aber versprochen kein Wort zu sagen aus reiner Neugierde. Ich wollte sehen, wie sie sich aus dieser schwierigen Lage herausziehen würde.

„Entweder verachten Sie mich, oder Sie lieben mich ungemein!" sagte sie endlich mit einer Stimme, in welcher die Thränen klangen. Vielleicht wollen Sie sich über mich lustig machen, meine Seele nur aufregen, und mich dann fahren lassen . . . Das wäre ja so nichtswürdig, so niedrig, daß die bloße Voraussetzung . . . O, nein! Nicht wahr, ich habe nichts an mir, das mir Ihre Achtung versagte? Ihr kühnes Betragen . . . ich muß, ich muß es Ihnen verzeihen, weil ich Ihnen erlaubte . . . Antworten Sie mir, sprechen Sie doch, ich will Ihre Stimme hören! . . ." In den letzten Worten lag eine solche weibliche Ungeduld, daß ich unwillkührlich lächelte; zum Glücke fing die Dämmerung an einzubrechen . . . Ich erwiederte nichts.

„Sie schweigen?" fuhr sie fort: so wollen Sie vielleicht daß ich Ihnen zuerst sage, daß ich Sie liebe? . . .

Ich schwieg.

„Wollen Sie das?" fuhr sie, sich rasch zu mir wendend, fort . . . In der Entschlossenheit ihres Blickes und ihrer Stimme lag etwas Fürchterliches . . .

Wozu? antwortete ich mit den Achseln zuckend.

Sie schlug ihr Pferd mit der Peitsche und jagte mit verhängten Zügeln auf dem engen gefährlichen Wege dahin; dies war so rasch vor sich gegangen, daß ich sie kaum einholen konnte, und zwar erst als sie sich der übrigen Gesellschaft bereits angeschlossen hatte. Bis zu ihrem Hause blieb sie in einem Lachen und Sprechen; in ihren Bewegungen lag etwas Fieberhaftes; mich sah sie nicht ein einziges Mal an. Allen fiel diese ungewöhnliche Heiterkeit auf. Ihre Mutter freute sich innerlich, so oft sie auf ihr Töchterchen blickte, das Töchterchen hingegen hatte ganz einfach Nervenzucken: diese Nacht liegt sie schlaflos und in Thränen! Dieser Gedanke gewährt mir einen unaussprechlichen Genuß: es giebt Augenblicke in denen ich die Vampire begreife . . . Bis jetzt gelte ich noch immer für einen guten Jungen und beute diese Benennung aus!

Nachdem sie vom Pferde gestiegen war, begaben sich die Damen zur Fürstin; ich war tief aufgeregt und galloppirte in die Berge, um die Gedanken, die sich in meinem Kopfe drängten, zu zerstreuen. Der thauige Abend athmete besänftigende Kühle. Der Mond stieg hinter den dunkeln Bergspitzen empor. Jeder Schritt meines unbeschlagenen Pferdes fand im Schweigen der Schluchten sein Echo; beim Wasserfall hielt ich still mein Pferd zu tränken, sog gierig einigemal die frische Luft der südlichen Nacht ein, und begann den Rückweg. Ich ritt durch das Dörfchen. Die Lichter fingen an hier und da in den Fenstern zu erlöschen; die Wachen auf der Festung und die Kosaken der benachbarten Feldwachen riefen sich mit gedehnter Stimme an.

In einem der Häuser des Dörfchens, das am äußersten Ende des Hohlweges stand, bemerkte ich eine ungewöhnliche Beleuchtung; von Zeit zu Zeit ertönte ein lautes unzusammenhängendes Stimmengetön, an welchem ich ein militairisches Gelage erkannte. Ich stieg ab und schlich mich an's Fenster; eine nicht gut anschließende, vorgestellte Fensterlade erlaubte mir die Zecher wahrzunehmen und ihre Worte aufzufangen. Man sprach von mir.

Der Dragonerhauptmann, vom Weine erhitzt, schlug mit der Faust auf den Tisch und forderte die allgemeine Aufmerksamkeit:

„Meine Herren!" sagte er, „das hat keinen Sinn und Verstand. Dem Petschorin muß man einen Denkzettel geben. Diese Petersburger Flatterer bilden sich immer so viel ein, bis man ihnen eins derb auf die Nase giebt! Er bildet sich ein, daß er allein die Welt kennt, weil er immer reine Handschuhe und geputzte Stiefeln trägt. Und was er für ein aufgeblasenes Lächeln hat! Und dennoch bin ich überzeugt, daß er eine Memme eine recht feige Memme ist!"

„Ich glaube das auch," sagte Gruschnitzki. „Er liebt es, sich durch einen Spaß aus der Schlinge zu ziehen. Ich habe ihm einmal solche Dinge gesagt, daß ein Anderer mich auf dem Flecke zu Boden gehauen hätte, aber Petschorin zog alles ins Lächerliche. Ich habe ihn natürlich nicht gefordert, denn das war seine Sache; aber er wollte durchaus nicht anbeißen . . ."

„Gruschnitzki ist böse auf ihn, weil er ihm die Fürstin abspenstig gemacht hat," sagte Einer.

„Na, da bitte ich zu grüßen! Ich habe freilich der Fürstin ein wenig die Cour gemacht, indessen hab ichs gleich wieder dran gegeben, weil ich nicht heirathen will, und es gegen meine Grundsätze ist, ein junges Mädchen zu compromittiren."

„Ja, ich gebe Ihnen die Versicherung, er ist die größte Memme, nämlich Petschorin und nicht Gruschnitzki, Gruschnitzki ist ein braver Junge, und außerdem mein innigster Freund!" sagte wiederum der Dragonerhauptmann. Meine Herren, nimmt ihn hier Niemand in Schutz? Keiner? Desto besser! Wollen wir einmal seine Courage auf die Probe stellen? Das wird Sie alle amüsiren . . ."

„Das wollen wir wohl; aber wie?"

„Ich habe einen Plan; hören Sie: Gruschnitzki ist besonders böse auf ihn; ihm kommt also die erste Rolle zu! Er zieht die erste beste Dummheit heran und fordert Petschorin zum Duell . . . Erlauben Sie, erlauben Sie: gerade hierin liegt der ganze Witz; und fordert Petschorin zum Duell. Gut! Alles dies die Herausforderung, die Vorbereitungen, die Bedingungen müssen so feierlich und schrecklich wie möglich gemacht werden, das übernehme ich; ich werde Dein Sekundant sein, armer Freund! Gut! Aber jetzt sollt Ihr sehen, wo der Knoten liegt: In die Pistolen laden wir keine Kugeln; ich stehe Ihnen dafür ein, daß Petschorin Furcht hat wir stellen sie sechs Fuß einander gegenüber; Hol's der Teufel! Sie sind damit einverstanden meine Herren?"

„Wundervoll ausgedacht! Vollkommen einverstanden? Und warum denn nicht?" ertönte es von allen Seiten.

„Und Du, Gruschnitzki?"

Mit Spannung harrte ich der Antwort Gruschnitzki's. Eine kalte Wuth durchzuckte mich bei dem Gedanken, daß ich ohne diesen Zufall diesen Narren ein Gegenstand des Spottes hätte werden können. Wenn Gruschnitzki nicht einwilligte, so hätte ich mich ihm an den Hals geworfen. Allein nach kurzem Schweigen erhob er sich von seinem Platze, streckte dem Hauptmann seine Hand entgegen und sagte mit vieler Wichtigkeit: „Gut, ich bin damit einverstanden."

Das Entzücken der ganzen verehrlichen Gesellschaft läßt sich schwer beschreiben.

Ich kehrte nach Hause zurück, von zwei verschiedenartigen Gefühlen bewegt. Das eine war Traurigkeit „Warum hassen sie mich doch alle?" dachte ich, „warum? Habe ich irgend einem von ihnen etwas zu Leide gethan? Nein. Oder gehöre ich in die Reihe derjenigen Menschen, deren bloßer Anblick bereits Widerwillen erregt?" Und sodann fühlte ich, wie ein giftiger Grimm allmälig meine ganze Seele erfüllte. „Nehmen Sie sich in Acht, Herr Gruschnitzki!" rief ich aus, indem ich in meinem Zimmer auf und ab schritt: „so lasse ich mit mir nicht spielen. Der Beifall Ihrer stupiden Kameraden kann Ihnen theuer zu stehen kommen! Ich bin kein Spielzeug für Sie!

. . .

Ich that die ganze Nacht kein Auge zu. Gegen Morgen war ich gelb wie eine Pomeranze.

Des Morgens früh begegnete ich der Fürstin am Brunnen.

„Sind Sie krank?" fragte sie, indem sie mich durchdringend anblickte.

Ich habe die Nacht nicht geschlafen.

„Ich auch nicht . . . Ich beschuldigte Sie . . . vielleicht . . . mit Unrecht? Aber so erklären Sie sich, ich kann Ihnen alles verzeihen . . ."

Alles?

„Alles . . . aber sagen Sie die Wahrheit, und schnell . . . Sehen Sie, ich habe hin und hergedacht, und mich bemüht, mir Ihr Betragen zu erklären, es zu entschuldigen; vielleicht fürchten Sie Hindernisse von Seiten meiner Familie . . . Das will nichts sagen: besonders wenn Sie erst wissen, (ihre Stimme fing an zu zittern) ich will sie schon erbitten. Oder sollte Ihre eigene Lage? O, so wissen Sie, daß ich Alles, Alles für den zu opfern bereit bin, den ich liebe . . . O, antworten Sie schnell, haben Sie Mitleid . . . Nicht wahr, Sie verachten mich nicht?"

Sie ergriff meine Hand.

Ihre Mutter ging mit Wära's Gemahl voran und sah von allem nichts; allein wir wurden von den spazierengehenden Kranken, den allerneugierigsten Klätschern aller Neugierigen, gesehen, und so befreite ich meine Hand schnell von ihrem leidenschaftlichen Drucke.

Ich werde Ihnen die ganze Wahrheit sagen," erwiederte ich der Fürstin; ich werde meine Schritte weder entschuldigen, noch erklären: Ich liebe Sie *nicht*."

Ihre Lippen erbleichten.

„Verlassen Sie mich, sagte sie kaum hörbar.

Ich zuckte die Achseln, wandte mich um und ging fort.

Den 25. Juni.

Bisweilen verachte ich mich . . . kommt es vielleicht daher, daß ich auch die Andern verachte? . . . Ich war der edelmüthigen Regungen nicht fähig; ich fürchte mich, dadurch selbst lächerlich zu werden. Ein Anderer hätte an meiner Stelle der Fürstin son cocur et sa fortune angeboten; allein über mich hat das Wort *heirathen* eine Art zauberischer Gewalt: wie leidenschaftlich ich auch ein Frauenzimmer liebe, sobald sie mir nur zu verstehen giebt, daß ich sie heirathen soll

Adieu Liebe! mein Herz wird zu Stein, und nichts vermag es auf's Neue zu beleben. Zu allen Opfern bin ich bereit, nur nicht zu diesem; zwanzigmal lieber stelle ich mein Leben, ja meine Ehre auf die Karte, aber meine Freiheit verkaufe ich nicht. Weshalb halte ich sie für so kostbar? Was finde ich in ihr? Wohin flüchte ich mich dereinst? Was erwarte ich von der Zukunft? . . . In der That ganz und gar nichts. Es ist bei mir eine feindselige Furcht, ein unerklärliches Vorgefühl . . . Giebt es doch Leute, welche sich gegen ihren Willen vor Spinnen, Schaben und Mäusen fürchten . . . Und soll ich es ganz gestehen? Als ich noch ein Knabe war, legte ein altes Weib meiner Mutter über mich die Karte. Sie wahrsagte mir *Tod in Folge meiner bösen Frau;* das hat mich damals schon tief ergriffen; in meiner Seele entstand eine unüberwindliche Abneigung gegen die Ehe . . . Trotzdem sagt mir etwas, daß ihre Wahrsagung in Erfüllung gehen wird; aber Mühe will ich mir wenigstens geben, daß dies so spät wie möglich geschehe.

Den 26. Juni.

Gestern kam der Taschenspieler Apfelbaum hier an; An den Thüren der Restauration ist eine lange Affische angeschlagen, welche das hochverehrte Publikum benachrichtigt, daß der obengenannte berühmte Taschenspieler, Akrobat, Professor der Chemie und Optik, die Ehre haben wird, heute Abend um 8 Uhr im adligen Saale sonst Restauration eine brillante Vorstellung zu geben; Billete sind zu haben zum Preise von zwei und einem halben Rubel.

Alle haben sich verabredet, den berühmten Taschenspieler zu sehen; sogar die Fürstin Ligoffska, obgleich ihre Tochter krank ist, hat für sich ein Billet genommen.

Nach dem Mittagessen ging ich vor Wära's Fenster vorüber; sie saß allein auf dem Balkone; ein Zettelchen fiel vor meinen Füßen auf die Erde:

„Komm heut Abend um zehn Uhr zu mir; Du kannst die Paradentreppe heraufkommen; mein Mann ist nach Pätigorsk gereist und kehrt erst morgen früh zurück. Von meinen Leuten wird Niemand zu Hause sein, ich habe ihnen allen Billete gegeben, sogar denen der Fürstin. Ich erwarte Dich; komme unbedingt."

Aha! dachte ich, endlich kommt es doch, wie ich es wünschte.

Um acht Uhr ging ich zum Taschenspieler. Das Publikum versammelte sich gegen das Ende der neunten Stunde; die Vorstellung begann. In den letzten Stuhlreihen erkannte ich die Lakaien und Kammermädchen Wära's und der Fürstin. Es fehlte auch nicht Einer. Gruschnitzki saß in der vordersten Reihe, mit seiner Lorgnette bewaffnet. Der Taschenspieler wandte sich stets an ihn, so oft er ein Schnupftuch, eine Uhr, einen Ring und dergl. mehr brauchte.

Gruschnitzki grüßt mich schon seit einiger Zeit nicht mehr, aber heute sah er mich sogar recht frech an. Gut, ich werde Allem Rechnung tragen, wenn unser Abrechnungstermin wird gekommen sein.

Kurz vor zehn stand ich auf und ging.

Auf dem Hofe war es so finster, daß man die Hand vor den Augen nicht sehen konnte. Schwere dunkle Gewölke hingen auf den Spitzen der nahen Berge; nur dann und wann rauschte ein ersterbendes Windchen in den Kronen der Pappeln, welche die Restauration umstehen; an den Fenstern drängte sich das Volk. Ich ging die Anhöhe hinab und, nachdem ich mich aus der Thür gestohlen hatte, ging ich raschen Schrittes voran. Plötzlich schien es mir, als hörte ich Jemanden hinter mir. Ich blieb stehen und blickte rund um mich. Es war unmöglich, in der Finsterniß irgend etwas zu erkennen; doch ging, ich, der Vorsicht wegen, gleichsam spazieren gehend, einige Male um das Haus. Als ich an den Fenstern der Fürstin vorüberging, hörte ich abermals Tritte hinter mir; ein Mann, in einen Mantel gehüllt, ging eilig an mir vorüber. Dies fing an mich zu beunruhigen. Indessen gelangte ich an den Perron und eilte schnell die dunkle Treppe hinauf. Die Thür ging auf; eine kleine Hand ergriff die meinige . . .

„Es hat Dich doch Niemand gesehen?" flüsterte Wära leise, indem sie mich an sich zog.

Niemand.

„Glaubst Du jetzt, daß ich Dich liebe? O, ich habe lange geschwankt, lange mit mir selbst gekämpft . . . aber Du machst nun einmal alles aus mir, was Du willst . . .“

Ihr Herz schlug heftig, ihre Hände waren kalt wie Eis. Nun begannen die Vorwürfe der Eifersucht, die Klagen; sie forderte von mir, daß ich alles gestehen solle, und sagte, daß sie meine Treulosigkeit mit Ergebenheit ertragen würde, da sie ja nichts wolle als mein Glück einzig und allein. Ich glaubte nicht ganz daran, beruhigte sie indessen durch Schwüre, Versprechungen u. s. w. u. s. w.

„Also willst Du Mary nicht heirathen? Du liebst sie nicht? Und sie glaubt . . . weißt Du wohl, daß sie Dich bis zum Wahnsinn liebt, die arme Seele!“

Gegen zwei Uhr Mitternacht öffnete ich das Fenster, knüpfte zwei Shawls zusammen, und glitt an den Säulen vom obern Balkon auf den niedern hinab. Bei der jungen Fürstin brannte noch Licht. Eine unsichtbare Macht fesselte mich an ihr Fenster. Der Vorhang war nicht ganz herabgelassen, so daß ich meinen neugierigen Blick im Innern des Zimmers herumschweifen lassen konnte. Mary saß im Bette aufrecht, die Arme über die Kniee gekreuzt; ihr volles Haupthaar war unter eine Nachthaube aufgeschürzt, die mit Spitzen garnirt war; ein großes Ponceau-Halstuch umhüllte ihre weißen Schultern, ihr kleines Füßchen war in bunten, persischen Pantoffeln versteckt. Sie saß unbeweglich, den Kopf auf die Brust gesenkt; neben ihr auf einem Tischchen lag ein aufgeschlagenes Buch; allein ihre Augen, unbeweglich und mit einem unaussprechlichen Grame erfüllt, schienen schon zum hundertsten Male eine und dieselbe Seite zu überlaufen, während ihre Gedanken fern waren . . .

In diesem Augenblicke regte sich etwas im Gebüsche. Ich sprang vom Balkon auf den Rasen. Eine unsichtbare Hand ergriff mich an der Schulter. „Aha!“ sagte eine grobe Stimme: „hab’ ich Dich erwischt! Ich werde Dich lehren, des Nachts zu schönen Fürstinnen zu gehen! . . .“

Halte ihn fest! schrie ein anderer, der aus einem Winkel herbeigesprungen kam.

Es war Gruschnitzki und der Dragonerhauptmann.

Mit einem fürchterlichen Faustschlag auf den Kopf warf ich den Letztern nieder und stieß ihn mit einem Fußtritte vor mir in’s Gebüsch. Alle Fußwege des Gartens, welcher den sanften Abhang zwischen unsern Häusern bedeckte, waren mir bekannt.

„Diebe! Wache!“ schrieen sie . . . ein Schuß ertönte; der rauchende Pfropfen fiel fast zu meinen Füßen.

Innerhalb einer Minute war ich schon in meinem Zimmer, zog mich rasch aus und legte mich. Kaum hatte mein Diener die Thür zugeschlossen, als Gruschnitzki und der Kapitain schon bei mir anklopften.

„Petschorin! Schlafen Sie? Sind Sie zu Hause?“ rief der Kapitain.

Freilich schlafe ich, antwortete ich verdrießlich.

„Stehen Sie auf! Diebe! . . . Tscherkessen! . . .“

Ich hab’ den Schnupfen, antwortete ich, und fürchte mich zu erkälten.

Sie entfernten sich. Vergebens hatte ich ihrem Rufe geantwortet; sie suchten mich noch eine Stunde lang im Garten. Unterdessen war ein fürchterlicher Lärm entstanden. Aus der Festung kam ein Kosak herbeigesprengt. Alles war in Alarm, jeder suchte die Tscherkessen in jedem Busche und fand natürlich nichts. Viele aber waren höchst wahrscheinlich der festen Ueberzeugung, daß wenn die Garnison mehr Tapferkeit und Schnelligkeit entwickelt hätte, wenigstens einige zwanzig Stück von den Räubern auf dem Platze geblieben wären.

Den 27. Juni.

Heute Morgen war am Brunnen von nichts anderem die Rede als von dem nächtlichen Anfalle der Tscherkessen. Ich trank die vorgeschriebene Gläserzahl Narsan, ging ein Dutzend Mal die lange Lindenallee auf und ab, und begegnete Wära’s Gemahle, der so eben von Pätigorsk zurückgekommen war. Er faßte mich unter den Arm, und wir gingen in die Restauration, um zu frühstücken; er war in großer Angst um seine Frau. „Wie sie sich diese Nacht erschreckt hat!" sagte er: „muß doch gerade so etwas vorfallen, wenn ich nicht hier bin." Wir setzten uns zum Frühstück nahe an die Thür, welche zum Eckzimmer führt, in welchem an zehn junge Leute waren, unter denen auch Gruschnitzki sich befand. Das Schicksal gewährte mir zum zweiten Male die Gelegenheit ein Gespräch zu überhören, welches über seine Zukunft entscheiden sollte. Er konnte mich nicht sehen und aus diesem Grunde konnte ich bei ihm keine bestimmte Absicht voraussetzen; allein dies erhöhte eben seine Schuld in meinen Augen.

„Sollten es denn wirklich Tscherkessen gewesen sein?" sagte Jemand, „hat irgend Einer sie gesehen?"

Ich werde Ihnen die Wahrheit sagen, erwiederte Gruschnitzki, aber ich muß Sie bitten mich nicht zu verrathen; die Geschichte hängt so zusammen: Gestern Abend kommt ein Mann, den ich Ihnen nicht näher bezeichne, zu mir und erzählt mir, daß er in der zehnten Stunde gesehen habe, wie sich Jemand ins Haus der Fürstin Ligoffska geschlichen. Nun müssen Sie wohl bemerken, daß die Fürstin hier und nur ihre Tochter zu Hause war. Wir geschwind mit ihm unter das Fenster der Fürstin, um den Glücklichen zu bewachen.

Ich gestehe, daß ich nicht wenig erschrak, obgleich mein Nachbar ungemein mit seinem Frühstück beschäftigt war; er konnte, wenn Gruschnitzki eben so gut die Wahrheit errathen hätte, Dinge hören, die ihn ziemlich unangenehm berührt haben müßten; allein von der Eifersucht verblendet, ahnte er den wahren Zusammenhang nicht einmal.

Also, sehen Sie, wir gingen dahin und nahmen ein Gewehr mit, das übrigens nur blind geladen war, bloß um zu erschrecken. Bis zwei Uhr warteten wir im Garten. Endlich kam er, Gott weiß woher, zum Vorschein aus dem Fenster kann er nicht gekommen sein, denn es war nicht aufgegangen, er muß also aus der Glasthüre, die hinter den Säulen liegt, gekommen sein; also endlich, sage ich, sehen wir Jemand auf dem Balkone gehen . . . Eine schöne Fürstin? he? Nun, das muß ich gestehen, das sind Moskauer Gewohnheiten! Wem soll man hier noch vertrauen? Wir wollten ihn ergreifen, aber er riß sich los und warf sich wie ein Hase ins Gebüsch; da schoß ich ihm nach . . . .

Ein Gemurmel der Ungläubigkeit erhob sich um Gruschnitzki . . .

Sie glauben es nicht? fuhr er fort: ich gebe Ihnen mein heiliges Ehrenwort, daß alles die nackte Wahrheit ist, und zum Beweise will ich Ihnen sogar den saubern Herrn nennen.

„Sprich, sprich, wer ist es?" ertönte es von allen Seiten.

Petschorin, antwortete Gruschnitzki.

In diesem Augenblicke hob er die Augen auf ich stand vor ihm in der Thüre; er wurde feuerroth. Ich ging auf ihn zu und sagte langsam und vernehmlich:

„Es thut mir sehr leid, daß ich erst eingetreten bin, nachdem Sie bereits Ihr Ehrenwort zur Bekräftigung der allerabscheulichsten Verläumdung verpfändet haben; meine Gegenwart würde Ihnen eine überflüssige Niederträchtigkeit erspart haben."

Gruschnitzki sprang von seinem Platze auf und wollte hitzig werden.

„Ich fordere Sie auf," fuhr ich mit derselben Stimme fort, „sogleich Ihre Worte zu widerrufen. Sie wissen selbst recht gut, daß alles leere Erfindung ist. Ich habe nie geglaubt, daß eine Dame, die gegen Ihre glänzenden Eigenschaften, gleichgültig ist, eine so abscheuliche Rache verdient hätte. Ueberlegen Sie es wohl: bleiben Sie bei Ihrer Meinung, so verlieren Sie das Recht auf den Namen eines ehrlichen Mannes und setzen Ihr Leben auf's Spiel."

Gruschnitzki stand mit gesenktem Blicke vor mir; er war in einer großen Aufregung. Allein der Kampf zwischen Gewissenhaftigkeit und Eitelkeit dauerte nicht lange. Der Dragonerhauptmann, der neben ihm saß, stieß ihn mit dem Ellenbogen an; er fuhr auf und antwortete schnell, ohne mich anzusehen:

Mein gnädiger Herr, wenn ich etwas sage, so denke ich es auch und bin bereit es zu wiederholen . . . Vor Ihren Drohungen fürchte ich mich nicht, und bin auf alles gefaßt.

„Das Letzte haben Sie bereits bewiesen," antwortete ich ihm kalt, indem ich den Dragonerhauptmann unter den Arm faßte und mit ihm das Zimmer verließ.

Was ist gefällig? fragte der Kapitain.

„Sie sind Gruschnitzki's Freund und werden wahrscheinlich sein Sekundant sein?"

Der Kapitain verneigte sich mit Wichtigkeit.

Sie haben es getroffen, erwiederte er, es ist sogar meine Pflicht sein Sekundant zu sein, weil die ihm zugefügte Beleidigung sich auch auf mich bezieht; ich war die vergangene Nacht mit ihm, setzte er hinzu, seinen krummen Rücken aufrichtend.

„So? Also waren Sie das, dem ich den hübschen Schlag über den Kopf versetzte? . . ."

Er wurde gelb und blau im Gesicht; eine unterdrückte Bosheit drückte sich in seinem Gesichte aus.

„Ich werde die Ehre haben, Ihnen heute meinen Sekundanten zuzuschicken," fügte ich hinzu, indem ich ihn artig begrüßte und so that, als ob ich seine Wuth gar nicht bemerkte.

Auf dem Perron der Restauration traf ich den Gemahl Wära's. Dem Anscheine nach erwartete er mich.

Er ergriff meine Hand mit einer Wärme, die an Entzücken streifte.

„Edler, junger Mann," sagte er mit Thränen in den Augen, „ich habe alles mit angehört. Solch ein Bube, solch ein Lump! Und solche Leute soll man in einem ordentlichen Hause aufnehmen! Gott sei Dank, daß ich keine Kinder habe! Sie aber wird Die belohnen, für die Sie Ihr Leben einsetzen. Sein Sie überzeugt von meiner Verschwiegenheit, bis alles vorbei ist," fuhr er fort, „ich war auch einst jung und habe gedient, und weiß, daß man sich in solche Dinge nicht mischen darf. Empfehl' mich Ihnen."

Der arme Schlucker! Freut sich, daß er keine Töchter hat . . . Ich ging sofort zu Werner, fand ihn zu Hause und erzählte ihm alles meine Beziehungen zu Wära und zur Fürstin, so wie das Gespräch, das ich überhört und aus welchem ich die Absicht dieser Narren erkannt hatte, mich zum Besten zu haben und mich mit einer blinden Ladung schießen zu lassen. Jetzt aber nahm die Sache eine ernstere Wendung: eine solche Lösung hatten sie wahrscheinlich nicht erwartet.

Der Doktor willigte ein mein Sekundant zu sein; ich gab ihm einige Anweisungen in Betreff der Bedingungen des Duells; er sollte vor Allem darauf bestehen, daß die Sache so geheim gehalten würde wie möglich; denn war ich schon bereit mich jeden Augenblick dem Tode zu unterziehen, so hatte ich doch nicht Im Gerlngsten Lust, meine Zukunft auf dieser Welt auf ewig zu verderben.

Hierauf begab ich mich nach Hause. Nach einer Stunde kam der Doktor von seiner Expedition zurück.

„Gegen Sie ist wirklich eine Verschwörung im Werke," sagte er. „Ich fand bei Gruschnitzki den Dragonerhauptmann und noch einen Herrn, dessen Name mir nicht gleich einfällt. Ich blieb eine Minute lang im Vorzimmer stehen, um meine Kaloschen auszuziehen. Drinnen war ein fürchterliches Lärmen und Streiten . . . „Für nichts in der Welt willige ich jetzt ein," sagte Gruschnitzki, „er hat mich öffentlich beleidigt; damals war es ganz etwas anders." „Nun, was geht das Dich an," meinte der Kapitain, „wenn ich doch Alles auf mich nehme. Ich war Sekundant in fünf Duellen und weiß schon wie man das anfängt. Ich habe mir bereits alles ausgedacht; ich bitte, störe mich in nichts; es kann gar nichts schaden, ihn ein wenig einzuschüchtern. Und dann warum wolltest Du Dich einer Gefahr aussetzen, wenn man sie vermeiden kann? . . ." In diesem Augenblicke trat ich ein; sie schwiegen plötzlich still. Unsere Unterhandlungen dauerten ziemlich lange; endlich kamen wir in Folgendem überein: Ungefähr fünf Werst von hier ist eine tiefe Schlucht; sie gehen morgen früh um vier Uhr dahin ab, wir folgen eine halbe Stunde später; Ihr schießt Euch auf sechs Fuß Distanz Gruschnitzki hat es selbst so gefordert; der Getödtete kommt auf Rechnung der Tscherkessen. Mir ist aber noch ein Verdacht gekommen: sie, ich meine die beiden Sekundanten, haben ihren frühern Plan in etwas verändert, und wollen nur die Pistole Gruschnitzki's mit einer Kugel laden. Das sieht denn doch gerade aus wie Todtschlag; in Kriegszeiten und besonders in einem asiatischen Kriege lass' ich etwas List wohl gelten, aber ich halte Gruschnitzki doch für honneter als seine Gefährten. Was meinen Sie? Sollen wir ihnen zeigen, daß wir sie durchschaut haben?

Für nichts auf der Welt, Doktor! Sein Sie ganz ruhig; ich lass' mich nicht anführen.

„Was wollen Sie eigentlich thun?"

Das ist mein Geheimniß.

„Ueberlegen Sie wohl, welcher Gefahr Sie sich aussetzen . . . auf sechs Schritte!“

Doktor, ich erwarte Sie morgen um vier Uhr; die Pferde werden bereit stehen . . . Adieu!

Ich blieb bis gegen Abend zu Hause und schloß mich in meinem Zimmer ab. Ein Lakai der Fürstin kam, mich zu ihr zu bitten, ich ließ sagen, ich wäre krank.

Es ist zwei Uhr des Nachts . . . ich kann nicht schlafen. Und doch müßte mich der Schlaf etwas stärken, damit morgen meine Hand nicht zittert. Uebrigens ist es schwer auf sechs Schritt fehlzuschießen. Ha, mein Herr Gruschnitzki, Ihre Mystification soll Ihnen nicht gelingen . . . wir werden unsere Rollen wechseln; jetzt kommt es mir zu, auf Ihrem bleichen Gesichte die Zeichen der geheimen Furcht aufzusuchen. Warum haben Sie selbst diese verhängnißvollen sechs Fuß bestimmt? Glauben Sie etwa, ich würde Ihnen ohne Weiteres meine Stirne darbieten? . . . Nein, wir werfen das Loos! und dann . . . dann . . . wie aber, wenn ihn das Glück begünstigt, wenn mein Stern mich endlich verließe? . . . Und wie leicht könnte dies sein; diente er doch solange schon meinen Launen . . .

Wie? sterben? So sterben? Für die Welt freilich kein großer Verlust; und mir selbst ist es auf ihr auch schon ziemlich langweilig. Ich komme mir vor wie Jemand, der auf einem Balle gähnt, der aber bloß deshalb noch nicht schlafen geht, weil sein Wagen noch nicht da ist. Jetzt ist der Wagen da . . . Adieu! . . .

Ich überschaue im Gedächtniß meine ganze Vergangenheit, und frage mich unwillkührlich: Warum habe ich gelebt? Zu welchem Zwecke wurde ich geboren? Wahrscheinlich hat doch ein solcher existirt, wahrscheinlich war meine Bestimmung eine erhabene, denn ich fühle in meiner Seele unermeßliche Kräfte . . . Ich habe nur diese Bestimmung nicht errathen, sondern ließ mich von den Lockungen leerer und undankbarer Leidenschaften fortreißen; aus ihrem Schmelzofen kam ich fest und kalt wie Eisen hervor, aber hatte auch für immer jedes edle Streben die schönste Blüthe des Lebens verausgabt. Und wie oft habe ich seit jener Zeit die Rolle des Beiles in den Händen des Schicksals gespielt! Gleich dem Instrumente des Hochgerichtes fiel ich auf das Haupt der geweihten Opfer, oft ohne Bosheit, immer ohne Mitleid . . . Meine Liebe hat Niemandem Glück gebracht, weil ich denen, die ich liebte, niemals etwas geopfert habe: ich liebte meinetwegen, zu meinem eigenen Vergnügen; ich genügte nur dem seltsamen Bedürfniß meines Herzens, und saugte mit Begier ihre Gefühle, ihre Zärtlichkeit, ihre Freuden und Leiden auf und konnte mich niemals sättigen. So sieht ein vom Hunger Gequälter, den die Entkräftung in den Schlaf gesenkt hat, im Traume die üppigsten Speisen und schäumendsten Weine; mit Entzücken verschlingt er die lustigen Gerichte seiner Einbildungskraft und er fühlt sich leichter; kaum aber ist er erwacht sein Bild verschwindet, und es bleibt ihm nichts als doppelter Hunger und doppelte Verzweiflung!

Morgen sterbe ich vielleicht . . . und auf der Welt ist kein einziges Wesen, das mich ganz verstanden hätte. Die Einen halten mich für schlechter, die Andern für besser als ich wirklich bin . . . Die Einen sagen: er war ein guter Junge, die Andern er war ein verabscheuungswürdiger Mensch. Und das eine wie das andere ist falsch. Ist es nach alle dem noch der Mühe werth zu leben? Und doch lebt man aus Neugierde: man erwartet stets etwas Neues . . . Es ist lächerlich und traurig.

Seit anderthalb Monaten bin ich bereits in der Festung N. Maksim Maksimitsch, der Kommandeur der Festung, ist auf die Jagd gegangen . . . ich bin allein und sitze am Fenster; graue Wolken haben die Berge ganz und gar überzogen; die Sonne sieht durch den Nebel wie ein gelber Flecken aus. Es ist kalt; der Wind pfeift und rüttelt an den Fensterladen . . . Langweilig! ich werde mein Journal, das von so vielen seltsamen Ereignissen unterbrochen wurde, weiter fortführen.

Ich überlese die letzte Seite: lächerlich! Ich glaubte zu sterben; das war unmöglich: ich habe den Becher des Leidens noch nicht geleert und jetzt fühle ich, daß ich noch lange leben werde.

Wie alles Vergangene sich so scharf und klar in meinem Gedächtniß abgoß! Nicht einen Zug, nicht eine Nüance hat die Zeit verwischt!

Ich erinnere mich, daß ich im Verlauf der ganzen Nacht die dem Duell voranging, nicht eine Minute geschlafen habe. Schreiben konnte ich nicht lange: eine geheime Unruhe hatte sich meiner bemächtigt. Eine ganze Stunde lang ging ich im Zimmer auf und ab; alsdann setzte ich mich und öffnete einen Roman Walter Scott's, der gerade auf meinem Tische lag. Es waren „die Puritaner von Schottland." Anfangs las ich nur mit Anstrengung, vergaß mich aber bald, von der wunderbaren Dichtung fortgerissen.

Endlich fing es an zu tagen. Meine Nerven beruhigten sich. Ich blickte in den Spiegel; eine trübe Blässe überzog mein Gesicht, welches die Spuren der angreifenden Schlaflosigkeit trug; allein meine Augen, obgleich von einem braunen Ringe umgeben, glänzten stolz und unermüdet. Ich war mit mir selbst zufrieden.

Nachdem ich befohlen hatte die Pferde zu satteln, zog ich mich an und eilte ins Bad. Ich tauchte mich in ein abgekältetes Bad der Narsanischen Heißquelle und fühlte bald, wie die Körper- und Geisteskräfte mir auf's Neue zuströmten. Ich stieg aus der Wanne so frisch und keck, als bereitete ich mich zu einem Balle vor. Hiernach sage mir Jemand, daß die Seele nicht vom Körper abhinge! . . .

Bei meiner Rückkehr vom Bade fand ich schon den Doktor bei mir wartend. Er trug graue Reithosen, einen Archaluk und eine Tscherkessenmütze. Ich lachte laut auf, als ich die kleine Figur unter dieser enormen Zottelmütze erblickte; er hat so schon gar kein kriegerisches Gesicht, aber diesmal war es noch länger als gewöhnlich.

Warum sind Sie so traurig, Doktor? fragte ich ihn. Haben Sie nicht schon hundertmal die Leute mit dem allergrößten Gleichmuthe nach jener Welt begleitet? Bilden Sie sich ein, ich hätte ein Gallenfieberchen; ich kann wieder hergestellt werden, kann aber auch dran sterben; das eine wie das andere liegt in der Ordnung der Dinge; bemühen Sie sich, mich wie einen Patienten zu betrachten, der von einer Ihnen noch unbekannten Krankheit befallen ist, dann kann Ihre Neugierde im höchsten Grade angeregt werden; Sie können an mir einige merkwürdige physiologische Beobachtungen anstellen . . . Denn die Erwartung eines gewaltsamen Todes ist doch wohl schon eine wirkliche Krankheit?

Dieser Gedanke frappirte den Doktor und er wurde wieder heiterer.

Wir setzten uns zu Pferde; Werner klammerte sich mit beiden Händen an die Zügel, und wir machten voran, im Nu waren wir an der Festung vorüber, durch das Dörfchen und ritten in die Schlucht, durch welche sich ein mit hohem Grase halbverwachsener Weg dahinzog und die alle Augenblicke von einem rauschenden Bache durchschnitten wurde, welchen wir dann zur großen Verzweiflung des Doktors zu Pferde durchschwimmen mußten, weil sein Pferd jedes Mal im Wasser stehen blieb.

Ich erinnere mich keines blaueren und frischeren Morgens. Die Sonne guckte kaum hinter den grünen Bergspitzen hervor und das Verschmelzen der ersten Wärme ihrer Strahlen mit dem dahinsterbenden Nachtfroste brachte über alle Gefühle eine gewisse süße Ermattung; in die Schlucht war noch kein Strahl des jungen Tages gedrungen; er vergoldete nur die Spitzen der Felsen, welche von beiden Seiten über uns drohten; dichtbelaubte Gebüsche, in den tiefen Spalten der Felsen ihre Nahrung findend, überschütteten uns beim leisesten Windhauche mit ihrem Silberregen. Ich erinnere mich wohl, daß ich diesmal mehr wie je zuvor die Natur liebte. Mit welchem Interesse betrachtete ich jeden Thautropfen, der zitternd an einem breiten Weinrebenblatte hing und Millionen von Regenbogenstrahlen widerspiegelte! Wie gierig dürstete mein Blick, die dampfende Ferne zu durchdringen! Dort wurde der Pfad immer enger und enger, die Felsenmassen immer blauer und furchtbarer, zuletzt in eine undurchdringliche Wand zusammenschmelzend! Wir ritten schweigend nebeneinander.

„Haben Sie Ihr Testament gemacht?" fragte plötzlich Werner.

Nein.

„Wenn Sie nun aber fallen? . . ."

Meine Erben werden sich schon einfinden.

„So hätten Sie keinen Freund, dem Sie ein letztes Lebewohl zurufen wollten?"

Ich schüttelte mit dem Kopfe.

„Keine Dame wäre auf der Welt, der Sie ein letztes Liebeszeichen hinterlassen möchten?"

Soll ich Ihnen, lieber Doktor, meine Seele erschließen? antwortete ich ihm . . . Sehen Sie, ich habe jene Jahre hinter mir, in welchen man sterbend den Namen seiner Geliebten ausruft und seinem Freunde eine Locke pommadirter oder nicht pommadirter Haare vermacht. Wenn ich an den nahen, möglichen Tod denke, so denke ich nur an mich selbst: wie mancher thut das nicht. Die Freunde, welche morgen mich vergessen, oder, was noch schlimmer ist, auf meine Rechnung Gott weiß was für ungereimtes Zeug aussprengen; die Damen, welche in der Umarmung eines andern über mich lachen werden, damit sie in ihm ja nicht die Eifersucht gegen einen Verstorbenen wach rufen, Gott mit ihnen! . . . Aus dem Sturme des Lebens habe ich nur einige Ideen, aber kein einziges Gefühl übrig behalten; schon längst lebe ich nicht mehr mit dem Herzen, sondern mit dem Kopfe. Ich wäge und analysire meine eigenen Leidenschaften und Schritte mit strenger Neugier aber ohne Theilnahme. In mir sind zwei Menschen: der eine lebt, im vollsten Sinne dieses Wortes, der andere denkt und beurtheilt ihn; der erste sagte Ihnen und der Welt schon in einer Stunde auf ewig Lebewohl; aber der andere . . . der andere? . . . Sehen Sie doch, Doktor, bemerken Sie nicht, wie auf jenem Felsen dort rechts drei Figuren auftauchen? Es scheinen unsere Gegner zu sein? . . .

Wir beschleunigten unsern Ritt.

Am Fuße des Felsens, im Gebüsche, standen drei Pferde angebunden; wir banden die unsrigen ebendaselbst an und stiegen auf einem engen Pfade zu dem freien Plätzchen empor, wo Gruschnitzki mit dem Dragonerhauptmann und seinem zweiten Sekundanten uns erwarteten. Sie nannten ihn Iván Ignátjewitsch; seinen Familiennamen habe ich nie gehört.

„Wir erwarten Sie schon längst," begann der Dragonerhauptmann mit einem ironischen Lächeln.

Ich zog die Uhr hervor und zeigte sie ihm.

Er entschuldigte sich, daß die seinige vorginge.

Während einiger Minuten herrschte ein drückendes Schweigen. Endlich unterbrach es der Doktor, indem er sich an Gruschnitzki wandte:

„Es scheint mir," sagte er, „da ich Sie beide bereit sehe sich zu schlagen und hierdurch den Bedingungen der Ehre Ihre Schuld zu bezahlen, daß Sie die Sache ebenso gut auf gütlichem Wege beseitigen könnten."

Ich bin bereit, sagte ich.

Der Kapitain winkte Gruschnitzki zu; dieser, in der Meinung daß ich mich fürchte, nahm eine stolze Miene an, obgleich bis zu diesem Augenblicke eine Todtenblässe seine Wangen überzogen hatte. Seit wir angekommen waren, sah er mich zum erstenmal an; in seinem Blicke lag eine gewisse Unruhe, welche den inneren Kampf verrieth.

„Erklären Sie Ihre Bedingungen," sagte er, „und Alles was ich für Sie thun kann, können Sie sicher . . ."

Meine Bedingungen sind: Sie widerrufen heute öffentlich Ihre Verläumdung und bitten mich sodann um Verzeihung.

„Mein Herr, ich bin erstaunt, wie Sie es wagen, mir solche Dinge zuzumuthen?"

Und was hätte ich sonst von Ihnen fordern können? . .

„So schießen wir uns."

Ich zuckte mit den Achseln. Wie Sie wollen; indessen bedenken Sie es wohl, daß einer von uns unbedingt bleiben muß.

„Ich wünsche, daß Sie es sein möchten . . ."

Und ich bin vom Gegentheil überzeugt . . .

Er wurde bestürzt, erröthete und schlug dann ein erzwungenes Lachen auf.

Der Kapitain nahm ihn unter den Arm und führte ihn an die Seite; sie zischelten lange miteinander. Ich war in einer ziemlich friedfertigen Stimmung dahingekommen, allein nun fing ich an über dies alles grimmig zu werden.

Zu mir kam der Doktor.

„Hören Sie,“ sagte er mit sichtbarer Unruhe: „Sie haben wahrscheinlich ihre Verabredung vergessen? . . . Ich kann keine Pistole laden, allein in einem solchen Falle . . . Sie sind ein seltsamer Mensch! Erklären Sie ihnen, daß Sie ihre Absichten kennen und sie hören auf zu lachen . . . Welche Idee! Sich wie einen Vogel erschießen lassen . . .“

Thun Sie mir den Gefallen, lieber Doktor, machen Sie sich keine Sorgen und warten Sie Alles ruhig ab . . . Ich werde es schon so einrichten, daß auf ihrer Seite auch nicht der geringste Vortheil sein soll. Lassen Sie sie nur zischeln . . . Meine Herren, das fängt an langweilig zu werden, sagte ich laut zu ihnen: Sollen wir uns schlagen, oder nicht? Sie hatten gestern Zeit genug zu Verabredungen.

„Wir sind bereit,“ erwiederte der Kapitain. „Stellen Sie sich, meine Herren! Doktor, sein Sie so gut sechs Schritte abzumessen . . .“

„Stellen Sie sich!“ wiederholte Iván Ignátjewitsch mit kreischender Stimme.

Erlauben Sie! sagte ich, noch eine Bedingung: da wir uns auf Tod und Leben schlagen werden, so sind wir verpflichtet alles Mögliche zu thun, daß dies ein Geheimniß bleibe und unsere Sekundanten nicht in Verantwortung kommen. Sind Sie damit einverstanden?

„Vollkommen einverstanden.“

Nun, so habe ich Folgendes ausgedacht. Sehen Sie auf der Höhe dieses senkrechten Felsens, rechts, das enge, freie Plätzchen? Von da bis in den Abgrund wird es ungefähr 200 Fuß sein, wenn nicht mehr; unten liegen spitze Steine. Ein jeder von uns stellt sich an den äußersten Rand des Plätzchens; auf diese Weise muß selbst eine leichte Wunde tödtlich werden; dies muß auch mit Ihren Wünschen übereinstimmen, da Sie selbst sechs Schritt Distanz bestimmt haben. Derjenige, welcher verwundet wird, fliegt unvermeidlich in die Tiefe hinab und zerschlägt sich in Stücke. Die Kugel zieht der Doktor heraus und dann wird es ein Leichtes sein, diesen überraschen Tod durch einen Sturz zu erklären. Wir werfen das Loos, wer zuerst schießen soll. Schließlich erkläre ich Ihnen, daß ich mich anders nicht schießen werde.

„Nach Belieben!“ sagte der Kapitain, bedeutungsvoll auf Gruschnitzki blickend, der mit dem Kopfe ein Zeichen des Einverständnisses gab. Sein Gesicht veränderte sich von Minute zu Minute. Ich hatte ihn in ein schwierige Lage versetzt. Schossen wir uns unter den gewöhnlichen Bedingungen, so konnte er mir in die Beine zielen, mich leicht verwunden und so seine Rache befriedigen, ohne sein Gewissen allzusehr zu beschweren; jetzt aber mußte er entweder in die Luft schießen oder zum Mörder werden, oder endlich seine niedrigen Vorsätze aufgeben und sich mit mir derselben Gefahr aussetzen. In dieser Minute hätte ich nicht an seiner Stelle sein mögen. Er führte den Kapitain an die Seite und fing an sehr lebhaft mit ihm zu sprechen; ich sah, wie seine blaugewordenen Lippen bebten; allein der Kapitain wandte sich mit einem verächtlichen Lächeln von ihm. „Du bist ein Narr!“ sagte er zu Gruschnitzki ziemlich laut, „Du verstehst Dich auf nichts! Brechen wir auf, meine Herren!“

Ein enger Pfad führte zwischen Gesträuchen auf den Abhang; Felsentrümmer bildeten die schwankenden Stufen dieser natürlichen Treppe; wir hielten uns an die Büsche fest und klommen empor. Gruschnitzki ging voran, hinter ihm seine Sekundanten, dann kamen wir, der Doktor und ich.

„Ich bewundere Sie,“ sagte der Doktor, indem er mir kräftig die Hand drückte. „Lassen Sie mich den Puls fühlen! . . . Oho! wahrer Fieberschlag! aber auf dem Gesichte ist nichts zu bemerken . . . nur Ihre Augen glänzen heller als sonst.“

Plötzlich rollten uns mit Geräusch kleine Steine unter die Füße. Was ist das? Gruschnitzki war gestolpert; der Zweig, an welchen er sich festgehalten, hatte nachgegeben und er wäre auf dem Rücken hinuntergefahren, wenn ihn seine Sekundanten nicht aufrecht gehalten hätten.

Nehmen Sie sich in Acht! rief ich ihm zu: fallen Sie nicht zu früh; das ist ein schlimmes Zeichen. Gedenken Sie Julius Cäsars!

Endlich waren wir auf der Höhe des vorspringenden Felsens angekommen; der kleine freie Platz war mit feuchtem Sande bedeckt, wie absichtlich zu einem Duelle. Rundum, einer zahllosen Herde gleich, drängten sich die Berghöhen in den goldenen Morgennebel; der Elborus erhob sich gegen Süden mit seinen weißen Massen, die Kette der Gletscher beschließend, zwischen welchen bereits Wolkenstreifen herumwanderten, die von Osten herangezogen waren. Ich begab mich an den Rand des Plätzchens und blickte in die Tiefe ... der Kopf wurde mir fast vom Schwindel ergriffen: dort unten schien es mir so dunkel und kalt wie im Grabe; bemooste Felsenzacken, vom Sturm und der Zeit hinuntergeworfen, erwarteten ihre Beute.

Das Plätzchen, auf welchem wir uns schlagen sollten, bildete ein fast rechtwinkeliges Dreieck. Von dem vorspringenden Winkel wurden sechs Schritte abgemessen und man kam überein, daß derjenige, welchem es zufallen würde, das feindliche Feuer zuerst auszuhalten, an diesem Winkel, mit dem Rücken dem Abgrund zugewandt, stehen solle; wird er nicht erschossen, so wechseln beide Parteien mit den Plätzen.

Ich beschloß Gruschnitzki alle Vortheile zu überlassen, ich wollte ihn prüfen; in seiner Seele konnte noch ein Funke Großmuth erwachen und dann hätte sich alles zum Besten gewandt; allein seine Eigenliebe und Charakterschwäche sollten siegen ... Ich wollte mir das volle Recht verschaffen ihn nicht zu verschonen, wenn mich das Schicksal begnadigte. Wer hätte nicht ähnliche Bedingungen mit seinem Gewissen abgeschlossen?

„Werfen Sie das Loos, Doktor!" sagte der Kapitain.

Der Doktor zog eine Silbermünze aus der Tasche und hob sie in die Höhe.

„Die Kehrseite!" rief Gruschnitzki rasch aus, wie Einer, den plötzlich ein elektrischer Schlag zu sich brachte.

Der Adler! sagte ich.

Die Münze flog auf und fiel klingend herab; alle warfen sich auf sie zu.

Sie sind der Glücklichere, sagte ich zu Gruschnitzki, es ist an Ihnen zuerst zu schießen! Aber vergessen Sie nicht, daß wenn Sie mich nicht tödten, ich Sie wahrhaftig nicht verfehle Ich gebe Ihnen mein Ehrenwort.

Er erröthete; er schämte sich doch einen Wehrlosen morden zu wollen; ich sah ihm scharf in's Auge; Einen Augenblick schien es mir, als wolle er sich mir zu Füßen werfen und um Verzeihung bitten; wie aber sollte er so niedrige Absichten bekennen? Es blieb ihm nur ein Mittel übrig in die Luft zu feuern; ich war überzeugt, daß er es thun werde! nur Eins konnte ihn daran verhindern, der Gedanke nämlich, daß ich das Duell erneuern würde.

„Jetzt ist es Zeit!" raunte mir der Doktor zu, indem er mich am Aermel zupfte, „wenn Sie jetzt nicht sagen, daß wir ihre Absichten kennen, so ist Alles verloren. Sehen Sie nur, er ladet schon ... wenn Sie nichts sagen, so werde ich selbst ..."

Für nichts auf der Welt, Doktor! entgegnete ich, indem ich ihn am Arme zurückhielt; Sie werden Alles verderben, und gaben mir doch Ihr Wort sich in nichts zu mischen ... Was geht Sie's auch an? Vielleicht will ich getödtet werden?

Er blickte mich mit Verwunderung an.

„O, das ist was Anderes! Nur beklagen Sie sich dann in jener Welt nicht über mich."

Der Kapitain hatte unterdessen seine Pistolen geladen und gab Gruschnitzki, dem er lächelnd etwas zuflüsterte, die Eine, die Andere mir.

Ich stellte mich an den Rand des Abgrundes, fest mit dem linken Fuße auf den Stein gestemmt und ein wenig vorwärts gebogen, um mich im Falle einer leichten Wunde nicht sogleich rückwärts zu werfen. Gruschnitzki stand mir gegenüber und fing an auf ein gegebenes Zeichen die Pistole anzulegen. Seine Kniee zitterten. Er zielte mir gerade auf die Stirn.

Eine unaussprechliche Wuth begann in meiner Brust zu kochen.

Plötzlich ließ er den Lauf der Pistole etwas herabsinken und, leichenblaß, zu seinem Sekundanten gewendet, sagte er mit hohler Stimme: „Ich kann nicht!"

Memme! erwiederte ihm der Kapitain. Der Schuß ging los. Die Kugel streifte mir das Knie. Unwillkührlich machte ich einige Schritte vorwärts, um schneller vom Rande hinwegzukommen.

Nun, Freund Gruschnitzki, es ist Schade, daß Du fehl geschossen hast! sagte der Kapitain: jetzt ist die Reihe an Dir, stell Dich nur hin! Umarme mich zuvor, wir werden uns wohl nicht wiedersehen! Sie umarmten sich; der Kapitain konnte sich kaum des Lachens erwehren! Nur nicht ängstlich, setzte er hinzu, indem er Gruschnitzki pfiffig anblinzelte, auf der Welt ist Alles doch nur Narrethei! . . . Die Natur eine Närrin, das Schicksal eine Scharteke, und das Leben eine Kopeke!

Nach dieser tragischen, mit gebührender Wichtigkeit vorgetragenen Phrase, begab er sich an seinen Platz. Ivan Ignatjewitsch umarmte jetzt Gruschnitzki ebenfalls mit Thränen in den Augen und so stand er denn endlich mir allein gegenüber. Bis auf den heutigen Tag bemühe ich mich, mir dasjenige Gefühl klar zu machen, welches damals in meiner Brust kochte: theils war es Zorn der beleidigten Eigenliebe, theils Verachtung und Grimm, aus dem Gedanken hervorgehend, daß dieser Mensch, der jetzt mit einer solchen Zuversichtlichkeit, mit solch einer sorglosen Frechheit auf mich blickt, mich noch vor zwei Minuten, ohne sich selbst der geringsten Gefahr auszusetzen, wie einen Hund tödten wollte; denn, etwas schwerer am Fuße verwundet, wäre ich unvermeidlich vom Felsen hinabgestürzt.

Ich blickte ihm einige Minuten lang scharf in's Auge, um auch nur die leiseste Spur von Reue zu entdecken; es schien mir aber, als ob er ein Lächeln zurückdränge.

Ich rathe Ihnen vor Ihrem Tode Ihre Seele Gott zu befehlen, sagte ich ihm endlich.

„Bekümmern Sie sich um meine Seele nicht mehr, als um Ihre eigene; nur um eins bitte ich Sie recht sehr: machen Sie's kurz.“

So widerrufen Sie also Ihre verläumderischen Reden nicht? Sie bitten mich nicht um Verzeihung? . . . Bedenken Sie es wohl; sagt Ihnen Ihr Gewissen denn gar nichts?

„Herr Petschorin!“ rief der Dragonerhauptmann. „Erlauben Sie Ihnen zu bemerken, daß Sie nicht hier sind um zu predigen . . . Machen wir der Sache ein Ende; wie leicht könnte Jemand vor der Schlucht passiren und uns sehen.“

Gut. Doktor, kommen Sie, bitte, zu mir.

Der Doktor kam heran. Der Arme! Er war blässer, als es Gruschnitzki vor zehn Minuten gewesen war.

Die folgenden Worte sprach ich absichtlich mit Nachdruck, laut und vernehmlich, wie man ein Todesurtheil ausspricht:

Doktor, diese Herren vergaßen, wahrscheinlich in der Eile, die Kugel in meine Pistole zu laden; ich bitte Sie, dieselbe noch einmal zu laden, und ordentlich.

„Das kann nicht sein!“ schrie der Kapitain; „das kann nicht sein! Ich habe beide Pistolen geladen; sollte die Kugel denn aus Ihrer Pistole herausgerollt sein . . . das ist nicht meine Schuld! Sie haben aber kein Recht noch einmal zu laden . . . nicht das geringste Recht . . . das ist durchaus gegen die Regeln; ich werde nie zugeben . . .“

Gut! sagte ich zum Kapitain, wenn dem so ist, so werde ich mich auch mit Ihnen auf dieselben Bedingungen schießen . . .

Er wurde verwirrt.

Gruschnitzki stand da, den Kopf auf die Brust gesenkt, bestürzt und finster. „Laß sie doch!“ sagte er endlich zum Kapitain, der meine Pistole aus den Händen des Doktors reißen wollte . . . „Du weißt doch selbst, daß sie Recht haben.“ Vergebens gab ihm der Kapitain verschiedene Winke, Gruschnitzki wollte einmal nicht sehen.

Unterdessen hatte der Doktor die Pistole geladen und reichte sie mir zu. Als der Kapitain dies sah, spuckte er aus und stampfte mit dem Fuße! „Du bist ein Narr, mein Lieber,“ fuhr er heraus, „ein elender Narr! . . . Wenn Du Dich einmal auf mich verließest, so mußtest Du mir auch in Allem folgen . . . Jetzt hast Du Dir's selbst zuzuschreiben, wenn Du wie eine Fliege verrecken mußt . . .“ Er wandte sich um und brummte während er zurücktrat: „Aber es ist doch durchaus gegen jede Regel.“ „Gruschnitzki!“ sagte ich, „noch ist es Zeit; widerrufe Deine Verläumdungen und ich verzeihe Dir Alles. Es ist Dir nicht gelungen, mich zum Narren zu haben und meine Eigenliebe ist befriedigt; gedenke, daß wir einst Freunde waren . . .“

Sein Gesicht glühte, seine Augen funkelten.

„Schießen Sie!“ entgegnete er, „ich verachte mich und Sie hasse ich. Tödten Sie mich nicht, so erschieße ich Sie des Nachts aus einem Hinterhalte. Für uns Beide ist auf dieser Erde nicht Raum . . .“

Ich schoß . . .

Als der Dampf sich verzog, war Gruschnitzki nicht mehr auf dem Plätzchen. Nur der Staub wirbelte noch in einer dünnen Säule am Rande des Abhangs.

Alle schrieen wie mit einer Stimme auf.

Finita la Commedia! sagte ich zum Doktor.

Er antwortete nicht und wandte sich mit Entsetzen ab.

Ich zuckte die Achseln und machte den Sekundanten Gruschnitzki's meine Verbeugung.

Beim Hinuntersteigen vom engen Bergpfade bemerkte ich zwischen den herumliegenden Felsenstücken den blutigen Leichnam Gruschnitzki's; unwillkührlich schloß ich die Augen.

Ich band mein Pferd los und ritt im Schritte heimwärts; mir lag es wie ein Stein auf dem Herzen. Die Sonne schien mir so trübe, ihre Strahlen so kalt . . .

Kurz vor dem Dörfchen lenkte ich rechts ab, dem Hohlweg zu. Der Anblick eines Menschen wäre mir eine Last gewesen: ich wollte allein sein. Ich ließ die Zügel fallen und ritt lange umher, den Kopf auf die Brust gesenkt, bis ich mich endlich in einer wildfremden Gegend sah; sogleich wandte ich mein Pferd um und suchte den verlorenen Weg wieder auf; die Sonne war bereits im Untergehen als ich erschöpft auf einem erschöpften Pferde Kislowodsk erreichte.

Mein Bedienter sagte mir, Werner sei hier gewesen und habe zwei Billete zurückgelassen. Das Eine war von ihm, das Andere von Wära:

Ich erbrach das erstere; es lautete folgendermaßen:

„Alles ist aufs Beste arrangirt; der Körper ist entstellt hierhergebracht worden; die Kugel ist herausgezogen. Alle sind überzeugt, daß ein unglücklicher Zufall die Ursache seines Todes war; nur der Kommandant, dem der Streit wahrscheinlich bekannt war, schüttelte mit dem Kopfe, sagte aber kein Wort. Beweise sind gegen Sie nicht vorhanden, Sie können also ruhig schlafen, wenn Sie können . . . Adieu!"

Lange konnte ich mich nicht entschließen das zweite Billet zu öffnen. Was konnte sie mir schreiben? . . . Ein düsteres Vorgefühl wogte in meiner Seele.

Ihr Brief, wie er Wort für Wort unverwischlich in meinem Gedächtniß bleiben wird, lautete also:

„Ich schreibe Dir in der vollkommenen Ueberzeugung, daß wir uns niemals wiedersehen werden. Vor einigen Jahren, als ich von Dir Abschied nahm, dachte ich dasselbe; allein es hat dem Himmel gefallen, mich nochmals heimzusuchen . . . ich hielt diese Prüfung nicht aus; mein schwaches Herz unterwarf sich der bekannten Stimme . . . Du wirst mich deshalb nicht verachten, nicht wahr? Dieser Brief soll mein Abschied und meine Beichte zugleich sein: ich fühle mich gedrungen Dir Alles mitzutheilen, was sich in meinem Herzen aufgespeichert hat, seit es Dich liebt. Ich will Dich nicht beschuldigen : Du thatest mit mir, wie ein jeder andere Mann an Deiner Stelle gethan haben würde: Du liebtest mich wie Dein Eigenthum, wie die Quelle Deiner wechselnden Freuden, Aufregungen und Besorgnisse, ohne welche das Leben langweilig und gleichförmig ist. Ich begriff dies gleich von Anfang an . . . Allein Du warst unglücklich und so opferte ich mich in der Hoffnung, daß Du dereinst einmal die Größe meines Opfers würdigen, die tiefe Zärtlichkeit verstehen würdest, die an keine Bedingung der Welt geknüpft war. Seitdem ist manches Jahr entflohen! Ich hatte alle geheimen Saiten Deiner Seele kennen gelernt und die Ueberzeugung gewonnen, daß jene Hoffnung eine eitle war. Das ging mir bitter durch die Seele! Allein, meine Liebe hatte mein ganzes Herz überwuchert: sie wurde düstrer, aber erstarb nicht.

Wir trennen uns jetzt auf ewig; indessen kannst Du die Ueberzeugung bewahren, daß ich niemals einen andern lieben werde: meine Seele hat an Dir bereits alle ihre Liebesschätze, ihre Thränen, ihre Hoffnungen erschöpft. Wer Dich einmal geliebt hat, kann auf die übrigen Männer nicht ohne eine gewisse Geringschätzung herabblicken; nicht als ob Du besser wärst als sie, o nein! allein in Deinem Wesen liegt so etwas Besonderes, Stolzes, Geheimnißvolles, das nur Dir allein angehört; was Du auch sprechest, in Deiner Stimme liegt stets eine unwiderstehliche Gewalt. Niemand versteht es wie Du, so beständig geliebt werden zu wollen; in Keinem ist das Böse so anziehend, keines Andern Blick verspricht so viel Seligkeit, Niemand versteht es wie Du seine Vorzüge zu benutzen und kein Mensch kann so wahrhaft unglücklich sein, wie Du, weil Niemand so sehr wie Du sich bemüht, sich das Gegentheil einzureden.

Jetzt muß ich Dir noch den Grund meiner eiligen Abreise mittheilen, er wird Dir unzureichend scheinen, weil er sich nur auf mich allein bezieht.

Heute früh kam mein Mann zu mir und erzählte mit Deinen Vorfall mit Gruschnitzki. Offenbar muß ich mich während dieser Erzählung sehr verändert haben, denn er blickte mir lange forschend in die Augen; ich verlor fast das Bewußtsein, wenn ich bedachte, daß Du Dich heute schlagen mußt, und daß ich Schuld an Allem bin; es schien mir eine Weile, als sollte ich wahnsinnig werden . . . Allein jetzt, wo ich wieder mit Ruhe urtheilen kann, habe ich die Ueberzeugung, daß Du am Leben bleibst. Du kannst ohne mich nicht sterben, es ist unmöglich! Mein Mann ging lange im Zimmer auf und ab; ich weiß nicht, mehr, was er zu mir, gesprochen, erinnere mich auch meiner Antworten nicht mehr, wahrscheinlich habe ich ihm gesagt, daß ich Dich liebe Ich erinnere mich nur, daß er mich am Ende unseres Gespräches mit einem gräßlichen Worte beleidigte und das Zimmer verließ. Ich hörte wie er Befehl gab den Reisewagen in Ordnung zu bringen . . . Und nun sitze ich schon seit drei Stunden am Fenster und warte auf Deine Rückkehr . . . Allein Du lebst, Du kannst nicht sterben! . . . Der Wagen ist so gut wie bereit . . . Adieu, Adieu . . . Ich bin verloren, doch was thut das? . . . Könnte ich nur die Ueberzeugung mit mir nehmen, daß Du meiner stets gedenken ich will nicht sagen: mich lieben nein, meiner nur gedenken wirst! . . . So lebe wohl; man kommt . . . ich muß den Brief verbergen . . .

Nicht wahr, Du liebst Mary nicht? Du heirathest sie nicht? Dieses Opfer mußt Du mir bringen, die ich auf dieser Welt alles für Dich verloren habe . . .“

Wie ein Besessener rannte ich nach dem Perron, sprang auf meinen Tscherkessen, den man noch im Hofe auf- und abführte, und sprengte mit verhängten Zügeln den Weg nach Pätigorsk entlang. Unbarmherzig trieb ich das erschöpfte Roß an, das röchelnd und schaumbedeckt den steinigen Weg mit mir dahinflog.

Die Sonne verbarg sich bereits hinter schwarzem Gewölke, das auf dem Rücken der westlichen Gebirgskette ausruhte; in dem Hohlwege war es dunkel und feucht. Der Podkumok murmelte tief und einförmig auf seiner Fahrt über die Felssteine. Ich erstickte vor Ungeduld und jagte vorwärts. Der Gedanke, sie in Pätigorsk nicht mehr einzuholen, schlug mir wie ein Hammer auf das Herz; noch einmal, noch einen Augenblick sie zu sehen, ihr ein letztes Lebewohl zuzurufen, ihre Hand zu drücken . . . Ich betete, fluchte, weinte, lachte . . . nein, nichts kann meine Unruhe, meine Verzweiflung beschreiben! . . . Bei dem Gedanken, sie auf ewig zu verlieren, war mir Wära plötzlich theurer geworden als alles auf der Welt, theurer als Leben, Ehre, Glück! Gott weiß, was für abenteuerliche, verrückte Gedanken in meinem Gehirne auftauchten . . . und unterdessen jagte ich unbarmherzig immer drauf los. Und auf einmal bemerkte ich, daß mein Pferd sehr schwer athmete und schon zum zweiten Male auf ebenem Wege stolperte . . . doch blieben mir nur noch fünf Werst bis nach Jesséntukoff, einer Kosakenstation, wo ich ein Pferd bekommen konnte.

Alles wäre gut abgelaufen, wenn mein Pferd noch für zehn Minuten Kräfte gehabt hätte; allein, gerade als wir aus dem Gebirge herauskamen, stürzte es beim Steigen aus einer kleinen Vertiefung des Weges, auf die Erde. Ich springe rasch ab und will es aufrichten, reiße an dem Zügel alles umsonst: ein kaum hörbares Stöhnen drängte sich zwischen seinen geschlossenen Zähnen hervor; nach einigen Minuten war es todt und ich in der Steppe allein, meine letzte Hoffnung zertrümmert sehend; ich versuchte zu Fuß weiter zu gehen meine Füße stießen aneinander; von den Aufregungen des Tages und der vorangegangenen Schlaflosigkeit zu Tode ermüdet, fiel ich auf das feuchte Gras und weinte wie ein Kind.

Lange lag ich unbeweglich dort und weinte bitterlich, nicht bemüht meine Thränen und mein krampfhaftes Schluchzen zurückzuhalten; fast glaubte ich daß meine Brust zersprengen müßte; meine ganze Festigkeit, meine ganze Kaltblütigkeit war wie Rauch verflogen; meine Seele gebrochen, meine Vernunft betäubt, hätte Jemand mich in diesem Augenblicke gesehen, so hätte er sich nur mit Verachtung von mir abwenden können.

Als der Nachtthau und der Bergwind meinen glühenden Kopf wieder erfrischt hatten und meine Gedanken wieder in die gewöhnliche Ordnung gekommen waren, begriff ich sehr wohl, daß es unnütz und thöricht ist, einem verlorenen Glücke nachzujagen. Was fehlt mir denn eigentlich? Sie noch einmal sehen? Und wozu das? Ist denn zwischen uns nicht alles beendigt? Ein bitterer Abschiedskuß kann meine Erinnerung um nichts bereichern und hätte uns die Trennung nur erschwert.

Indessen thut es mir wohl, weinen zu können! Vielleicht aber liegt dies an meinen aufgeregten Nerven, einer vollständig schlaflosen Nacht, an den zwei Minuten vor der offenen Pistolenmündung und meinem leeren Magen.

Desto besser! Dieses neue Leiden hat in mir, um mich eines militairischen Kunstausdruckes zu bedienen, eine glückliche Diversion hervorgebracht. Das Weinen ist gesund, und überdies würde ich ohne diesen vehementen Ritt und die funfzehn Werst, die ich nun zu Fuß zurücklegen mußte, wahrscheinlich auch diese Nacht kein Auge zugemacht haben.

Ich erreichte Kislowodsk um fünf Uhr des Morgens, warf mich auf das Bett und schlief den Schlaf Napoleons nach der Schlacht bei Waterloo.

Als ich erwachte, war es draußen schon dunkel. Ich setzte mich an's offene Fenster, knöpfte meinen Archaluk auf und ließ den frischen Bergwind über meine Brust spielen, die noch unter dem schweren Drucke der Müdigkeit seufzte.

Jenseits des Flusses, durch die Spitzen seiner dichten, schattenreichen Linden, schimmerten Lichter aus den Festungswerken und dem Dörfchen herüber. Auf meinem Hofe herrschte tiefe Stille; bei der Fürstin war alles dunkel.

Der Doktor trat herein: seine Stirne war finster; gegen seine Gewohnheit streckte er mir nicht die Hand entgegen.

Woher, lieber Doktor?

„Von der Fürstin Ligoffska; ihre Tochter ist sehr krank Nervenabspannung . . . Allein das führt mich nicht hierher, sondern Folgendes: Die Behörde wittert den wahren Verlauf der Sache, und wenn man Ihnen auch nichts positiv beweisen kann, so rathe ich Ihnen doch recht vorsichtig zu sein. Die Fürstin sagte mir, sie wisse, daß Sie sich ihrer Tochter wegen duellirt haben. Der alte Knabe, wie heißt er doch gleich? hat ihr alles mitgetheilt; er war damals Zeuge Ihres Streites mit Gruschnitzki in der Restauration. Ich kam Sie zu warnen. Leben Sie wohl. Wer weiß ob wir uns jemals wiedersehen werden; man wird Sie wohl irgend wohin verschicken . . .“

An der Schwelle blieb er nochmals stehen; er hätte mir gern die Hand gedrückt . . . und hätte ich ihm nur den geringsten Wunsch darnach gezeigt, so wäre er mir an den Hals gesprungen; allein ich blieb kalt wie Stein und so ging er.

So sind die Leute! so sind sie alle: Sie kennen alle schlechten Seiten einer That vorher, und doch helfen sie und rathen sie, und doch ermuthigen sie sogar dazu, indem sie die Möglichkeit eines andern Mittels nicht sehen, nachher aber waschen sie ihre Hände in Unschuld, und wenden sich unwillig von Dem ab, der die Kühnheit hatte die ganze Last der Verantwortung auf sich zu nehmen. So sind sie alle, sogar die besten, sogar die verständigsten! . . .

Am nächsten Tage, nachdem ich von der höhern Behörde den Befehl erhalten hatte, nach der Festung N. abzureisen, begab ich mich zur Fürstin, um Abschied zu nehmen.

Sie war erstaunt, als ich ihr auf ihre Frage, „ob ich ihr etwas ganz besonders Wichtiges mitzutheilen habe,“ antwortete, daß ich ihr viel Glück u. s. w. u. s. w. wünschte.

„Aber ich muß ganz ernsthaft mit Ihnen sprechen.“

Ich setzte mich schweigend.

Es war zu sehen, daß sie nicht wußte, womit sie anfangen sollte; ihr Gesicht wurde feuerroth; ihre vollen, runden Finger klopften auf dem Tische herum; endlich begann sie mit zögernder Stimme:

„Hören Sie, Herr von Petschorin, ich halte Sie für einen anständigen Menschen . . .“

Ich verbeugte mich leicht.

„Ich bin sogar davon überzeugt,“ fuhr sie fort, „obgleich Ihr Betragen allerdings etwas zweideutig war; indessen konnten Sie Gründe haben, die mir unbekannt sind und die Sie mir jetzt anvertrauen müssen. Sie haben meine Tochter vor Verläumdungen geschützt, Sie haben sich für sie geschlagen, folglich Ihr Leben für sie eingesetzt . . . Unterbrechen Sie mich nicht, ich weiß recht gut, daß Sie das nicht eingestehen dürfen, weil Gruschnitzki gefallen ist (sie machte das Zeichen des Kreuzes) . . . Gott wolle seiner und wie ich hoffe auch Ihrer Seele gnädig sein! . . . Nun, das geht mich weiter nichts an . . . ich wage es nicht Sie zu richten, weil meine Tochter, obwohl unschuldiger Weise, Schuld an dem ganzen Unglück war. Sie hat mir alles gestanden . . . ich glaube, Alles; Sie haben ihr eine Liebeserklärung gemacht . . . sie hat Ihnen ihre Gegenliebe gestanden (hier seufzte die Fürstin tief auf); nun aber ist sie krank, und ich habe die Ueberzeugung, daß es keine gewöhnliche Krankheit ist! Ein geheimer Kummer reibt sie auf; sie will es nicht gestehen, doch bin ich fest davon überzeugt, daß Sie daran Schuld sind . . . Hören Sie mich an . . . Sollten Sie vielleicht glauben, daß ich auf hohen Rang und unermeßlichen Reichthum sehe, so bitte ich Sie, sich vom Gegentheil zu überzeugen: ich will nur das Glück meiner Tochter. Ihre gegenwärtige Lage ist freilich nicht beneidenswerth, indessen ist dem ja wohl abzuhelfen, denn Sie haben Vermögen; meine Tochter liebt Sie und sie ist so erzogen, daß sie einen Mann wahrhaft glücklich machen kann. Ich bin reich; sie ist mein einziges Kind . . . Sagen Sie selbst, was hält Sie zurück? . . . Sehen Sie, ich sollte Ihnen alles dies nicht sagen, allein ich verlasse mich auf Ihr Herz, auf Ihre Ehre; bedenken Sie, daß ich diese einzige Tochter habe . . . diese einzige . . ."

Sie fing an zu weinen.

Fürstin, sagte ich: es ist mir unmöglich, Ihnen zu antworten: erlauben Sie mir, mit Ihrer Tochter unter vier Augen zu sprechen . . .

„Nimmermehr!" rief sie auf, in der heftigsten Bewegung vom Stuhle aufspringend.

Wie Sie befehlen, antwortete ich, indem ich mich anschickte fortzugehen.

Sie dachte eine Weile nach, gab mir ein Zeichen mit der Hand zu warten und ging hinaus.

Fünf Minuten vergingen; mein Herz schlug heftig, aber meine Gedanken waren ruhig, mein Kopf kalt; wie sehr ich auch in meiner Brust nach einem Funken Liebe für die liebliche Mary suchte es war ein vergebliches Mühen.

Da ging die Thür auf und herein trat sie. O Gott, wie war sie verändert seit der Zeit, daß ich sie nicht gesehen hatte, und wie lange ist das her?

In der Mitte des Zimmers angekommen, schwankte sie; ich eilte hinzu, reichte ihr meinen Arm und führte sie an einen Lehnstuhl.

Ich stand ihr gegenüber. Wir schwiegen lange; ihre großen Augen, mit einem unaussprechlichen Grame erfüllt, schienen in den meinigen etwas zu suchen, was einer Hoffnung ähnlich wäre; ihre bleichen Lippen strengten sich umsonst zu einem Lächeln an; ihre zarten über die Kniee gefalteten Hände waren so mager und durchsichtig, daß sie anfing mir leid zu thun.

Gnädige Fürstin, sagte ich, Sie wissen also, daß ich mich bloß über Sie lustig gemacht habe? . . . Sie müssen mich verachten.

Auf ihren Wangen zeigte sich ein krankhaftes Roth.

Ich fuhr fort: Und lieben können Sie mich folglich gar nicht.

Sie wandte sich ab, stützte den Arm auf den Tisch, bedeckte ihre Augen mit der Hand und es wollte mich bedünken, als glänzten Thränen in denselben.

„O mein Gott!" sprach sie kaum hörbar vor sich hin.

Das fing an unerträglich zu werden: noch eine Minute und ich hätte zu ihren Füßen gelegen.

Wohlan, Sie sehen selbst, begann ich mit fester Stimme und einem erzwungenen Lächeln, daß ich Sie nicht heirathen kann. Und wären Sie jetzt dazu wirklich im Stande, Sie würden es sicherlich bald bereuen. Meine Unterhaltung mit Ihrer Frau Mutter zwingt mich zu einer so offenen und groben Erklärung; ich hoffe, es wird Ihnen leicht sein, sie aus ihrem Irrthume zu ziehen. Sie sehen, ich spiele in Ihren Augen die allermiserabelste und häßlichste Rolle, und stelle dies sogar nicht in Abrede; das ist aber auch Alles, was ich für Sie thun kann. Welche schlechte Meinung Sie immer von mir haben können, ich unterwerfe mich ihr . . . Sehen Sie, wie ich vor

Ihnen erniedrigt stehe? Nicht wahr, und wenn Sie mich wirklich liebten, von diesem Augenblicke an verachteten Sie mich? . . .

Sie wandte sich zu mir, weiß wie Marmor, nur ihre Augen funkelten wunderbar.

„Ich hasse Sie . . .“ sagte sie.

Ich dankte ihr verbindlichst, verneigte mich ehrerbietig und verließ sie.

Eine Stunde später flog eine Couriertroika bereits mit mir aus Kislowodsk. Einige Werst vor Jesséntukoff erkannte ich in der Nähe des Weges den Leichnam meinesedlen Pferdes; der Sattel war, wahrscheinlich von einem vorbeireitenden Kosaken, abgeschnallt, und anstatt des Sattels saßen auf seinem Rücken zwei Raben. Ich seufzte und wandte mich ab.

Und jetzt, hier in dieser langweiligen Festung, frage ich mich oft, wenn meine Gedanken das Vergangene durchlaufen: warum ich jenen Pfad nicht betreten, den das Schicksal mir eröffnet hatte und wo stille Freuden und Seelenruhe meiner warteten . . . Nein, ich hätte ein solches Loos nicht lange ertragen können! Ich bin wie ein Matrose, der auf einer Korsaren-Jacht geboren und auferzogen wurde; seine Seele ringt sich in Stürmen und Kämpfen los, aber am Ufer welkt und schwindet er dahin; ob der schattige Hain ihm winke und der friedliche Sonnenschein ihm entgegenlächle; er geht den ganzen Tag auf den Kieseln am Meeresstrande, und lauschet dem einförmigen Gebrause der rollenden Wogen und schaut hinaus in die nebelige Ferne, ob er nicht in jenem matten Punkte, der von dem grauen Gewölk und der dunkelblauen Meeresfluth absticht, das erwünschte Segel entdecke, das, anfangs dem Flügel des Sturmvogels ähnlich, nach und nach aus dem Schaume des Wogendranges hervortaucht und mit festem Laufe dem einsamen Hafen sich nähert.